Iunona Guruli

Brief ohne Absender

IUNONA GURULI

BRIEF OHNE ABSENDER

ROMAN

Weissbooks

Umschlag, Gestaltung und Satz: Harald Hohberger Grafikdesign, Berlin
Unter Verwendung eines Fotos von: © complize/Photocase
Druck und Bindung: Friedrich Pustet GmbH & Co. KG
ISBN 978-3-86337-205-7
www.weissbooks.de
info@weissbooks.de

Für meine Mutter,
die so viel mehr verdient hat
als dieses Buch

Es klopft an der Tür, ich fahre aus dem Schlaf. Die Einzige, auf die ich warte, wird nicht kommen. An den Gedanken habe ich mich gewöhnt, und meine Augenlider senken sich wie schwere Theatervorhänge. Wieder klopft es. Es ist ein grauer Berliner Wintertag. Mich aus der warmen Decke zu winden, erscheint mir wie eine schmerzhafte, zugleich unaufhaltsame Geburt, also stehe ich auf, ziehe den knielangen Pulli über und laufe barfuß zur Tür. Auf dem Boden liegen Papiere und Bücher verstreut, dazwischen überfüllte Aschenbecher. Aus dem Spiegel schaut mich mein alterndes Ich an, schlaftrunkener Blick, zerzaustes kurzes Haar. Ich will niemanden sehen. Auf Zehenspitzen nähere ich mich der hölzernen Grenze zur Außenwelt, und während ich durch den Spion schaue, halte ich den Atem an. Wie so oft. Eigentlich wie immer. Es ist der Postbote. Ich weiß nicht, warum ich enttäuscht bin. Als ich die Tür einen Spaltbreit öffne, spüre ich die beißende Kälte und schaue wahrscheinlich nicht gerade freundlich. Der Postbote, den ich kaum wahrnehme, reicht mir einen Brief ohne Absender, und bevor ich die Tür wieder schließen kann, räuspert er sich verlegen. Er ist ein junger Kerl mit feuerrotem Haar und Sommersprossen. Er sieht dem Jungen aus dem Kindergarten, über den wir uns wegen seines gelähmten linken Arms immer lustig machten, verblüffend ähnlich. Aber anstatt die Augen mit dem gesunden rechten Arm zu verdecken und zu weinen, lächelt er mich erwartungsvoll an. Ich sollte ihm danken und zurücklächeln, wie man es in solchen Fällen macht. Ich schweige. Ich habe das Normalsein verlernt.

»Dann ein schönes Wochenende«, murmelt er, dreht mir den Rücken zu und läuft die Treppe hinunter. Ich bleibe einen Moment in der Tür stehen, dann kehre ich in die Wohnung zurück, drehe alle Heizungen auf, stelle das Kaffeewasser auf den Herd, zünde mir eine Zigarette an und setze mich an das beschlagene Küchenfenster. Die Straße ist leer. Kahle Äste zittern im Wind. Ein gelber Postwagen biegt um die Ecke und belebt das winterliche Stillleben.

Der Kaffeegeruch ruft mich zu sich wie ein schreiendes, um Aufmerksamkeit heischendes Baby. Du lächelst mich vom Bild auf der Tasse an, mit deinen vom Blitz der alten Kamera wie ängstliche Spatzen aufgescheuchten Augen, die selbst auf dem Schwarz-Weiß-Foto grün zu leuchten scheinen. Ich rühre mit dem Löffel Zucker in den Kaffee und denke an das topfblumenschöne Café in Venedig, dessen dickleibiger Wirt mit dem weißen Schnurrbart mich »Bella Ragazza« nannte und aus dem ich einen Löffel stahl, um im Hinterhof die in schmutzige Watte eingehüllte braune Todessonne aufkochen zu lassen.

Ich schlürfe den brühend heißen Kaffee und erinnere mich an die weinroten Söckchen, die in der untergehenden Lebenssonne friedlich trockneten, während ich in jener fremden Stadt sterben und als unbekannte *Jane Doe* in einer Leichenhalle landen wollte. Tausende Kilometer entfernt von jedem Zuhause, das ich jemals hatte.

Der Nachbar schaltet das Radio ein. In Afrika wird weiterhin gehungert. In Europa fürchtet man sich zunehmend vor fliehenden hungernden Menschen. Die Wände sind so dünn. Ich packe meinen Laptop ein, leere die

Aschenbecher, und wenige Minuten später stehe ich draußen vor der Haustür. Die vereiste Straße wundert sich bei meinem Anblick. Meine schnellen, messerscharfen Schritte zerschneiden die Stille. Ich laufe bis zur nächsten Ecke – ist nicht der Postwagen hier langgefahren? –, betrete mein Lieblingscafé und setze mich an meinen Stammplatz, mit dem Rücken zu den anderen, die auch nicht wissen, wohin sie an einem Samstagmorgen sonst fliehen sollten. Ich beobachte Passanten, die mit hochgezogenen Schultern am Fenster vorbeieilen. Sie sehen zielstrebig aus, werden irgendwo erwartet, während meine rasende Zeit vor zwei Jahren stehen blieb, als du verschwunden bist. Ich bestelle einen Kuchen, der für einen kurzen Moment die Erinnerung an Glück auslöst, und bereite mich auf das Schreiben vor. Vielleicht ist heute der Tag, an dem ich den Mut aufbringe, mich zu erinnern.

Wie schildert man den Himmel des Bürgerkriegs, seine Farben und Geräusche; das Gefühl der Ohnmacht, während man in der überfüllten Straßenbahn auf dem Weg zur Schule begrapscht wird; die gleichgültigen Blicke der anderen. Wie beschreibt man die Einsamkeit einer Silvesternacht in einer leeren, eiskalten Wohnung; die bebende Angst, dort gefunden und verprügelt zu werden, im festlichen Licht des Millenniumsfeuerwerks. Wie den mitten auf der Straße um Verzeihung bettelnden Vater? Den Geschmack des Kuchens, den Mzia in der Hungerzeit für mich gebacken hat? Den eigenen Leichengeruch, den ich mir vorgestellt habe, jeden verdammten Tag, der immer der letzte zu sein schien, aber es nie war?

Ich starre auf das leere Dokument, das darauf wartet, mit dem Unerzählbaren gefüllt zu werden. Ich klappe den Laptop zu und bleibe bis zum Abend einfach dort sitzen.

Wie vorgestern. Wie gestern. Wie morgen. Wieder zu Hause gehe ich direkt in die Küche, und als ich das schwache Licht einschalte, sehe ich den längst vergessenen Brief auf dem Tisch. Beinahe wütend reiße ich den Umschlag auf, und sofort entweicht meinen mit Rauch und Warten gefüllten Lungen pfeifend die Luft. Deine Handschrift. Nach rechts gebeugte rundliche Buchstaben. Mein Name. »Liebste Elena«. Dann Wörter, die ich nicht entziffern kann, weil sie sich drehen wie in einem Wirbelsturm. »Liebste Elena« – in diesem Urknall der einzige Anker, der mich am Boden, der mich am Leben hält. Mir ist schwindlig, ich schließe die Augen und rieche am Papier. Egal, was darauf steht, der morgige Tag wird anders sein. Ane ist wieder da.

TEIL I

1.

Es gibt einen alten chinesischen Fluch, der lautet: *Mögest du in interessanten Zeiten leben.* Und es ist, als hätte mich dieser Fluch getroffen, denn ich fand mich stets mitten im Geschehen historischer Umbrüche wieder. Das Massaker vom 9. April 1989 und auch der Tbilisser Bürgerkrieg ereigneten sich buchstäblich vor meiner Haustür. Ich war in Berlin, als die Mauer fiel, und während des Putschversuchs im August 1991 in Moskau. Wohin ich auch ging, geriet ich in Turbulenzen, die mir jetzt, während des vierstündigen Flugs Richtung Heimat, hoffentlich erspart bleiben.

Das Flugzeug hebt tosend ab, mit großer Geschwindigkeit verkleinern sich Gebäude, Autos und Bäume, Menschen mit ihren Träumen, Ängsten und Sorgen. Bald schweben wir über einer Spielzeugwelt, winzig und farbenfroh, ordentlich und friedlich. Die Seen glitzern in der Sonne wie kleine Pfützen. Dann sind wir über den Wolken, die genauso flauschig und luftig sind wie die von Mutter vorsichtig aufgeschlagene Sahne. Ich öffne mein Notizbuch, beginne zu schreiben.

Mein Vater freute sich nicht über meine Geburt. Ich war ein Mädchen. Er hat erst mit der Zeit gelernt, mich zu lieben. Vor allem, weil ich sein einziges Kind geblieben bin. Mutter wartete im Krankenhaus drei Tage lang vergeblich auf ihn. Manchmal stelle ich mir vor, wie sie, kurz nachdem sie die schwere Geburt hinter sich gebracht hat, am Fenster steht, nach draußen sieht und wartet; auf ihrem grauen Kittel zeichnen sich zwei Milchflecken ab. Währenddessen liege ich neben Dutzenden wie in Kokons eingewickelten Babys in einem anderen Stockwerk, in einem anderen Zimmer mit hoher Decke und kalten grauen Wänden. Sie darf nicht zu mir. So lautet die Regel. Ihr Mann ist weg. Keiner weiß, wo oder mit wem. Es ist Frühling, im Hof blüht ein Apfelbaum und bedeckt die Erde mit weißen Blütenblättern. Wenn der Wind weht, schweben sie durch die Luft wie Schneeflocken. Winter im Frühling. Trauer im Glück. Mutter teilt ihr Zimmer mit anderen, glücklicheren Frauen mit gesunden Söhnen, deren stolze Väter stundenlang im Krankenhaushof saufen. Auf der Motorhaube stehen Champagnerflaschen, Cognac und Plastikbecher, um das Auto herum versammelt sich die gesamte Verwandtschaft. Jemand steckt der Krankenschwester einen Geldschein in die Tasche, und der frischgebackene, breit grinsende Papa bekommt die Ohren langgezogen. Mutter will das nicht sehen, schließt die ausgeblichenen Vorhänge, legt sich wieder ins Bett, zieht die Decke über den Kopf und weint leise. In der Sowjetunion kennt man keine postnatale Depression. In der Sowjetunion gibt es keine unglücklichen Menschen, der sowjetische Kranke ist der gesündeste Kranke der Welt, wie ein Propagandaplakat jener Zeit heiter verkündet. Meine Mutter darf die anderen mit ihrer Trauer nicht stören. So lautet eine andere Regel aus einer sehr langen Reihe von Regeln für Frauen. Am zweiten Abend nach meiner Geburt führt eine Ärztin meine Großmutter Tamara heimlich ins Säuglingszimmer. Sie sind miteinander bekannt.

»Welche ist unsere?«, flüstert Großmutter.

»Schau sie dir alle an. Ich glaube, du wirst sie erkennen.«

Wie Großmutter Tamara mir später erzählen wird, bin ich die Einzige, die stumm und mit weit aufgerissenen Augen daliegt und an den bröckelnden Putz der Decke starrt. Die anderen Säuglinge schreien sich entweder die Seele aus dem Leib oder schlafen tief und fest. Als Großmutter sich mir nähert, schaue ich sie für einen Moment ernst an, dann wende ich den Blick wieder zur Decke. Ihren Worten nach weiß sie sofort, dass ich es bin. Später fragte ich mich manchmal, ob sie mich ausgewählt hat wie einen Truthahn auf dem Markt. Man bringt mich erst am dritten Tag zur Mutter, und das auch nur für kurze Zeit. Ihre Milch ist schnell ausgetrocknet.

2.

Es schneit, als der Flieger spät in der Nacht in Tbilissi landet. Der schimmernde Lichterteppich unter mir weckt sofort die Erinnerung daran, wie Ane und ich und all die anderen aus der Tanz- und Gesangsgruppe *Tbilissi*, kurz vor der Landung wie auf ein Zeichen verstummten und aufgeregt aus den runden Fenstern hinunterschauten, wo Eltern, Geschwister, Nachbarn und Freunde auf uns warteten. Heute wartet niemand auf mich. Als einer der ersten taucht mein kleiner grauer Koffer auf dem Gepäckband auf. Ich greife ihn, registriere die neidischen Blicke und gehe durch die Schiebetür, über der mit großen glitzernden Buchstaben »Welcome to Georgia« steht. Aus der dichten Menschenmenge der Wartenden treffen mich enttäuschte Blicke, niemand ruft nach mir, niemand winkt mir zu, niemand umarmt mich und klopft mir auf den Rücken. Dafür umringen mich mehrere Taxifahrer am Ausgang und versuchen, mich zu ihrem Auto zu zerren. Bevor sie merken, dass ich keine Touristin bin, nennen sie mir den dreifachen Fahrpreis. Willkommen in Georgien! Der Weg vom Flughafen zur Wohnung, in der niemand mehr wohnt, ist die nicht durchtrennte Nabelschnur, die mich mit meiner Kindheit verbindet. Ich fahre diesen Weg in meinen guten und schlechten Träumen. Als ich vor dem Haus stehe und das kalte Metall des Schlüssels in meiner Hand spüre, dämmert es bereits. Die Rollläden sind heruntergelassen. Sollte ich vielleicht in ein Hotel fahren? In der Wohnung, in der es nach Mutter, Staub und Leere riecht, fühle ich mich wie ein Eindringling. Strom und Heizung sind abgestellt. Mit Hilfe der Handytaschenlampe finde ich eine Kerze. Alles liegt am selben Ort, nur das Wichtigste fehlt: das Leben. Ich ziehe mir Mutters vom vielen Auskochen fadenscheiniges, hellblaues Nachthemd mit den weißen Blümchen an, lege mich in ihr Bett und halte mir die Ohren zu, um die unerträgliche Stille nicht zu hören. Ich sinke in die Erde, zu dir, Mutter, während du nackt neben mir im Bett liegst und mich mit deinen mit Milch prall gefüllten Brüsten tröstest.

3.

Mutter war die Einzige der drei Geschwister, die nicht bei den Eltern aufwuchs. Seit ihrem fünften Geburtstag wohnte sie bei ihrer Großmutter Efemia und ihrer Tante Tamara, die mir zur Großmutter werden wird, in Tbilissi. Die anderen lebten auf dem Land, wo ihr Vater, mein Großvater Giorgi, Tamaras Bruder, als Lehrer eingeteilt war. Die Sowjets hatten ihm verboten, in einer Großstadt zu unterrichten, weil er als Kind eines Landesverräters galt, so wie Millionen andere während dieser Zeit. Mutter hatte mir erzählt, wie ihre Großmutter Efemia sie im Bus mit nach Tbilissi nahm. Es war ein warmer, goldener Oktobertag und so früh am Morgen, dass die in leuchtende Farben getauchten Straßen der Stadt menschenleer waren. Nur hier und da kehrten die meist kurdischen Straßenfeger mit ihren groben Reisigbesen die bunten Blätter über die Bordsteine. Irgendwann stiegen die beiden aus, und als der Bus davongefahren war, hörte man nur noch das rhythmische Schaben des Reisigs. Efemia gab ihr die Hand, und sie schritten schweigend durch das Herbstlaub. Die Sonne stieg höher, und meine Mutter spürte plötzlich eine bodenlose Trauer, die sie bis zu ihrem Lebensende nicht wieder verlassen sollte. Als Efemia starb, überwältigte sie diese Trauer. Es war Efemias Idee gewesen, das aufgeweckte Mädchen zu sich zu holen, damit es in der Hauptstadt bessere Zukunftschancen habe. Meine Mutter hatte sich den Plan ihrer Großmutter sehr zu Herzen genommen. Sie war nicht nur die Beste der Klasse, sondern der gesamten Schule, gewann alle möglichen Schulwettbewerbe und bekam zum Abitur eine goldene Medaille. Die Schauspielerei allerdings, mit der sie sich während der Schulzeit leidenschaftlich beschäftigt hatte, stieß bei ihrer Großmutter in der Stadt als auch ihrer Familie auf dem Land auf Ablehnung, und sie beschloss, Chemie zu studieren. Selbstverständlich glänzte sie auch an der Universität und absolvierte das Studium mit dem Roten Diplom. Aber zuvor lernte sie meinen Vater kennen. Dato war ein gutaussehender junger Mann mit sanften braunen Augen, einer komischen Schlaghose und langen Koteletten. Auch er wollte am Schauspielinstitut studieren, und da es ihm ebenso verboten wurde, meldete er sich heimlich für die Aufnahmeprüfungen an und bestand sie. Seine Eltern, meine geliebten Großeltern, Marine und Mamuka, zwangen ihn, sich zu exmatrikulieren und eine Arbeit zu suchen. Arbeiten wollte er nicht, also verbrachte er die meiste Zeit mit seinen Freunden. Und Freunde hatte er viele.

Es war keine Liebe auf den ersten Blick, zumindest nicht für meine Mutter. Es war eine Begegnung mit einem in ihren Augen durchschnittlichen Mann, meinem Vater. Kurz nach ihrem ersten Treffen wurde er für drei Jahre in die sowjetische Armee einberufen und in Russland stationiert. Er schrieb meiner Mutter täglich lange Briefe, die sie ungelesen in den Müll warf. Sie mochte keine aufdringlichen Männer und antwortete ihm kein einziges Mal. Ich frage mich manchmal, ob sie die Briefe aufgehoben hätte, wenn sie gewusst hätte, was folgte. Ich kenne die Handschrift meines Vaters lediglich von der Scheidungsurkunde.

Nach seiner Rückkehr aus der Armee, einige Monate nach Efemias Tod, kreuzte mein Vater auf der Party einer Freundin meiner Mutter auf. Großmutter Tamara konnte diese Frau, die knallbunte Röcke, pinken Lippenstift und klimpernde Halsketten trug, bis zu ihrem Lebensende nicht leiden, sie wollte ihr nicht verzeihen, »die ganze Sache« mit meinen Eltern angezettelt zu haben. Als junges Mädchen grübelte ich lange darüber nach, was so schlimm an der »Sache« gewesen war, immerhin war ich ihr Ergebnis.

Kaum auf der Party, betrank sich mein Vater, führte meine Mutter in den Hof hinaus, zerbrach die mitgenommene Champagnerflasche an einer Straßenlaterne, drückte den Flaschenhals an sein Handgelenk, schnitt sich leicht und beschwor meine verschreckte Mutter: »Ich kann ohne dich nicht leben. Wenn du mich nicht heiratest, bringe ich mich hier und jetzt um!«

Meine junge Mutter war naiv genug, ihm zu glauben. Noch war die Blütezeit der Brautentführungen nicht angebrochen. Er zerrte sie nicht wie Vieh von der Straße und ins Auto, sie fuhr freiwillig mit in ein abgelegenes Dorf zu irgendwelchen eingeweihten Verwandten. Kaum hatte Tamara begriffen, was geschehen war, machte sie sich mit ihrem alten Freund Nodar auf die Suche. Als sie die Flüchtigen endlich gefunden hatten und mein Vater leicht verlegen die Tür öffnete, gab Nodar Tamara einen Seitenhieb und flüsterte ihr ins Ohr: »Schau, wie gut der Typ aussieht. Wir lassen sie auf jeden Fall hier!«

Im Gegensatz zu der in solchen Fällen üblicherweise gestellten Frage, ob »es« bereits geschehen war, fragte Tamara meine Mutter, die sich hinter Datos Rücken versteckt hielt, ob sie diesen Mann liebe und bei ihm bleiben wolle. Hätte Mutter auch nur eine ihrer Fragen mit Nein beantwortet, hätte Tamara sie auf der Stelle wieder mitgenommen. Mutter bejahte und blieb.
Blieb sie aus Angst vor den Drohungen meines Vaters, sich etwas anzutun? Kam sie sich nach der ersten Nacht mit dem Mann, den sie kaum kannte und nicht liebte, vergewaltigt vor? Fühlte sie sich am nächsten Morgen nicht beschämt, während die Gastgeber den Tisch deckten und sie beglückwünschten? Ich habe ihr diese Fragen nie gestellt. Kurz darauf wurde eine kleine Hochzeit gefeiert. Ein Jahr später kam ich zur Welt. Noch ein Jahr später ließen sich meine Eltern scheiden.

Nach der Scheidung kehrte Mutter zu Tamara zurück, wohin hätte sie als geschiedene Frau mit einem Baby auf dem Arm auch gehen sollen? Bald fand sie eine Arbeitsstelle in einem Wissenschaftlichen Institut, und als ich gerade zweieinhalb Jahre alt war, erwarb sie den

Titel »Nachwuchswissenschaftlerin«, wozu sie für drei Tage nach Moskau fahren und ich bei Großmutter Tamara bleiben musste. Ich kann mich an diese Tage nicht erinnern, nur an den Moment, als die Tür aufging und ich meine Mutter wiedersah, die sich lächelnd hinkniete und mir eine ebenso lächelnde Puppe entgegenhielt. Ich nannte die Puppe »Ich« und schleppte sie mit mir herum, bis ich erwachsen war. Mutter kümmerte sich neben der Arbeit um die Einkäufe, den gesamten Haushalt und meine Erziehung, wobei sie alle mich betreffenden Fragen mit Tamara, die das letzte Wort hatte, absprechen musste. Sie hat nie wieder geheiratet; meinetwegen, hieß es. Mein Vater ebenso wenig. Vielleicht hatte er gehofft, Mutter würde zu ihm zurückkehren.

1.

Warum bist du verschwunden, Ane? Das ist der erste Gedanke, der mir jeden Morgen noch vor dem Aufwachen kommt. Und auch der letzte in der Nacht, während ich im warmen, spiegelglatten See des Schlafs versinke. Zuerst berühre ich die Oberfläche vorsichtig mit den Zehenspitzen, während ich auf einem kleinen Holzsteg sitze, als ob ich prüfte, wie kalt das Wasser ist. Schließlich lasse ich den ganzen Körper ins Wasser gleiten, in dem ich wie mit unsichtbaren Kiemen atmen kann, bis das beruhigende Grün mich sanft verschlingt. Ich lande auf dem weichen, sandigen Seegrund, und wogende Wasserpflanzen berühren mich behutsam mit ihren zarten Fingerspitzen. Manchmal höre ich dein Lachen. Lach ruhig. Ich weiß selbst, dass ich nicht schwimmen kann.

5.

Die helle Zweizimmerwohnung im Stadtzentrum von Tbilissi, in der ich die nächsten Wochen allein verbringen werde, überflutet mich mit Erinnerungen. Ich öffne und schließe Schranktüren, nehme Bücher aus dem Regal, berühre gefaltete Handtücher und Kleidung, führe die Hand über die Tapete. Ich könnte zu jedem Gegenstand eine Geschichte erzählen. Die alten Blumentapeten: im Wohnzimmer in Gelb, Orange und Braun, im Schlafzimmer in Weiß und Blau. Ich kenne noch immer jeden Strich, jedes Blatt, jede kleinste Blüte, man konnte darin tausend verschiedene Bilder, Motive, Gesichter entdecken und Geschichten dazu erfinden.

Die vier Meter hohen Decken gaben mir als Kind ein Gefühl von Verlorenheit. Die Fenster waren groß und vergittert, mit Holzrollläden und schneeweißen Vorhängen, die Mutter alle paar Monate auf eine riesige Leiter kletternd ab- und, nachdem sie sie gewaschen hatte, wieder aufhing. Während ich unten stand und die Leiter halten musste, fürchtete ich jedes Mal, sie würde abstürzen. Wie erleichtert ich war, wenn sie im von den herunterflatternden Vorhängen aufgewirbelten Staub von der knarzenden Leiter stieg.

Auch an der Eingangstür, die direkt auf die Straße geht und abgesehen von der Toilettentür die einzige Tür in der Wohnung ist, sind von innen Holzrollläden angebracht. Jede Nacht wurden sie heruntergelassen, und ihr Knirschen beim Hochziehen weckte mich am Morgen. Zur Küche führt ein langer fensterloser Korridor. Von der Wohnzimmercouch blickt man direkt ins Schlafzimmer, das wir uns zu dritt teilten und in dem auch mein Schreibtisch stand; in der rechten Ecke hinter einem Kleiderschrank. Mein Rücken fühlte sich oft nackt und ungeschützt an, obwohl meine Mutter und Tamara fernsahen und keinen Grund hatten, mich zu beobachten, da ich immer darum bemüht war, allen Erwartungen, die es im übertriebenen Maße gab, gerecht zu werden. Ganz selten rutschte ich an die Wand, öffnete die Schranktür und genoss dahinter ein wenig Privatsphäre, ohne den Begriff und seine Bedeutung zu kennen. Wir besaßen eine riesige Bibliothek: Unzählige Bücher sind noch immer in den anderthalb Meter tiefen Wandschränken verstaut, stehen in mehreren Reihen hintereinander. Mutter hatte die russische Zeitschrift *Ausländische Literatur* abonniert und las alles, was die sowjetische Zensur zuließ – die Zeitschriften stapelten sich. Erst nachdem die Sowjetunion auseinandergefallen war und die westliche Kultur endlich auch bei uns Einzug gehalten hatte, brachte sie es übers Herz, die vergilbten und zerlesenen Zeitschriften wegzuwerfen.

Ich las bald ebenso leidenschaftlich wie meine Mutter. Sogar während des Essens. »Wenn ein Buch dich interessiert, dann bist du auch reif dafür«, sagte sie, also las ich alles. Meistens nachts, wenn ich nicht schlafen konnte. Ich löschte das Licht und stellte mich tot, wenn Mutter nach mir schaute, aber kaum drehte sie sich um, las ich im schwachen Licht der Straßenlaterne, das in einem dünnen Strahl durch die geschlossenen Rollläden drang. Das Licht reichte kaum, sodass ich das Buch unter dem Lichtstrahl hin- und herschieben musste, und manchmal nahm ich Streichhölzer zu Hilfe, die ich in einem Versteck aufbewahrte. Ich lernte, das Streichholz geschickt umzudrehen und ganz und gar runterbrennen zu lassen, und las so schnell, dass eine Schachtel für mehrere Seiten ausreichte. Am nächsten Morgen entsorgte ich die verkohlten Hölzer, bis ich es eines Tages vergaß und meine Mutter mich für eine Pyromanin hielt.

Meine ohnehin lebhafte Fantasie wurde durch die Kinowelt, die ich mit sieben Jahren entdeckte, endgültig entfesselt. Ich begann sie genauso leidenschaftlich zu lieben wie die Bücher. In der Zastoi-Zeit, der Zeit der großen Stagnation, wurde jeden Samstagabend die Sendung *Ilusioni* ausgestrahlt, die der Zensur zum Trotz westliche Filmklassiker präsentierte. Nur selten durfte ich mitschauen. Irgendwann ließ Mutter im Schlafzimmer ein Entresol für uns beide bauen. Es war winzig – hatte nur Platz für zwei Betten – und dennoch herrlich, vor allem, weil man nicht ständig die Schlafsofas aus- und zuklappen musste. Eines Abends fand ich heraus, dass ich, wenn ich unter das Bett meiner Mutter krabbelte, mit dem linken Auge den Bildschirm im großen Wandspiegel im Wohnzimmer sehen konnte. So nahmen interessante Samstagabende ihren Anfang, wenn ich unter dem Bett liegend einer ungewöhnlichen Aufführung heimlich beiwohnte. Am nächsten Morgen erzählte ich Ane, die mit ihrer Familie im gegenüberliegenden Haus wohnte, von dem Film, den wir beide nicht schauen durften.

Ane und ich hatten eine typische Sowjet-Kindheit, und dazu gehörten Paraden mit kleinen roten Fähnchen und die Nachrichtensendung *Wremja* um Punkt einundzwanzig Uhr genauso wie der fast obligatorische Besuch einer Musikschule, Tanzen in einem Folkloreensemble, in unserem Fall das *Tbilissi*, und braune Schuluniformen mit schneeweißen Kragen, die Mutter, anstatt sie zu kaufen, eigenhändig für uns beide nähte und strickte, in verschiedenen Mustern und mit vielen schönen Ornamenten. Anes Mutter hatte zwei linke Hände, sie konnte nicht mal einen Knopf annähen. Großmutter Tamara, die eigentlich

Lehrerin war, begann später am Empfang eines großen Hotels zu arbeiten, das viele ausländische Gäste beherbergte. Sie hatte ein gutes Einkommen, also konnten wir uns viele Extras leisten, darunter Reisen in andere sozialistische Länder. Ich trug Jeans und Sportschuhe, die so genannten *Botasi*, hatte nicht die groben georgischen Schulhefte, sondern die glänzenden aus Moskau.

Das politische Geschehen erschien mir lange Zeit völlig belanglos, und ich fühlte mich durch das autoritäre sowjetische Regime nicht wirklich eingeschränkt. Jegliche Veränderung an der Regierungsspitze bekam ich nur dadurch mit, dass im Todesfall eines Generalsekretärs im Fernseher den ganzen Tag Trauermusik übertragen und die einzige tägliche Kindersendung *Gute Nacht* nicht ausgestrahlt wurde. Was Ane und mich maßlos ärgerte, vor allem, da sie früher nach Hause gehen musste und ich sie bis zum Morgen auf dem Schulweg nicht sehen konnte.

In den Ferien nahm uns Mutter oft mit zur Arbeit ins Wissenschaftliche Institut. Die Räume waren vollgestopft mit Destillationsgefäßen, Kolben, Röhren, Blasen, Retorten, Reaktoren und seltsam riechenden Pulvern. Die Flüssigkeiten in den Kolben vermischten sich, änderten die Farbe, entwickelten dichten Rauch, zischten, kochten und verdampften. Ich fühlte mich wie Alice im Wunderland. Nur seltsam, dass die Männer und Frauen dort weiße Kittel trugen, anstatt Zylinder und extravagante Kleider. In den Mittagspausen schlossen sich einige von ihnen in den Labors ein. Ane und ich hatten durch das Schlüsselloch beobachten können, wie sie kleine Kissen aus den unteren Schreibtischschubladen nahmen, sich auf die großen, harten Holztische legten und darauf schliefen wie in einem federweichen Bett. Manchmal ärgerten wir sie, indem wir an die Tür klopften und dann kichernd wegrannten.

Im Institut gab es einen riesigen Konferenzsaal mit einer Bühne, einem langen Tisch und einem Rednerpult. Hinten, an der weißen Leinwand, hingen Sowjetflaggen und irgendwelche Plakate, die ich nicht weiter beachtete. Manchmal schlichen wir in den Saal, und ich stellte mich ans Rednerpult und hielt flammende Reden am ausgeschalteten Mikrofon. Wenn ich richtig in Fahrt kam, hörte ich förmlich, wie der voll besetzte Saal begeistert applaudierte. Tatsächlich klatschte nur Ane.

Das riesige Institutsgebäude lag mitten in einem großen Park mit einem künstlichen Teich, der zu jeder Jahreszeit mit Laub bedeckt war; das Wasser stank furchtbar, vor allem im Sommer. Manchmal hockten wir uns hin und beobachteten die auf dem Rücken im stinkenden Wasser treibenden Frösche. Dann wünschte ich mir, ich wäre wie sie, friedlich und sorglos.

6.

Wie erinnert man sich an einen Menschen, wenn man weder weiß, wo er wohnte, noch, wo er begraben ist? Wenn man nichts hat, an dem sein Geruch haftet, kein von ihm getragenes Hemd, keine von ihm berührten Dinge. Es ist, als ob es ihn nie gegeben hätte. Sogar auf den Fotos ist er nur ein herausgeschnittener Kopf, ein klaffendes Loch, Leere.

Ich fahre ins Wissenschaftliche Institut, wo Ane und ich so viele schöne Tage verbracht haben. Es liegt außerhalb der Stadt. Das Gebäude ist inzwischen marode. Vermüllter Hof, zerschlagene Scheiben, umherwirbelnde Plastiktüten. Der Teich, an dem ich mir mal gewünscht habe, ein Frosch zu sein, ist ausgetrocknet. Das Zimmer, das ich suche, befindet sich im Erdgeschoss, drittes Fenster von rechts. Ich stelle mich auf die Zehenspitzen und schaue vorsichtig hinein. Das mit Regalen voller Ordner, Bücher und Papiere vollgestopfte winzige Büro teilte Mutter mit Gari, ihrem siebzehn Jahre älteren Kollegen. Genauso lange waren sie auch ein Paar. Das erfuhr ich erst mit achtzehn, kurz nachdem sie sich getrennt hatten. Keine Ahnung, wie mir ihre Liebesbeziehung bis dahin verborgen geblieben war, obwohl Gari praktisch ein Teil all meiner Erinnerungen ist: Er holt mich zusammen mit Mutter von der Schule ab, fährt mich zum Tanz- oder Musikunterricht, wartet auf mich, ist bei allen Aufführungen dabei, er bleibt täglich zum Abendessen und verbringt die meisten Wochenenden mit uns, er repariert alles im Haus, schmiert mir manchmal Brote, und wenn ich die Suppe nicht essen will, löffelt er mit, sobald Mutter wegschaut. Ich weiß nicht, für wen ich ihn gehalten habe. Er war einfach immer da, und es war ganz normal, weil ich es nicht anders kannte. Nicht ein einziges Mal kam mir ein Verdacht. Vielleicht, weil er viel älter war als sie. Vielleicht, weil er stets einen dünnen goldenen Ehering trug und verheiratet war, mit einer Frau, die ihm keine Kinder gebären konnte und es anscheinend akzeptierte, dass er eine zweite Familie hatte. Ich habe diese Frau nie gesehen, nicht mal auf einem Foto. Sie ist für immer ein gesichtsloser Name geblieben, der selten erwähnt wurde. Vielleicht, weil ich nie eine Zärtlichkeit zwischen Mutter und Gari wahrgenommen habe, keine flüchtige Berührung, kein sehnsüchtiges Lächeln. Vielleicht, weil er nie bei uns übernachtet hat. Oder weil Mutter für mich eine neutrale Kreatur war, ein Idol auf einem unerreichbar hohen Sockel, das keine Fehler machte, keine Bedürfnisse hatte, kein Geschlecht, keinen Sex. Die einzige Erinnerung, die gar nicht in dieses Bild passte, weshalb sie jahrelang in meinem Gedächtnis hängen blieb, ist die, als Gari uns für einen Tag in unseren Ferien am Schwarzen Meer besuchte. Er tauchte ganz unerwartet auf, und ich freute mich wie verrückt darüber, dass er über Nacht bleiben wollte. Noch in der Eingangstür hängte ich mich an seinen Hals. Er war dürr, sonnengegerbt und knochig, mit einer Hakennase und zurückgekämmten grauen Haaren mit Geheimratsecken. Er verfügte über eine beeindruckende Allgemeinbildung, er konnte und wusste alles, und ich liebte ihn sehr. Er war mehr Vater für mich, als mein eigener je gewesen ist, obwohl mir das Wort »Vater« in Bezug auf ihn kein einziges Mal in den Sinn kam. Am nächsten Morgen war die Couch wieder leer, ich war tief enttäuscht. Er hatte mir Brotscheiben-Züge mit Kakaocreme zum Frühstück versprochen, und es war nicht seine Art, Versprechen zu brechen. Als meine Mutter mich an diesem Morgen bat, Tamara nichts von Garis Besuch zu erzählen, stand sie von mir abgewandt und machte den Abwasch. Sogar ihr Rücken wirkte verlegen. Ich war irritiert.

Als ich sieben war, adoptierten Gari und seine Frau ein Baby, das, bis es erwachsen war, nichts von der Adoption wusste, wie die meisten adoptierten Kinder in Georgien. Es war ein süßer, dicklicher Junge mit großen, dunklen Augen und ungewöhnlich langen Wimpern; ich spielte gern mit ihm, wenn sein Vater ihn, was selten vorkam, mitbrachte. Ein einziges Mal – Gari war beschwipst (er trank so gut wie nie) – setzte er mich auf seine Knie, umarmte mich ganz fest und sagte, dass er mich viel mehr liebte als seinen Sohn, der in Wirklichkeit nicht seiner sei. Ich glaubte ihm sofort.

Nach der Trennung – ich muss etwa achtzehn gewesen sein –, von der ich natürlich ebenso wenig wusste wie von der Beziehung, rief Gari mich eines Tages an und bat um ein Treffen. An jenem Nachmittag saßen wir beide in unserer Küche, in der er eigenhändig die Fliesen verlegt hatte, und erzählte mir die ganze Wahrheit. In allen Einzelheiten, buchstäblich allen. Dinge, die man über die eigene Mutter nicht wissen sollte. Ihre Vorlieben und Abneigungen, was und wie, wann und wo. Das siebzehn Jahre andauernde Schweigen wurde nicht nur gebrochen, es wurde auch nachträglich ausgefüllt: mit Bildern, Sätzen und Wörtern, Geräuschen und Tönen, ohne Rücksicht darauf, dass ich vor seinen Augen rücklings in ein tiefes Loch fiel. Kurz bevor ich mir das Rückgrat brach und zu röcheln anfing, beklagte er sich, dass meine »undankbare Mutter« ihn für jemand anderen, einen viel Jüngeren, sitzen ließ, nachdem er »sein halbes Leben für sie geopfert habe«, und bat mich mit einem Kloß im Hals und Tränen in den Augen, ihm nicht das Gleiche anzutun. Ich hasste ihn. Ich hasste sie. Ich hasste die ganze verdammte Welt. Wollte er sich an ihr rächen und sie bestrafen, indem er mich verletzte, die er mehr liebte als seinen Sohn, der nicht seiner war? Wollte er mich meine Mutter durch seine hasserfüllten Augen sehen lassen und einen Graben zwischen ihr und mir ziehen, der unüberwindbar bleiben würde? Ich weiß es bis heute nicht. Es war das letzte Mal, dass ich ihn sah oder sprach.

Ich stellte meiner Mutter tagelang nach, schwänzte Vorlesungen und Arbeit, durchwühlte ihre Schubladen und Schränke, versteckte mich hinter Bäumen und Autos und folgte ihr überallhin. Ich stalkte sie, konnte nicht mehr klar denken. Dann stellte sie mich eines Abends zur Rede. Wir saßen in derselben Küche, in der Gari und ich einige Tage zuvor gesessen hatten. Ich mied ihren Blick, rauchte Kette und schwieg die meiste Zeit. Sie schälte

Kartoffeln in einer großen grünen Schüssel, in der Pfanne zischte bereits Öl, als sie mich plötzlich fragte, was in der letzten Zeit mit mir los sei. Nach kurzem Zögern schaltete ich den Herd aus, setzte mich wieder hin, schaute ihr herausfordernd in die Augen und sagte mit kalter Stimme: »Ich weiß alles!« Dann erzählte ich in groben Zügen, was vorgefallen war, ohne Einzelheiten, ohne Bilder und Töne, ohne auch sie in ein tiefes Loch zu stürzen. Währenddessen schaute sie mich entsetzt an, mit einem Erdbeben in den Augen, die Tränen tröpfelten auf die halb geschälte Kartoffel in ihrer Hand. Als ich endlich schwieg, versuchte sie, sich mit zitternder Stimme und durcheinandergeratenen Wörtern zu rechtfertigen, siebzehn Jahre ihres Lebens in schneller Rückblende nachzuerzählen: wie sie darunter litt, dass Gari seinen Ehering nie abnahm, wie wertlos sie sich manchmal fühlte, völlig fehl am Platz, in einem falschen Leben gefangen gehalten; wie sie jetzt zum ersten Mal in ihrem Leben verliebt war und sich geliebt fühlte. Sie bat mich immer wieder um Verzeihung und schwor, sich sofort zu trennen, wenn ich es wollte. Auf einmal tat sie mir so leid, dass ich das alles überwältigende Bedürfnis verspürte, mir wehzutun, mich zu ritzen, mit dem kleinen, scharfen Messer, das sie immer noch in der Hand hielt. Ich wollte etwas anderes fühlen, eine andere Realität erschaffen, um aus dieser zu flüchten. Währenddessen wurde sie immer wütender auf Gari, den sie an diesem Tag so endgültig und spurlos aus unseren Leben ausradierte, als ob es ihn nie gegeben hätte. Keinen einzigen Tag mit ihm. Sein Name war von da an Tabu.

7.

Wir kennen uns, seitdem ich denken kann. Dein Gesicht ist das Erste, woran ich mich erinnere, wenn ich an meine Kindheit und Jugend denke.

Jetzt sind wir vierundvierzig. Im selben Alter ist unser Nachbar Geno gestorben. Weißt du noch? Unsere Eltern waren so traurig. Wir, die Drittklässler, wunderten uns nur darüber, dass man einen Vierundvierzigjährigen als Frühverstorbenen bezeichnete. Was war so bestürzend an seinem Tod?

Und erinnerst du dich, wie wir ein paar Jahre später mit Klara hinter der Schulmauer hockten und ihr begeistert dabei zusahen, wie sie eine Zigarette rauchte? Hustend und nicht gerade gekonnt, aber uns hat sie beeindruckt. Wir waren so stolz, dass sie sich, obwohl ganze drei Jahre älter, mit uns abgab. An dem Tag erzählte sie uns, dass Ronald Reagan einen roten Knopf im Weißen Haus habe, auf den er jederzeit drücken und die ganze Welt in die Luft jagen könne. Sie verriet uns im Flüsterton, während sie die Zigarette ausdrückte, sogar den dafür angesetzten Termin: »Silvester 2000.« Dann zog sie ihren schwarzen BH-Träger zurecht, das weiß ich noch genau, und fügte lässig hinzu: »Scheiß drauf! Mit dreiundzwanzig habe ich die besten Jahre hinter mir.«

Willst du wissen, wie ich mein Millennium-Silvester verbracht habe? Wenige Wochen zuvor war ich in einer Nacht- und Nebelaktion vor meinem Freund geflohen. Er hatte mich verprügelt. Ich fand eine günstige Ein-Zimmer-Wohnung und zog am 31. Dezember dort ein. Sie war winzig, eiskalt, leer. Nicht mal Glühbirnen in den Lampenfassungen. Ich drehte alle Heizungen auf, breitete die kurz zuvor gekaufte Luftmatratze aus und hüllte mich in den grünen Schal deiner Großmutter Sofia, der so ziemlich das Einzige war, was ich aus der alten Wohnung mitgenommen hatte. In völliger Dunkelheit saß ich auf dem Boden, zündete mir einen Joint an und beobachtete durchs Fenster, wie die ersten bunten Feuerwerkskörper in den Himmel über Berlin stiegen. Kurz vor Mitternacht holte ich einen Stift und den Mietvertrag aus der Tasche, malte auf dessen Rückseite einen festlich geschmückten Weihnachtsbaum, heftete das Bild mit Kaugummi an die Wand, stellte mich davor, hob den Kopf, setzte ein breites Lächeln auf, wie auf den obligatorischen Paraden unserer Kindheit, und sang so laut und feierlich, wie ich konnte: »O Tannenbaum! O Tannenbaum! Wie grün sind deine Blätter!« Du erinnerst dich, es war das einzige deutsche Lied, das uns Frau Iza in der Schule beigebracht hat.

Wie hast du jene Nacht verbracht? Hat dich dein dich über alles liebender Ehemann Levan auch verprügelt? Warst du allein? Hattest du Angst? Und wirst du mir glauben, wenn ich sage, dass ich seit deinem Verschwinden vor zwei Jahren vor gar nichts mehr Angst habe? Aber damals in Berlin, als es an einem eiskalten Januarabend, wenige Wochen nach meiner überstürzten Flucht, plötzlich klingelte und er vor meiner Tür stand, brach die Angst über mich herein. Er hatte mich gefunden, und jetzt war er da, vor meiner Tür. Die Angst zog Kreise in meinem Körper. Zuerst wie jene um die flachen Steine, die wir in den kleinen grünen See neben unserem Ferienhaus warfen. Dann wurden sie zu Wellen und schlugen wild um sich. Ich wusste nicht, was ich tun sollte, traute mich nicht, mich wegzubewegen, und als ich durch den Spion mitten in sein vor Wut verzerrtes, gerötetes Gesicht blickte, tauchte ein Bild in meinem

Kopf auf: Du und ich stehen am Seeufer, die Taschen deiner hochgekrempelten weiten Hose sind voller Steine. Du gehst in die Hocke, bereitest dich mit todernstem Gesicht auf das Werfen vor, drehst dich noch einmal zu mir um, grinst und wirfst den ersten Stein. Und während er immer härter gegen die Tür hämmerte, mir drohte und mich beschimpfte – »dreckige Hure, billige Schlampe, verficktes Miststück, ich steche dich ab« –, schloss ich die Augen und dachte an dich. An uns beide am See.

8.

Wäre es Frühling, würden mich spielende Kinder auf der Straße wecken oder die unverkennbaren Rufe der »Malina! Malina!«-Frau, die ihre Himbeeren verkauft. Aber es ist grauer Tbilisser Winter. Fenster und Rollläden sind verschlossen, Vorhänge zugezogen. Selten fährt ein Auto vorbei. Nicht mal das Ticken der Wanduhr ist zu hören, ich habe die Batterien gleich nach der Ankunft entfernt. Manchmal verliere ich das Zeitgefühl, wenn ich in der völligen Dunkelheit liege und mich an die Dinge erinnere, die zu vergessen mich so viel Kraft gekostet hat.

Am Abend des 7. April 1989, kurz vor meinem zehnten Geburtstag, saß ich an meinem Schreibtisch, vor der mit Zeitungsausschnitten von Musikern und Schauspielern tapezierten Wand. Ich bereitete mich hinter der geöffneten Schranktür auf die anstehende Mathearbeit vor, im Hintergrund lief der Fernseher. Es war ein ganz normaler Abend, bis der Nachrichtensprecher mit kalter Stimme verkündete: »Seit einigen Tagen findet auf der Rustaveli-Allee eine von aufrührerischen Gruppen organisierte Versammlung statt, deren niederträchtiges Ziel es ist, unsere sozialistische Republik hinterhältig anzugreifen und ihrem Ansehen zu schaden! Das sind Parasiten, ein Geschwür unserer Gesellschaft! Unsere Pflicht ist es jetzt ...« Jemand schaltete den Fernseher aus. Mutter kam zu mir und lehnte sich an die Tischkante. »Es sind friedliche Demonstranten«, sagte sie. »Einige von ihnen sind in den Hungerstreik getreten. Sie verlangen die Unabhängigkeit Georgiens und die Loslösung von der Sowjetunion. Hoffentlich geht alles gut«, ein dunkler Schatten huschte über ihr Gesicht. *Hauptsache, meine Geburtstagsfeier findet nächsten Samstag statt*, dachte ich und fragte besorgt: »Werden sie es schaffen?«

»Nicht sie. Wir alle. Und es sind natürlich keine Parasiten, im Gegensatz zu denen ...«, sie nickte verächtlich Richtung Fernseher. »Der Demonstration schließen sich immer mehr Menschen an. Wir gehen morgen auch hin. Mach jetzt deine Hausaufgaben für Montag fertig.«

Wie lang, wie endlos eine einzige Nacht sein kann für ein Kind, das sich auf den nächsten Tag freut. Wenn ein Schulausflug bevorstand, hatte ich vor Aufregung die ganze Nacht Bauchschmerzen, während ich immer denselben Traum träumte: Der Tag ist regnerisch, eiskalt und stürmisch; der Ausflug wird abgesagt. Auch in jener Nacht träumte ich den Traum und war unendlich erleichtert, als der nächste Morgen warm und sonnig aus der Nacht hervortrat. Es war ein Samstag. Großmutter fühlte sich nicht wohl, also gingen Mutter und ich ohne sie zur Rustaveli-Allee, die nur ein paar Meter von unserer Wohnung entfernt lag.

»Es ist ein historischer Moment, ich möchte, dass du dabei bist und dir alles gut einprägst«, sagte Mutter, als wir in der dichten Menschenmenge standen. Alle um uns herum schienen aufgeregt zu sein, auch meine Mutter, die lächelnd den Megaphonen lauschte. Manchmal stellte sie sich auf die Zehenspitzen, um besser sehen zu können. Sie hielt mich fest an der Hand und schaute immer wieder zu mir herunter, ihre Augen leuchteten. Die Menge zischelte, raunte und murmelte ununterbrochen: *Hast du die Panzer gesehen? Sie wollen uns nur einschüchtern. Es sind die Russen. Spezialeinheiten oder so, ich habe es doch gesagt. Ich weiß, die Militärhubschrauber kreisen schon den ganzen Tag am Himmel.*

Es begann zu dämmern, die Menschenmasse um uns verdichtete sich, ich konnte nichts mehr sehen, kriegte kaum noch Luft und fühlte mich wie ein Zwerg im Land der Riesen. Ein vollbärtiger Mann, der vor uns stand und mit seinem breiten Rücken ziemlich einschüchternd wirkte, bemerkte mein Elend, schnappte mich einfach, drängte sich durch die Menschenmasse und setzte mich auf dem Sockel eines großen Denkmals ab. Ich klammerte mich daran fest, der Stein fühlte sich kalt an. Ich richtete mich auf, und plötzlich schaute ich auf Tausende brennende Kerzen. Es war ein wogendes, summendes Meer aus Glühwürmchen. Die Menschen um mich herum weinten vor Freude, sie sangen und tanzten, beglückwünschten und umarmten einander, schlugen sich übermütig auf die Schulter. Alle skandierten im Chor: »GE-OR-GI-EN! FREI-HEIT!«

Es war überwältigend. Mein Herz raste. Die Handflächen wurden feucht. Ich spürte am ganzen Körper, dass ich Teil von etwas Großem war. Ich wünschte mir Ane an meine Seite, unsere klopfenden Herzen im selben Takt, uns bei den Händen haltend. Ich ahnte damals nicht, dass man so etwas nur einmal im Leben erlebt. Zu diesem Zeitpunkt konnte noch niemand wissen, dass das Land schon kurz nach dieser so hart erkämpften Unabhängigkeit gespalten und von Konflikten gezeichnet sein würde. Hinter all diesen Menschen liegen jetzt zwei Kriege mit Russland und ein Bürgerkrieg, in dem Familienmitglieder, Freunde und Nachbarn auf verschiedenen Seiten der Barrikaden standen und aufeinander schossen. Solche Wunden verheilen schlecht, und der damals entstandene Hass ist bis heute allgegenwärtig. Der Leitspruch auf dem georgischen Staatswappen »Kraft durch Einheit« erscheint mir im Angesicht all dessen nahezu ironisch. Aber in jener Nacht standen alle auf derselben Seite, alle verfolgten dasselbe Ziel, alle waren bereit, dafür zu sterben. Man sah es in ihren Gesichtern. Der Abend brach an, als unter lautem Beifall die Unabhängigkeitserklärung verlesen wurde und kurz darauf ein blindes Mädchen, das später zum Symbol dieser besonderen Tage werden sollte, auf der Panduri spielte und mit herzzerreißender Stimme von der Freiheit sang. In jenem Moment begann ich hemmungslos zu schluchzen. Jemand half mir, vom Denkmal zu klettern, und ich fiel in die Arme meiner Mutter, die mich nach Hause brachte. Bis spät in der Nacht lag ich hellwach im Bett und versuchte wie im Fieber, die überwältigenden Eindrücke, die durcheinandergeratenen Gedanken, all die skandierten Parolen in mein Tagebuch zu schreiben. Ane würde alles ganz genau wissen wollen. Irgendwann war ich eingeschlafen, als mich ein furchterregender Lärm aufschreckte. Ich fuhr hoch und schaute zum leeren Bett meiner Mutter. Von draußen waren hastige Schritte zu hören, panische Stimmen, die durcheinanderriefen: »Hilfe! Sie töten uns! Sie töten uns!«, dazwischen unverständliches Zeug. Direkt unter unserem Fenster atmete jemand schwer.

»Maaam!«, schrie ich. Im leeren Wohnzimmer brannte Licht. Es klopfte mehrmals an unserer Haustür. Ich trocknete die verschwitzen Handflächen an der bunten Bettdecke ab, stand auf, schlüpfte in die Pantoffeln und lief im Pyjama durch den fensterlosen Flur zur Küche. Tamara und Mutter saßen angezogen und kreidebleich am Tisch.

»Die schlachten uns ab! Wir brauchen Hilfe!«, kreischte draußen jemand mit verzweifelter Stimme. Es klopfte wieder. Mutter ging mit unsicheren Schritten zum Eingang, zog die Rollläden hoch und schloss die Tür auf. Ich sah blutüberströmte, verstörte Menschen in verschiedene Richtungen taumeln.

»Geh zurück ins Bett! Hab keine Angst«, sagte Mutter mit veränderter Stimme, während sie sich an der Türklinke wie an einem Haltegriff festhielt. Ihr Gesicht war verzerrt und fremd. Sie hielt kurz inne, ging dann zum Schrank und holte das Verbandsmaterial.

»Es ist zu wenig, hol die Bettlaken«, sagte Tamara, die sich aus der Versteinerung gelöst hatte. Ungewohnt ruhig und gefasst half sie einem Verwundeten ins Haus. Ich stand reglos da, blinzelte nicht mal und schaute die Szene wie einen für mein Alter unzulässigen Film an. Es war faszinierend und verstörend zugleich. Ich hatte das Gefühl, hoch oben unter der Decke zu schweben und alles wie durch ein umgedrehtes Fernglas zu beobachten. Sogar mich selbst sah ich als winzige Spielfigur, die man leicht mit zwei Fingern hätte greifen und irgendwo anders abstellen können. Ich hätte mich gern irgendwo anders abgestellt. Am liebsten neben Ane. Das Geräusch von reißendem Stoff. Mutter hockte auf dem Boden, in ihrem Schoß lagen Bettlaken, die sie in lange Streifen teilte.

»Soll ich dir helfen?«, fragte ich leise. Sie schaute mich an. Ich hatte noch nie Angst in ihren Augen gesehen. Mir war bis dahin nicht einmal bewusst, dass sie überhaupt Angst empfinden konnte. Dann nickte sie so zaghaft, dass ich zum ersten Mal in meinem Leben das Bedürfnis verspürte, ihr den Kopf zu streicheln, um sie zu beruhigen. Ich setzte mich neben sie, so nah, dass ich sie leicht mit dem Arm berührte, und zerriss die in einem Kessel ausgekochten, gebügelten, sorgfältig gefalteten schneeweißen Bettlaken wie fremdgesteuert. In dieser Nacht kam niemand zur Ruhe, das ganze Viertel versank im Chaos. Ich bin irgendwann eingenickt, im Wohnzimmer auf einem Sessel kauernd, und wachte nach ein paar Stunden im Bett auf. Es war ein gefährlich ruhiger Morgen. Die blau-weißen Blumen auf der Tapete zeigten fremde Muster. Sie hatten sich in stumm schreiende Fratzen verwandelt, sie jagten mir einen Schrecken ein. Ich schloss die Augen und versuchte, mich zu entsinnen, ob der Horror der letzten Nacht nur ein Alptraum gewesen war. In der Küche saßen unsere Nachbarn auf Stühlen und mitgebrachten Hockern. Keiner sagte ein Wort. Sie ähnelten einander in ihrer Angst, waren abwesend und erstarrt. Mutter kochte Tee. Sie schien zum ersten Mal nicht darauf zu achten, dass ich mit nackten Füßen auf dem kalten Boden stand. Keiner der Erwachsenen schien mich wahrzunehmen, ich fürchtete einen Moment, unsichtbar geworden zu sein.

»Sie wissen nicht, wie viele Tote es sind«, sagte eine heisere Stimme. Ich spürte die Kälte langsam den Rücken hinaufkriechen.

»Und wie viele Verletzte, weiß man erst recht nicht ... Sie haben uns mit Militärschlagstöcken und Spaten angegriffen«, fügte ein anderer hinzu und schaute mit geröteten Augen zum offenen Fenster, durch das die Morgensonne fröhlich hereinschien und die Nacht zuvor wie einen bizarren Schemen erscheinen ließ.

»Es soll einen Gasangriff gegeben haben«, flüsterte eine Frau und umfasste mit beiden Händen die dampfende Teetasse, die Mutter vor sie hingestellt hatte. Auch meine Hände fühlten sich eisig an. Als Mutter mein Elend endlich bemerkte, brachte sie mir Socken und ein Plaid, schmierte Brot, schenkte Tee ein. Während des Essens erfuhr ich, dass es seit dem Morgen des Vortags eine Sperrstunde gegeben hatte, über die aber erst nachts Meldung verbreitet wurde, ich verstand nicht alles.

»Was sollen wir jetzt machen?«, fragte Großmutter Tamara, und ihre Frage baumelte wie eine schwere Last an einem hauchdünnen Faden über unseren gesenkten Köpfen. Den ganzen Tag klingelte das Telefon. Die Nachrichten über die Geschehnisse der letzten Nacht verbreiteten sich wie ein Lauffeuer in der ganzen Stadt. Irgendwann stand fest, dass es neben mehreren Hundert Vergifteten und Verwundeten einundzwanzig Todesopfer gab, vierzehn davon weiblich, darunter drei sechzehnjährige Mädchen und eine hochschwangere Frau. Ich kenne ihre Namen bis heute auswendig, und ihre Gesichter auf den Schwarz-Weiß-Fotos haben sich für immer in mein Gedächtnis eingebrannt. Genauso wie die Bilder von ihren bis zur Unkenntlichkeit entstellten Leichen.

Wir blieben den ganzen Tag zu Hause. Die Nachbarn erzählten, dass es in der Stadt von russischen Soldaten wimmelte, die fast jedes Auto anhielten und durchsuchten. Diejenigen, die ein schwarzes Trauerband an der Autoantenne befestigt hatten, und das hatten die meisten, wurden unter Waffengewalt gezwungen, es abzunehmen. Wir erfuhren, dass ein junger Mann erschossen wurde, weil er einem Halt-Befehl nicht gefolgt war. Als Mutter die Nachricht und den Namen des Opfers hörte, griff sie zum Telefon. Nach einem kurzen Gespräch drehte sie sich zur Großmutter: »Ja, er war es.«

»Wer?«, fragte ich und dachte an meinen Vater, obwohl sein Name nicht gefallen war. Ich dachte in diesen Tagen oft an ihn.

»Der kleine Bruder eines guten Freundes. Ich kannte ihn, seit er ein Baby war.« Ihre Stimme klang verloren, ich hätte sie gern umarmt, aber sie verließ die Küche.

Am nächsten Tag gingen wir zurück zur Rustaveli-Allee. Dieses Mal begleitete uns Ane, die ich seit jener schrecklichen Nacht nicht gesehen hatte. Ihre Stimme brach, als wir telefonierten, kurz bevor sie zu uns kam. Wieder hatten sich viele Menschen versammelt, und weitere strömten trotz der Gefahr hinzu. Alles hatte sich verändert. Die Straße sah aus wie ein Schlachtfeld, überall, auf den Treppen, auf Grünflächen, Bürgersteigen, auf der Fahrbahn, lagen zertretene und von Panzern überrollte Gegenstände: Schlafsäcke, Kleidungsstücke, Decken, Schuhe, Mützen, Spielzeuge, Taschen, Kosmetikartikel, zerbrochene Flaschen, Kisten, Verpackungen, Essensreste, Stofffetzen. Dazwischen im Tageslicht schimmernde große und kleine braune Flecken. »Ist das Blut?«, fragte Ane und griff nach meiner Hand. Ihre weit aufgerissenen Augen füllten sich mit Tränen. Die Straße war wie ein verwundeter, noch blutender Organismus. Ich setzte meine Schritte vorsichtig, versuchte, nichts zu zertreten. Ich wollte ihr nicht noch mehr Schmerz zufügen. Durch das ganze Viertel zogen trauernde, fassungslose Menschen, die Blumen niederlegten und Kerzen anzündeten. Als ob sie auf die aufgeplatzten Wunden des Asphalts bunte Blumenpflaster klebten.

Da die Schulen geschlossen blieben, fuhr ich zwei Tage später mit Mutter und Gari ins Wissenschaftliche

Institut. Ich saß auf dem Rücksitz und las ein Buch, als ich Mutters angespannte Stimme hörte: »Hab keine Angst!« Ich hob den Kopf und sah Soldaten mit Gewehren, die sich vor unser Auto gestellt hatten, während wir langsamer wurden und schließlich zum Stehen kamen. Mutter und Gari kurbelten die Fensterscheiben runter, schroffe russische Befehle drangen ins Wageninnere. Sofort senkte ich den Kopf und tat, als wandte ich mich wieder dem Buch zu, obwohl ich vor Schreck kein einziges Wort mehr entziffern konnte. Die Buchstaben tanzten vor meinen Augen, vermischten sich und trennten sich wieder. Auf einmal war ich wie taub, nahm kein Geräusch mehr wahr bis auf den ununterbrochenen Piepton im Ohr. Ohne den Blick vom Buch abzuwenden, stieg ich aus. Wir stellten uns neben das Auto. Mutter umklammerte mein Handgelenk so fest, dass es schmerzte. Ich sah aus dem Augenwinkel, wie die Soldaten den Wagen durchsuchten, sie warfen alles, was sie im Kofferraum fanden, auf den Boden und leerten unsere Taschen aus. Plötzlich drückte Mutter noch fester zu. Ich schaute kurz auf und sah, dass Gari, dessen Gesicht genauso grau geworden war wie sein Bart, von einem Soldaten angeschrien wurde. Den Schrei hörte ich nicht, ich sah nur das erboste Gesicht und das auf Garis Bauch gerichtete Gewehr. Ich sah, wie Gari vergeblich versuchte, das an der Antenne befestigte Trauerband abzunehmen, seine Finger zitterten. Ich senkte wieder den Kopf. Als sich der Griff um mein Handgelenk endlich lockerte, folgte ich meiner Mutter, immer noch stur auf das aufgeschlagene Buch mit den tanzenden Buchstaben starrend, und setzte mich wieder in den Wagen. Wir durften weiterfahren.

Wie aus weiter Ferne hörte ich: »Geht's dir gut?« Das Piepen in den Ohren war plötzlich verschwunden, und alles gewann seine ursprüngliche Schärfe zurück, als ich meine Mutter ansah. Sie hatte einen merkwürdigen Blick, den ich mit keinem mir bekannten Adjektiv beschreiben kann. Nach ein paar Metern bat sie Gari anzuhalten, Mutter und ich stiegen aus und umarmten uns. Ich umschlang sie wie Efeu, presste das Gesicht an ihre flache, pochende Brust, atmete tief ein und hielt die Luft an. Ich wollte, dass dieser Augenblick für immer in mir bleibt, wie ein in Bernstein verewigtes Insekt, es war einer der wenigen Augenblicke, in denen Mutter eine solche körperliche Nähe zuließ. Ich kann mich bis heute an jeden einzelnen erinnern. Streicheleinheiten, Umarmungen und Küsse holte ich mir bei Ane, Großmutter Tamara und bei Gari, der gerade die Augen schloss, das Lenkrad umfasste und den Kopf darauf legte. Er tat mir so leid, dass ich mich von Mutter löste und auf den Beifahrersitz kletterte. Er hob den Kopf und schaute mich dankbar an.

Wahrscheinlich hatte der ganze Zwischenfall nur wenige Minuten gedauert, aber mir kam es vor wie das ganze Leben, alles zwischen Geburt und Tod, und als ich mit bis zum Hals klopfendem Herzen und aufgeschlagenem Buch neben dem Auto gestanden hatte und auf einen Schuss wartete, begriff ich, dass es schwer und leicht zugleich ist, für oder wegen etwas zu sterben. Ob man will oder nicht. Das Buch mit den tanzenden Buchstaben habe ich nie zu Ende gelesen. Ich gab es Ane.

9.

Weißt du, wo ich gerade bin? In »Artos Garten«. Jetzt fällt mir auf, dass ich bis heute nicht weiß, wer Arto war, in dessen Garten wir die meiste Zeit unserer Kindheit verbrachten – mehrere Stunden an jedem zweiten Tag –

und den ich seit fünfzehn Jahren nicht mehr betreten habe.

Das Taxi hält vor dem Eingang, an dem ich so oft mit Ane und meinen Freunden stand und redete, während die Eltern uns ungeduldig zur Eile drängten. Der Weg zum Hauptgebäude, in dem sich der Proberaum unseres Tanzensembles befand und das vor einigen Jahren neu errichtet wurde, ist viel kürzer als in meiner Erinnerung. Das Denkmal von Zoya Ruchadze, einer jungen Georgierin, die im Zweiten Weltkrieg gegen die deutschen Besatzer in Russland kämpfte und mit einundzwanzig Jahren nach monatelangen Misshandlungen in einem Brunnen ertränkt wurde, jagt mir immer noch Angst ein. Der Trinkbrunnen, an dem es immer Gedrängel gab, weil in den Pausen alle gleichzeitig ihren Durst löschen wollten, ist ausgetrocknet. Ich setze mich auf die Bank, zünde mir eine Zigarette an und rauche zum ersten Mal in Artos Garten.

Wenn ich an meine hier verbrachte Zeit zurückdenke, erinnere ich mich sogleich an die Eröffnungsszene in *Vom Winde verweht*, in der Vivien Leigh von vielen Verehrern umgeben im Garten sitzt – verwöhnt, umworben und angehimmelt. Dem Ensemble, in dem es Dutzende Tänzer und Sänger gab, deren Alter zwischen fünf und siebzehn variierte, traten Ane und ich mit sechs Jahren bei. Wir blieben zwölf Jahre, in denen wir lange Zeit die einzigen Mädchen waren und auf Händen getragen wurden; wir waren Prinzessinnen, und die Jungs prügelten sich um uns. Ane bekam einmal von einem Jungen nach einer Tournee in Japan ein winziges rosa Schirmchen aus Papier geschenkt, das man sogar auf- und zuklappen konnte. So etwas hatten wir noch nie gesehen, und Ane bewahrte es jahrelang wie einen Schatz auf. Erst nach meinem Umzug nach Deutschland stellte ich fest, dass es sich dabei um ein in Sammelpackungen angebotenes Cocktailschirmchen handelte.

Ich muss lächeln, als mir die Geschichte einfällt, drücke die Zigarette an der Bank aus und schlendere zum Gebäude. Als ich am Eingang eine gekrümmte alte Frau mit schneeweißen Haaren bemerke, stockt mir der Atem. Unsere Tanzlehrerin Gvantsa. Ob sie mich erkennt? Dreißig Jahre sind eine lange Zeit, sie geht mit langsamen, schlurfenden Schritten an mir vorbei.

Sie hat uns begleitet, wenn wir mit dem Ensemble auf Tournee gingen – nicht nur in sozialistischen Ländern. Immer wieder Flugzeuge, Züge, Busse, Hotelzimmer, neue Städte, neue Länder. Ich glaube, schon damals wurde ich zu einer Nomadin, die sich nur unterwegs zu Hause fühlte. Wir hatten ein sehr anstrengendes Programm, mussten in vielen Städten Konzerte geben und fast jeden Abend vor mehreren Hundert Menschen in riesigen Sälen auftreten: in Nationaltracht gekleidet, die Jungs mit echten Dolchen um die Taille, die dann auf der Bühne durch die Luft flogen, während die Zuschauer begeistert und erschrocken kreischten; und wir beide, mit knielangen künstlichen Zöpfen und aufgebauschten Kleidern im Polonaise-Stil. Im Rampenlicht zu stehen und bejubelt zu werden, war für uns Routine. Wenn wir keine Aufführungen hatten oder nicht zum nächsten Ort unterwegs waren, spielten wir in noblen Fünf-Sterne-Hotels wie in unseren Hinterhöfen, rannten durch die schicken Korridore und brachten das Personal zur Weißglut. Abends versammelten wir uns in den Zimmern und blieben die ganze Nacht wach. Die Jungs sangen alte georgische polyphone Lieder, und diese bezaubernden Klänge machten unser ohnehin schon aufregendes Beisammensein zu etwas sehr Besonderem. Das Großartigste auf diesen Tourneen war aber, dass wir ohne Eltern reisten.

Wir landeten in Taiwan. Kaum aus dem Flugzeug, begrüßte unser Gruppenleiter das Empfangskomitee mit den Worten: »Welche Ehre, dass man uns mit einem Fest willkommen heißt.« Irgendwann erklärte uns die freundlich lächelnde taiwanischen Dolmetscherin, dass es sich bei dem Festschmuck um die Straßenbeleuchtung handelte. Als Ane und ich das Fünf-Sterne-Hotelzimmer betraten, versanken wir bis zu den Knöcheln in flauschigem Teppich. Dieser Luxus! Glänzende Spiegel und Körbe voller Süßigkeiten! Wir kletterten auf das riesige Bett und hüpften und kreischten vor Begeisterung.

Weiter ging es in die Türkei, wir gaben Konzerte in mehreren Großstädten und kleineren Ortschaften. Einmal begegneten wir auf einem Markt einigen Türk-Georgiern, die gebrochenes Georgisch sprachen, mit einem Akzent, der sich gleichzeitig fremd und vertraut anhörte. Einer von ihnen bat uns, kurz zu warten, und kam mit einem völlig abgenutzten Exemplar des uralten Georgisch-Lehrbuchs *Deda Ena* zurück, sichtlich gerührt sagte er, dass seine Familie es wie den größten Schatz von Generation zu Generation weitergebe. Ich verstand nicht, warum er weinte und was ihm unsere Begegnung bedeutete.

Zurück fuhren wir mit einem riesigen zweistöckigen Bus. Vollgestopft mit in der Türkei erstandenen Kronleuchtern und Haushaltswaren, die die Kinder zwischen ihren Beinen zu verstauen versuchten. Wenn wir ins Ausland reisten, bekamen die meisten von uns eine Liste von Dingen, die sie mit den wenigen Dollars, die wir mit unseren Aufführungen verdienten, kaufen sollten. Ich durfte mit dem Geld machen, was ich wollte. Ane kaufte meistens kleine Geschenke für ihre Urgroßmutter Sofia, die sie Großmutter nannte.

»Suchen Sie jemanden?«, höre ich plötzlich eine brüchige, zugleich vertraute Stimme. Gvantsa, die alte Tanzlehrerin, ist zurückgekehrt und schaut mich prüfend an. »Bein höher! Tempo beachten!«, hallt es in meinem Kopf.

»Ich suche Ane!«, rutscht es aus mir heraus, und sofort spüre ich einen Kloß im Hals.

»Hier ist keine Ane!«, antwortet sie streng, und ihr Blick durchbohrt mich.

»Ich weiß«, die Tränen kullern mir über die Wangen, dann drehe ich mich um und gehe mit schnellen Schritten Richtung Tor.

Im November 1989 reisten wir für eine dreiwöchige Tournee nach Ost-Berlin, blieben aber nur acht Tage. Wir hatten kaum zwei Konzerte gegeben, als unser Gruppenleiter die Anweisung aus Georgien bekam, die Tour abzubrechen und in die sozialistische Heimat zurückzukehren. Berlin sei nicht mehr sicher. Wir Kinder erfuhren erst nach der überstürzten Rückreise, dass die Grenzen geöffnet wurden und die Mauer gefallen war. Von dieser Reise sind mir nur Bruchstücke im Gedächtnis geblieben. Ich erinnere mich an die riesigen überfüllten Konzerthallen, an die Brezeln, die wir in Unmengen verzehrten, und auch daran, welche Schwierigkeiten ich hatte, einfache deutsche Sätze zu sprechen. Gekauft habe ich lediglich eine Barbie, eine Rarität, mit ihrem dürren Körper, dem glitzernden lila Galakleid, blonden, taillenlangen Haaren und hyperweißen Zähnen. Sie saß die ganze Zeit auf meinem Schoß, als wir zurückflogen, während meine Puppe »Ich« einsam und etwas beleidigt in einem Koffer im Gepäckraum lag. Was mir aber am lebendigsten in Erinnerung geblieben ist, war eine lange, mit Stacheldraht umgebene, graue, unheimliche Mauer, die wir nur aus großer Entfernung betrachten durften. Dahinter lag eine andere, für uns verbotene Welt, und ich wünschte mir so sehr, irgendwann dorthin zu gelangen.

10.

Ich liebe europäische Friedhöfe, vor allem alte, verlassene. Mit Holzbänken, mächtigen schattenspendenden Bäumen, zwitschernden Vögeln, mit kleinen Gräbern und bescheidenen Inschriften, mit einer Grünfläche, auf der man liegen und ein Buch lesen kann. Georgische Friedhöfe sehen ganz anders aus. Die meisten Grabsteine sind monumental und furchteinflößend, hier und da stehen Denkmäler oder Engelstatuen, jeder versucht, seine Trauer und den Verlust möglichst überwältigend zur Schau zu stellen, als ob ihr Toter der erste Mensch wäre, der je gestorben ist. Es gibt keine öffentlichen Bänke, keine Grünflächen, kaum Bäume. Sogar die Luft ist hier mit Tod gesättigt.

Das Grab von Sofia, Anes Großmutter, sieht verlassen und ungepflegt aus. Das Unkraut hat die Erde überwuchert. Dem Engel aus Stein fehlt ein Flügel. Ich spüre, wie auch meine Flügel bei diesem Anblick wegbrechen. Ane ist lange nicht mehr hier gewesen. Sie ist nicht in Tbilissi. Noch nicht? Ich rupfe Unkraut, wische Staub vom Grabstein und lege die mitgebrachten Blumen auf die Erde. Dann gehe ich weiter, zu den vier Gräbern, die am äußersten Rand des Friedhofs liegen und sich kaum von den anderen unterscheiden. Hinter einer Schmutzschicht starren mich die Fotografien auf dem schwarzen Marmor an. Der Dritte in der Reihe ist mein Vater. Was würde ich ihm sagen, wenn er mich hören könnte? Dass es mir leidtut? Dass ich fast jeden Tag an ihn denke? Dass ich mich seinetwegen immer noch hasse? Dass einige Narben an meinen Armen seinen Namen tragen?

Ich vergötterte meinen Vater. Er kümmerte sich kaum um mich, vergaß mal meinen Geburtstag, mal Weihnachten. Die ständigen Enttäuschungen hinterließen einen bitteren Geschmack im Mund und vergifteten allmählich mein Blut, bis meine bedingungslose Liebe zu ihm in eine Hass-Liebe umschlug. Tamara und Mutter redeten nie schlecht über ihn, nur ein paar Mal schimpfte Mutter, ich hätte als Baby oft eine Ohrenentzündung bekommen, nachdem ich bei Dato gewesen sei. Dann hätte ich nächtelang vor Schmerzen geschrien. Daran erinnere ich mich nicht. Aber ich weiß noch genau, wie sehr ich es liebte, bei ihm zu sein, was selten vorkam. Wenn er mich zurückbrachte, setzte er mich vor der Tür ab und wartete, bis ich hineingegangen war. Nur ein einziges Mal, als wir uns weit mehr als üblich verspätet hatten, ging er mit mir hinein. Ich war um Mutters Reaktion besorgt gewesen, da sie mich ausdrücklich gewarnt hatte, diesmal pünktlich zurück zu sein. Mein Vater wollte sich also entschuldigen. Als wir den Raum betraten – ich ganz aufgeregt wegen der ungewohnten Situation –, saß Mutter am Fenster und las ein Buch. Bei unserem Anblick blitzte in ihren Augen ein noch nie dagewesener Zorn auf. Als Vater zu erklären begann, erwiderte sie kalt wie die Eiskönigin aus einem russischen Zeichentrickfilm: »Ich will das nicht hören!«, und ging zur Toilette; wir hatten ja keine andere Tür, die man hinter sich hätte zuschlagen können. Wir blieben zu zweit im Zimmer und schauten einander an. Seine Hand war warm und zitterte, ich wollte sie nicht loslassen. Er tat mir so leid.

Meistens war ich sauer auf ihn oder enttäuscht oder beides. An einem Morgen, als ich ungefähr acht Jahre alt war, rief er an und versprach, mich in einer halben Stunde abzuholen. Ich zog mein neues Spitzenkleid an, kletterte auf die Fensterbank, schaute zwei Stunden lang auf die Straße und wartete ungeduldig auf die Türklingel, die an diesem Tag nicht mehr ertönte. Irgendwann zog ich das Kleid aus, setzte mich ans Klavier und quälte mich mit den verhassten technischen Übungen bis spät in den Abend. Am nächsten Tag gab mir Mutter eine neue Puppe, sie sagte, Dato sei etwas zugestoßen, er habe erst in der Nacht vorbeikommen können, um mir dieses Geschenk zu bringen. Erst viel später erfuhr ich beiläufig, dass ihm lediglich ein alter Bekannter »zugestoßen« war, mit dem er, wie es einem wahren Georgier gebührt, ausgelassen trank und feierte, während ich auf der Fensterbank hockte und auf ihn wartete. Die Puppe war das Geschenk meiner Mutter, und das neue Kleid habe ich, ohne es ein weiteres Mal anzuziehen, Ane geschenkt.

»Elena, sind Sie es?«

Ich zucke zusammen, schaue auf, erkenne die fremde, etwa gleichaltrige Frau nicht, die mich freundlich anlächelt.

»Kennen wir uns?«, frage ich gereizt, ich will mit niemandem reden, ich will zurück zu meinen Erinnerungen.

»Sie mich bestimmt nicht, aber ich war auf Ihrer Lesung vor einigen Jahren in Berlin. Meine Schwester lebt dort.«

Wenn bloß Ane in Berlin leben würde, denke ich, wende den Blick ab und starre wieder die verblichenen Fotografien auf dem Grabstein an.

»Sind das Ihre Eltern? Sie sehen Ihrem Vater sehr ähnlich«, fährt sie fort, ohne meine Antwort abzuwarten. Ich drehe ihr wortlos den Rücken zu. Dann höre ich, wie sich ihre Schritte entfernen.

Mit fünfzehn Jahren brach ich nach einem erbitterten Streit jeglichen Kontakt zu meinem Vater ab. Er versuchte zwar mehrmals, das Eis zwischen uns zu brechen, aber ich gab ihm keine Gelegenheit dazu. Ich öffnete nicht mal die Tür, wenn er bei uns auftauchte, minutenlang klingelte, klopfte und laut meinen Namen rief. Dabei weinte er oft, genauso wie ich, an der Tür lehnend, aber ich war zu oft enttäuscht worden und zu stur, um nachzugeben. Draußen, direkt vor unserem Eingang, gab es einen Treffpunkt, wo sich bei jedem Wetter, Tag und Nacht irgendwelche Typen aus unserem Viertel trafen. Sie rauchten Kette, fluchten, fuchtelten mit den Armen, klärten lautstark irgendwelche idiotische Männerangelegenheiten untereinander und spuckten ununterbrochen theatralisch auf den Boden. Und jedes Mal, wenn Vater bei uns erschien, bot er ihnen eine kostenlose Show: Ein fast zwei Meter großer, mächtiger Mann, der wie ein bei Regen aus dem Haus gejagter Hund winselt und um Vergebung bettelt, manchmal sogar auf Knien. Es kotzte mich an, weil ich genau wusste, dass er in ihren männlichen, ehrenhaften, stolzen Augen ein erbärmliches Bild abgab. Irgendwann akzeptierte er meine Entscheidung und zog sich aus meinem Leben zurück. Er rief nur noch zwei Mal an, zuerst als Großmutter Marine gestorben war, und ein Jahr danach, als auch Großvater Mamuka starb. Großmutter Tamara begleitete mich zu beiden Beerdigungen, Mutter kam nicht mit.

Sowohl zu Großmutter Marines als auch zu Großvater Mamukas Beerdigung trafen Tamara und ich zur späten Abendstunde ein. Das Treppenhaus war voller Menschen, rechts ging man hinauf, links hinunter, zwischendurch nickte man den vorbeigehenden Trauergästen zu. Die Wohnungstür stand offen, aus dem Inneren strömten der süßliche Duft von Weihrauch und gedämpfte Trauermusik. Das laute Weinen und Wehklagen der schwarz gekleideten Frauen war bereits auf der Treppe zu hören. Sie saßen im Wohnzimmer, auf den an den Wänden aufgereihten Stühlen. Die Blumen und Trauerkränze wurden entweder neben oder direkt auf den offenen Sarg in der Mitte des Raums gelegt. Auch ich setzte mich und beobachtete, wie die endlos hereinströmenden Besucher Beileidsworte murmelnd den aufgebahrten Leichnam umkreisten und wieder hinausströmten. Ein trauriges Erwachsenenkarussell.

Großmutter Marine hatte weiße Haare, grüne Knopfaugen, eine mit Fältchen übersäte, feine, spinnennetzartige Haut und ein stets lächelndes Gesicht. Zu spät stellte sich heraus, dass sie Krebs hatte. Er war so weit fortgeschritten, dass der Arzt die Bauchhöhle nach dem Öffnen sofort wieder zunähte und ihren Kindern riet, in den folgenden Wochen besonders nett zur Mutter zu sein. Das alles erfuhr ich erst später. Genauso wie die Tatsache, dass Marine kurz nach der Operation Tamara anrief und sie bat, mich zu ihr zu bringen. Obwohl man die Diagnose vor ihr geheim gehalten hatte, musste sie gespürt haben, dass sie bald sterben würde, und wollte mich vor ihrem Tod noch einmal sehen. Als Tamara mir eines Tages mitteilte, dass wir gemeinsam zu Marine fahren würden, traute ich meinen Ohren nicht. Das war noch nie vorgekommen. Immer holte mich mein Vater ab. Mutter oder Großmutter waren kein einziges Mal dort. An die einstündige Fahrt in die Nachbarstadt, wo Vater und die Großeltern lebten, kann ich mich nicht mehr erinnern, nur an den Moment, als Marine uns die Tür öffnete. Sie sah dürrer aus als sonst, zart wie eine Origami-Figur. In der Küche duftete es nach frischem Kaffee. Sie hatte neue

Gardinen aufgehängt. Schlichte weiße Gardinen mit winzigen blauen Blümchen. Obwohl ich zu alt dafür war, saß ich sehr lange auf ihrem Schoß. Sie fühlte sich so zerbrechlich an, dass ich versuchte, sie nicht mit meinem Gewicht zu erdrücken, und harrte halb sitzend, halb stehend, in der Position der Skiläufer aus, bis meine Beine einschliefen und unangenehm zu kribbeln begannen. Währenddessen fragte sie mich über die Schule und Freunde aus, schmunzelte bei der Frage, ob ich verliebt sei, kämmte mir die Haare nach hinten und flocht mir einen Zopf. Tamara trank Kaffee, lächelte zwischendurch und schaute aus dem Fenster. Nach einiger Zeit bat mich Marine, ins Geschäft um die Ecke zu gehen und Limonade zu holen. Ich wunderte mich, weil sie für meinen Besuch immer alles vorbereitet hatte, war aber zeitgleich froh, mir die Beine ein wenig zu vertreten, also tat ich, worum sie mich gebeten hatte. Als ich nach ein paar Minuten mit zwei an die Brust gedrückten Limonadenflaschen zurückkehrte, nahm ich gedämpftes Murmeln aus der Küche wahr, ich schritt auf Zehenspitzen über den knarzenden Fußboden und schaute durch den Türspalt. Tamara und Marine saßen einander gegenüber, der Raum war von Sonnenlicht durchflutet, Marines Hände, die wie verhungerte weiße Tauben aussahen, ruhten auf dem Tisch. Tamara beugte sich vor und umschloss Marines Hände mit ihren, und die sterbenden Tauben zuckten auf.

Genau drei Monate nach diesem Besuch rief mein Vater das erste Mal nach anderthalb Jahren an. Es war ein kurzes Telefonat. Ich hörte an seiner Stimme, dass er geweint hatte: »Entschuldige, dass ich anrufe. Mutter ist tot. Die Beerdigung findet morgen statt, du kommst doch, oder?« Und für einen Augenblick hatte ich das Gefühl, mein Herz sei ein Apfel, von dem gerade ein Stück abgebissen wurde. Ich hatte noch keine Ahnung, wie viele Tote ich mit der Zeit beklagen musste.

Der Tag, an dem Großmutter Marine beerdigt wurde, war sonnig und warm. In der Luft roch es nach Frühling. Wie konnte jemand bei diesem Wetter tot sein und in völliger Dunkelheit und Einsamkeit in der Erde begraben werden? Während oben alles zu erblühen und zu duften begann? Am Wohnungseingang sah ich neben meinem Vater meinen dreizehnjährigen Cousin Deme, der mich umarmte und festhielt, und einen ausgezehrten, blinden alten Mann stehen, an dem der zu große graugestreifte, sorgfältig gebügelte Anzug wie ausgeliehen wirkte. Er hustete elendig. Als Vater mich bemerkte, füllten sich seine Augen mit Tränen, er berührte den alten Mann am Arm und sagte ihm mit belegter Stimme: »Vater, unser kleines Mädchen ist gekommen.«

Erst als der alte Mann die Schultern hochzog und zu schluchzen anfing, begriff ich, dass es Opa Mamuka war, den ich als einen fast zwei Meter großen, kräftigen, lustigen Mann in Erinnerung hatte, mit einem solch purpurroten Gesicht, dass ich ihn Granatapfel-Opa nannte. Er arbeitete oft stundenlang in dem winzigen feucht-schimmeligen Keller, in den kaum Licht oder frische Luft eindrang, und fertigte Haushaltsgegenstände und Spielzeuge aus Holz zum Verkauf an: wie den Wolf aus Nu-Pagadi, der mit Hilfe eines einfachen Mechanismus auf einem Seil turnte. Als ich noch klein war, setzte er mich auf seine Schultern, sodass ich die Zimmerdecke berühren konnte. Deme und ich durften einmal unsere Namen an die Decke schreiben, und dieses mit der Zeit verblassende Gekritzel war das Erste, worauf ich blickte, sobald ich die väterliche Wohnung betrat.

Der Mann, der mit tastender Hand nach mir suchte, hatte kaum Ähnlichkeit mit meinem Granatapfel-Opa. Er war irgendwie ausgefärbt und geschrumpft, wie ein in zu heißem Wasser gewaschener Wollpullover, während ich mich wie eine über das Feuer gehaltene Wachsfigur fühlte, die unerträglich schmerzhaft schmolz, langsam zu tröpfeln begann und immer weniger wurde. Ich griff kurz ans Geländer, um mich festzuhalten, dann streckte ich meine Hand seiner in der Luft ziellos flatternden Hand entgegen, umarmte ihn und spürte seine hervorstehenden Schulterblätter. Die Erinnerung an seine in die Leere starrenden liebevollen Augen macht mich bis heute genauso traurig wie damals die in dem Sarg aufgebahrte Großmutter, mitten im Wohnzimmer, als würde sie schlafen.

Nachdem ich die Wohnung verlassen hatte, blieb ich bei Deme, Vater und Großvater am Eingang stehen. Vater stellte mich allen Ankommenden mit grenzenlosem Stolz vor. In mir begann es zu brodeln: Wie viele Male war ich krank gewesen, ohne dass er an meinem Bett saß? Wie oft hatte er mich versetzt oder einfach vergessen? Wie oft war er nicht da, als ich ihn brauchte? Ich verabschiedete mich - Deme und Großvater umarmte ich innig – und verließ die Trauerfeier. Ich wollte nicht mit ansehen, wie Großmutter Marine beerdigt wurde.

Nach ungefähr einem Jahr rief Vater zum zweiten Mal an, und ich musste nun zur Beerdigung meines Granatapfel-Opas fahren, der nach dem Tod seiner Frau, mit der er siebenundvierzig Jahre verbracht hatte, anscheinend jegliche Lust am Leben verloren hatte. Ich glaube fest daran, dass es nicht die Krankheit war, die ihn umbrachte, sondern seine endlose Trauer. Er aß kaum etwas, weigerte sich, Medikamente zu nehmen, saß stundenlang am

Fenster, und obwohl er fast vollends erblindet war, starrte er unermüdlich auf einen Punkt in der Ferne. Ob er dort seine Marine sah, die er jahrelang körperlich und seelisch misshandelt hatte und die dennoch bei ihm blieb und ihn liebte? Dachte er, dass sie irgendwo auf ihn wartete?

11.

Ich habe Jahre gebraucht, um zu begreifen, dass mich mein Trieb, die Beste zu sein, zerstört hat. Die Messlatte lag seit jeher hoch, und seitdem ich denken kann, fürchtete ich zu versagen; bis ich letztendlich unter dem Leistungsdruck zerbrach, mich selbst aus den Trümmern bergen und mühsam wieder zusammensetzen musste. Ein echter Phönix, wie du mich an deinem letzten Tag in Berlin genannt hattest, kurz bevor wir zum Flughafen fuhren. Du warst in diesem Moment so stolz auf mich, während ich immer noch nicht satt vom Sterben war. Mein Selbstzerstörungstrieb war gewaltig, und deine Liebe konnte ihm nichts anhaben.

Vor einigen Jahren habe ich endlich einen Waffenstillstand mit mir geschlossen. Ich verbringe die ruhigen, mit Sehnsucht nach dir vollen Tage, ohne irgendwelche Erwartungen erfüllen oder mich mit jemandem messen zu wollen. Aber früher kannte ich es nicht anders. Die Einzige, mit der ich nie zu konkurrieren versuchte, warst du. Ich wusste immer, dass du die Bessere von uns beiden warst.

Erinnerst du dich an den Sommer 1992? Wir waren damals zwölf und verbrachten die Sommerferien bei deiner Großmutter Sofia am See. Wir teilten das Haus mit zwei Mietern, einer hochschwangeren Frau namens Keti und ihrem vierjährigen Sohn. Eines Abends klagte das Kind über starke Bauchschmerzen auf der rechten Seite. Seine völlig aufgelöste Mutter befürchtete, es könnte der Blinddarm sein, aber wir hatten weder ein Auto, um das Kind ins nächste Krankenhaus im Nachbardorf zu fahren, noch ein Telefon, um den Notarzt zu rufen. Unser Nachbar, der beides hatte, lebte nur einige Meter entfernt, ließ aber nachts seine menschenfressenden Wachhunde, wie die Kinder sie nannten, von der Kette. Als es dem Kleinen immer schlechter ging, liefst du in den Hof, fandest einen großen, abgebrochenen Ast und botest Keti an, sie zum Nachbarn zu begleiten. Ich war überrascht, weil ich wusste, dass du schreckliche Angst vor diesen Hunden hattest, sagte aber nichts. Ich wusste, niemand hätte dich von deinem Entschluss abbringen können, auch deine entsetzte Großmutter Sofia wusste das. Ich schaute dir lange nach, wie du vor der hochschwangeren Keti gingst, ausgerüstet mit der Taschenlampe und dem Ast. Dann verschluckte euch die Dunkelheit, und nicht mal das runde, hopsende Licht der Taschenlampe war mehr zu sehen. Ich hörte das bösartige Bellen und Knurren der Hunde und schloss die Augen. Noch nie zuvor hatte ich solche Angst um dich gehabt, und noch nie hatte ich etwas so sehr bereut, wie dich in jener Nacht allein gehen zu lassen. Nach nicht mal zehn Minuten, die mir wie eine Ewigkeit vorkamen, hielt das Auto unseres Nachbarn vor unserem Tor, um dich abzusetzen und das Kind mitzunehmen. Du warst kreidebleich, deine Finger hielten den Ast noch immer fest umklammert, und deine Lippen zitterten – mein erschrockener und tapferer Igel! Ich schaue bis heute zu dir auf.

Es war übrigens kein geplatzter Blinddarm, es waren Blähungen. Als Dank für deine selbstlose Aktion ließ dich Keti nach der Entbindung den Namen für ihre Tochter auswählen. Du gabst ihr meinen Namen: Elena.

12.

Nachts werden die Friedhöfe geschlossen, genauso wie die Kirchen. Als ob man nur tagsüber trauern oder beten dürfte. Trotz der beißenden Kälte und des rieselnden Schnees bleibe ich bis zum Spätabend auf dem Friedhof sitzen. Dann gehe ich zu Fuß nach Hause, obwohl es mehrere Kilometer sind. Genauso lang braucht es, um die Geschichte zu erzählen, die mein Knochenmark und Blut, meine Denkweise und Gefühle, mein gesamtes Ich auf molekularer Ebene verändert hat und die mir als Erstes einfällt, wenn ich darüber nachdenke, was ich ungeschehen machen würde, wenn ich könnte. Sie begann mit der Türklingel an einem Samstagmorgen, einige Monate nach Marines und Mamukas Tod und ein paar Wochen nach meiner Hochzeit mit Zaza, zu der wir über fünfhundert Gäste einluden, darunter niemanden von meiner väterlichen Seite. Wir hatten am Tag davor gefeiert und viel getrunken, was eigentlich jeden Abend vorkam. Was hätte man sonst im Tbilissi der neunziger Jahre machen sollen? Das ganze Land versank im Chaos, und alle soffen billigen Wodka im Kerzenlicht. Als mich das Klingeln aus dem Schlaf riss, platzte mir beinahe der Kopf. In meinem Mund hatte sich die Kalahari ausgebreitet. Erst versuchte ich, das nervtötende Geräusch zu ignorieren, in der Hoffnung, dass jemand anderes sich darum kümmern oder der ungebetene Gast wieder gehen würde. Zaza schnarchte so verzweifelt, als ob man ihn gerade strangulierte. Ich gab ihm einen Seitenhieb, aber er drehte sich bloß auf die andere Seite, murmelte etwas und schnarchte weiter. Die

Schwäger zu wecken, war aus vielen Gründen keine Option, auch die Schwiegermutter wachte für gewöhnlich erst gegen Mittag auf, also kroch ich aus dem Bett, zog die zerschlissene Jeans an und ging zur Tür. Im großen Spiegel neben dem Eingang sah ich eine furchteinflößende Manga-Figur: verschmiertes Make-up, zerzauste Haare. Ich versuchte vergeblich, das Haar in Ordnung zu bringen, und öffnete die Tür mit einem Seufzer. Erst sah ich einen riesigen Feldblumenstrauß, dann ein breites Lächeln und am Ende die liebsten Augen der Welt. Deme, mein Cousin, stand auf der Türschwelle. Als ich ihn das letzte Mal, auf Opa Mamukas Beerdigung, sah, reichte er mir bis zu den Schultern, jetzt war er mit seinen fünfzehn Jahren größer als ich, eine richtige Bohnenstange, dürr und knochig. Einige Sekunden lang starrte ich ihn an, ohne etwas zu sagen oder ihn hereinzubitten.

»Hätte ich nicht kommen sollen?«, fragte er unsicher.

Sofort erwachte ich aus der Trance, packte ihn am Arm, zerrte ihn in die Wohnung und hängte mich um seinen Hals. Er atmete erleichtert auf. Kurz darauf saßen wir auf der Couch, er – kerzengerade wie ein eifriger Schüler – hielt den Blumenstrauß, wie ein Stück Frühling, immer noch an die Brust gedrückt und lächelte ununterbrochen. Auf dem Esstisch stand das Geschirr mit den Essensresten vom Tag zuvor. Die Aschenbecher quollen über. Eine Fliege flog laut summend auf der Suche nach dem Ausgang gegen die von der Sonne erwärmte Fensterscheibe, immer und immer wieder.

»Ich wollte dich nur kurz sehen und dir zur Hochzeit gratulieren, aber jetzt muss ich wieder gehen, sonst flippt mein Vater aus. Er wartet draußen auf mich«, sagte er nach einigen Minuten, seufzte wie ein vom Leben hart rangenommener Mensch und fügte etwas zögernd hinzu:

»Willst du uns nicht besuchen? Wir sind kürzlich umgezogen, ich gebe dir die Adresse. Mama vermisst dich sehr. Vater ist fast nie zu Hause. Komm einfach vorbei, wann immer du willst.« Die letzten Sätze ratterte er nur so herunter und schaute mich flehend an. Von draußen ertönte ein langes, aufdringliches Autohupen. Drinnen summte die Fliege am Fenster.

»Gut, das mach ich. Ist dein Vater immer noch neurotisch?«

»Klar. Jetzt hat er auch noch die Menopause ...«, Deme kicherte genauso wie früher, wenn ich ihn am Bauch kitzelte. Auch ich musste lachen und gab ihm einen Klaps auf den Hinterkopf.

»Wenn er dich hören könnte!«

Das Autohupen setzte erneut ein. Deme kramte einen Zettel mit seiner Adresse aus der Hosentasche und reichte ihn mir. Ich umarmte ihn und schnüffelte mit geschlossenen Augen an seinem Nacken. Bevor ich die Tür schloss, hörte ich, wie er über mehrere Stufen sprang und mir aus dem Treppenhaus zurief: »Ich warte auf dich! Wir alle!«

Dann kehrte ich ins Zimmer zurück, stellte die Blumen in die Vase, die Vase auf den Tisch, mitten auf das Schlachtfeld, und öffnete das Fenster. Die glückliche Fliege flog wie Ikarus Richtung Sonne.

Ein paar Tage später machte ich mich auf den Weg und fand die Wohnung nur mit Mühe, sie lag im Souterrain eines Hinterhauses. Deme öffnete und blinzelte ungläubig, dann entfuhr ihm ein Freudenschrei, er packte mich, hob mich hoch und drehte mich in der Luft. Irgendwelche Sachen krachten auf den Boden. Die folgenden zwei Stunden vergingen wie im Flug. Wir saßen in seinem Zimmer. Die Poster und Zeitungsausschnitte verdeckten die Risse in den Wänden mehr schlecht als recht. Deme redete ohne Punkt und Komma, zeigte mir alles Mögliche, räumte die Schubladen aus, stellte sein ganzes Zimmer auf den Kopf, nahm sogar ein Beatles-Poster von der Wand, um es mir zu schenken. Währenddessen erinnerte ich mich daran, wie Granatapfel-Opa Mamuka uns beide – seine einzigen Enkel – bei jedem Besuch in das naheliegende Foto-Atelier mitnahm, in dem es außer zwei riesigen Bären und einem kleinen, roten Zweisitzer nichts gab. Also ähnelten sich alle Fotos: der bis zu den Ohren grinsende Großvater auf dem schmalen Sofa, wir auf seinem Schoß und die hässlichen Bären auf unseren Schößen. Und das Ganze vor einem unnatürlich blauen Hintergrund. Opa ließ die Fotos unzählige Male vervielfältigen und stellte und hängte sie auf jede Kommode, in jedes Regal und an jede Wand. Er nannte es eine Ausstellung zum Thema »Wie bekämpft man die verdammte Sehnsucht«. Auf dem letzten gemeinsamen Foto, das jetzt auf Demes Nachtkommode stand, war Deme elf und ich fünfzehn Jahre alt. Danach sah ich ihn und Opa nur noch ein einziges Mal zusammen, auf Marines Beerdigung.

Ich hörte das Knarzen der Eingangstür.

»Mama ist da«, seine Stimme vibrierte, und die Augen erhellten sich, als ob jemand eine warmgelb schimmernde Nachtlampe in seinem Inneren eingeschaltet hätte. »Bleib kurz hier!«, fügte er eilig hinzu und verließ das Zimmer.

»Mein Spatz. Hast du Hunger? Ich mach gleich was zu essen. Hilf mir erst, den Einkauf auszupacken.«

»Mam, schließ die Augen! Ich habe eine riesige Überraschung für dich.«

Ich betrat die Küche. Sie hielt die schweren Einkaufstüten immer noch in den Händen, auf denen die Adern wie kleine, dunkelblaue Flüsse im weißen Sand verliefen. Sie trug selbstgestrickte bunte Stulpen, ihre dicken, langen Zöpfe waren von grauen Strähnen durchzogen. Der Anblick der alternden Pippi Langstrumpf, wie ich sie seit der Kindheit nannte, zerriss mir das Herz.

»Tadaaa!«, verkündete Deme mit feierlicher Stimme, und sie öffnete die Augen. Einige Sekunden lang standen wir still und schauten uns an. Niemand traute sich, das Schweigen zu brechen, das viel mehr zu sagen vermochte als alle Wörter der Welt. Als Erste kam Nana wieder zu sich und ließ die Einkaufstüten fallen. Tomaten rollten über den abgenutzten Fußboden. Sie berührte mein Gesicht und setzte mit brüchiger Stimme an: »Mein Mädchen, mein Sonnenschein, bist du es wirklich? Wie groß du geworden bist! Mein kluges Mädchen. Ist alles in Ordnung? Brauchst du vielleicht etwas? Mein Ein und Alles, mein Augenstern!« Es klang wie ein ritueller Gesang. Eine Melodie, die mich zugleich überglücklich und tieftraurig machte und dabei die Risse meiner Seele wie Urgroßmutter Efemias alte Singer-Nähmaschine unermüdlich flickte.

»Du wirst uns ab jetzt doch öfter besuchen, mein Engel, oder?«, ihr Blick wurde weich, und ich war nicht imstande, auch nur ein Wort herauszubringen. Dann bereitete Nana das Abendessen zu. Der Duft von Paprika und fein gehackten Kräutern vermengte sich mit dem schwachen Schimmelgeruch der Wände, und wir erzählten einander die Neuigkeiten der letzten drei Jahre, ohne meine Hochzeit auch nur mit einem Wort zu erwähnen. Während wir aßen, saß Nana die ganze Zeit still und schaute uns unendlich sanft und friedvoll an. »Schmeckt's?«

Es war köstlich. Nach dem Abendessen zog sich Deme mit dem Gameboy in sein Zimmer zurück, Nana schloss die Küchentür und wandte sich leise an mich: »Ich muss mit dir reden.«

»Ich hoffe, nicht über meinen Vater.«

»Willst du nicht mal wissen, was ihm zugestoßen ist?«, ihre Stimme zitterte.

»Ist mir scheißegal!«

Wut zog auf wie ein riesiger Tsunami am Horizont und drohte über mich hereinzubrechen. Nana griff nach meinen Händen und schaute mir flehend in die Augen: »Hör mir doch mal kurz zu, mein Herz. Er lag zwei Wochen auf der Intensivstation und wäre beinahe gestorben«, sie ließ den Kopf hängen, das Spinnennetz ihrer grauen Haare vibrierte, wie von einem leichten Windstoß berührt. Ich erstarrte kurz, die riesige Welle drohte über mir zu brechen, dann fing ich mich wieder und fragte: »Wieso? Hat das Trinken, 'tschuldigung, das Feiern, seine Leber zerstört?«

»Hör bitte auf ... Jemand hat ihn vor drei Monaten auf der Straße überfallen und so erbarmungslos zusammengeschlagen, dass er sich bis heute nicht davon erholt hat.«

»Und was willst du von mir?«

Ohne meine Hände loszulassen, kniete Nana plötzlich nieder. Die unbemerkt unter den Tisch gerollte Tomate errötete noch mehr beim Anblick von Pippis schneeweißen Knien und wandte den Blick verlegen ab. »Du liebst mich doch, mein Sonnenschein. Ich flehe dich an, rede mit ihm. Ich weiß, er ist ein schlechter Vater, aber er ist immer noch dein Fleisch und Blut.«

»Ja, und Blut ist dicker als Wasser. Bla, bla. Lass mich los!«

»Er hat niemanden außer dir, und er liebt dich abgöttisch, hörst du? Nach dem Tod unserer Eltern ist er wie ausgewechselt. Er ist ein halber Mensch geblieben, bloß ein Schatten seiner selbst. Er trinkt nicht mehr, keinen einzigen Tropfen, schon wegen seiner Medikamente nicht. Das Wiedersehen mit dir würde ihn heilen. Bitte, mein Augenlicht, mein Augenstern.«

Sie hörte weder mit ihrem bezirzenden Gesang auf, noch stand sie auf oder ließ meine Hände los. Ich konnte den Anblick der bettelnden Pippi nicht länger ertragen, also versprach ich, meinen Vater, den ich seit fast zwei Jahren nicht mehr gesehen oder gesprochen hatte, noch am folgenden Freitag zu besuchen, und verließ die Wohnung, ohne mich von Deme zu verabschieden. Ich lief ich durch die dunklen, leeren Straßen. »In drei Tagen sehe ich Vater«, dachte ich, und sofort knatterte ein Maschinengewehr, ein paar Häuserblocks entfernt. Es klang wie das Krächzen eines alten Hahns. Ich wünschte, die Schüsse kämen näher.

13.

Ich habe nicht mal die Hälfte meines Heimwegs hinter mir und bin bereits erschöpft. Es ist schon spät. Als ich mich auf eine Bank setze, um mich ein wenig auszuruhen, fällt mir auf, dass ich mich in der Nähe von Nanas Wohnung befinde. Mein Herz schlägt schneller, und die Handflächen werden feucht, obwohl es eiskalt ist. Der Schnee rieselt immer noch. Nach ein paar Minuten stehe ich auf und gehe langsam zur vertrauten Wohnung, in der jetzt wahrscheinlich andere leben. Im Küchenfenster brennt ein schwaches Licht. Ich spähe vorsichtig hinein. Zwei kleine Mädchen sitzen am Tisch und malen. Während das ältere Kind pausenlos zappelt und redet, erinnert mich das jüngere mit rausgestreckter Zungenspitze sofort an Ane, und ich lächle, obwohl mir hundeelend zumute ist.

Sie war beim Malen genauso ernst und konzentriert und ärgerte sich über mich, weil ich nicht stillsitzen konnte. Ich kehre um und setze meinen Heimweg fort.

Der Freitag kam, und in der Stadt war die Hölle los. Ich schaffte es nicht mal zu den Vorlesungen, da ich schon am frühen Morgen aus der Redaktion der Universitätszeitung angerufen und zu einer Demonstration geschickt worden war, die sich selbst für die aufrührerischen neunziger Jahre als ungewöhnlich groß und gewaltbereit herausstellte. Alles lief aus dem Ruder, es gab Zusammenstöße mit der Polizei und Verhaftungen, sodass ich mit Diktiergerät und Kamera bis zum späten Abend wie ein Marathonläufer von Ort zu Ort rannte. Sobald der Bericht fertig war, holte mich Zaza mit seinem verrosteten Schiguli ab. Als wir nach der einstündigen Fahrt endlich vor dem Haus meines Vaters standen, schaute ich hoch zu den Fenstern im vierten Stock, die immer, auch im Winter, offen gestanden hatten, wenn meine Großeltern mich erwarteten. Diesmal waren sie geschlossen. Ich rief nicht mehr laut ihre Namen, ich rannte auch nicht die Treppen hinauf, und Vater folgte mir nicht mit schweren Schritten; diesmal stieg ich sie langsam hinauf, leise wie ein Schatten, während mein frischgebackener Ehemann mir folgte, und ich hämmerte nicht gegen die alte Holztür, die immer sofort aufging, als ob jemand hinter ihr gewartet hätte.

Ich stand lange auf dem Treppenabsatz. Aus der Wohnung drangen gedämpfte Stimmen. Wäre ich allein gewesen, hätte ich das Ohr an die Tür gepresst. Stattdessen klopfte ich erst vorsichtig, dann etwas lauter. Die Stimmen verstummten, ich vernahm das Schlurfen der Hausschuhe, dann ging die Tür auf, und statt meines Vaters erschien eine Frau mittleren Alters mit blondgefärbten

Haaren in einem knallroten Bademantel. Ihre zu feinen Linien gezupften Augenbrauen, die wie angemalt aussahen, zuckten unzufrieden, während sie mich von Kopf bis Fuß musterte.

»Ich bin Elena«, meine Zunge fühlte sich an wie ein trockenes Herbstblatt, das bei der kleinsten Erschütterung zu Staub zerfallen würde.

»Ich weiß, wer du bist«, antwortete sie kühl, »kommt rein. Er fühlte sich unwohl und schläft gerade, aber ich wecke ihn auf.«

»Dann komme ich ein anderes Mal«, ich spürte eine Erleichterung, ich wollte mit dieser Frau nicht länger reden.

»Vergiss es! Er wartet seit heute Morgen auf dich!« Mir stieg das Blut zu Kopf, ich ballte meine Fäuste. Was erlaubte sie sich?

»Ich habe nicht gesagt, dass ich gleich am Morgen kommen würde! Und der Tag ist doch wohl noch nicht zu Ende.«

»Eka, wer ist da?«, die Stimme aus der Küche gehörte einem unrasierten Typen Mitte dreißig, der ein schwarzes, bis zum Bierbauchansatz geöffnetes Satinhemd trug, mit einem großen, glänzenden Goldkreuz auf der stark behaarten Brust: »Ach, schau mal, wer da ist! Unser kleines Mädchen! Du hast mich nicht erkannt, oder? Das ist alles Datos Schuld. Es ist eine Schande, dass du mich nicht kennst, ich bin praktisch so was wie dein Onkel«, dabei legte er vergoldete Zähne frei und führte uns wie der Hausherr in die Küche meiner Großeltern, während die Frau im Schlafzimmer verschwand.

In der Küche roch es nach Zigaretten, Alkohol und Bratkartoffeln, der Tisch war für drei gedeckt. Ich schaute mechanisch zur Decke, die frisch gestrichen war. Von unserem Gekritzel, von Demes und meinem Namen, war nichts mehr zu sehen; ich fühlte mich wie ein abgetriebener Fötus. Wie aus dem Nichts tauchte Eka hinter meinem Rücken auf, als antwortete sie auf meine Gedanken, sagte sie zufrieden: »Ich habe die Küche renovieren lassen. Es sah aus wie in einem Kuhstall.«

»Hier, trink auf die Familie!«, wandte sich So-was-wie-ein-Onkel an Zaza, füllte ein Glas mit Wodka und reichte es ihm. Zaza murmelte etwas, trank und setzte sich verlegen wie ein ungebetener Gast auf einen Stuhl. Ich bereute so sehr, hergekommen zu sein.

»Elena«, hörte ich plötzlich von hinten. Ich drehte mich um und sah meinem Vater direkt in die feuchten bernsteinfarbenen Augen. Er sah blass und krank aus und atmete schwer. Dann breitete er die Arme aus und blieb einige Sekunden lang so stehen, himmelhoch aufragend und leicht taumelnd wie eine Pappel im Wind. Ich umarmte ihn. Mein Kopf ruhte auf seiner Schulter, und ich dachte, wie in der Kindheit, dass kein Mensch auf Erden gütiger, stärker und klüger war als er. Ich weiß nicht mehr, wie lange wir so dastanden, ohne uns zu rühren, oder was die anderen währenddessen taten. Die ganze Welt um uns herum verschwand in einem undurchdringlichen, milchigen Nebel. Irgendwann lösten wir uns voneinander, und ich sah aufmerksam in sein geschwollenes Gesicht.

»Elena! Mein Kind«, wiederholte er, und plötzlich roch ich Alkohol. Wieder rollte die Wutwelle an, die alles unter sich zu begraben drohte. Ich holte tief Luft und dachte an Ane, an uns beide am See.

»Bitte, entschuldige die Verspätung. Ich hatte viel zu tun«, sagte ich.

»Das macht doch nichts. Hauptsache, du bist hier«, er

lächelte, und an seinen Augenwinkeln bildeten sich kleine Fältchen – lustige Spatzenspuren im frischen Schnee. Unter dem strahlenden Weiß der Decke leuchteten seine Augen nun grün wie ein Sumpf. Er gab Zaza die Hand mit den Worten: »Ich glaube, wir kennen uns noch nicht«, woraufhin Zaza mit übertriebener Höflichkeit, fast demütig aufsprang. Dann wandte er sich an So-was-wie-ein-Onkel: »Nugzar, geh und hol was Feines zu trinken!«, dabei fischte er ein paar Geldscheine aus der Hosentasche und gab sie ihm. Nugzar griff nach seiner Jacke und verschwand.

»Bitte, lass das! Ich trinke nicht, Zaza ist mit dem Auto, und du darfst gar nicht trinken!« Ich war gereizt. Mir ging alles auf die Nerven: die fremde Frau, die sich wie die Gastgeberin in der Wohnung meiner Großeltern aufführte, dieser So-was-wie-ein-Onkel mit seinen Goldzähnen und dem Kreuzanhänger auf der behaarten Brust, die frischgestrichene Küche, mein schweigender Ehemann, der meinen Vater anbetete, und mein Vater, der nach Alkohol roch.

»Mach dir keine Sorgen, mein Engel, ich trinke nichts, aber ich bin doch nicht der Einzige hier.«

Währenddessen kümmerte sich Eka im roten Bademantel um den Tisch, füllte die noch halbvollen Teller auf, brachte sauberes Besteck und rotgestreifte Servietten. Nugzar kehrte bald mit einer großen Tüte voller Schokolade und Knabberzeug zurück und stellte feierlich eine teure Cognac-Flasche auf den Tisch. Dato füllte die Gläser.

»Bitte, trink nicht! Nana sagte, du darfst nicht trinken. Und selbst wenn du dürftest, kannst du nicht meinetwegen darauf verzichten?«, ich hört meine Stimme und erkannte sie nicht. Vater streichelte meinen Kopf und sah mich so an, wie nur ein Vater seine verlorengeglaubte Tochter ansehen kann, von der er fast drei Jahre lang getrennt war, dann sagte er zu Zaza, ohne den Blick von mir abzuwenden: »Zaza, mein Lieber, ich hoffe, du weißt, dass du sie wie deinen Augapfel hüten musst, sonst breche ich dir alle Knochen. Ich bin zwar kein vorbildlicher Vater, aber ich kann mein Mädchen beschützen«, er lachte laut auf, während ich die Augen verdrehte. »Das wäre also geklärt. Dann lasst uns auf meine hübsche und kluge Tochter und ihren Ehemann trinken. Gott soll sie segnen!« Sobald er das Glas zum Mund brachte, zog ich an seinem Ärmel und verschüttete ein paar Tropfen Cognac. Mein Herz raste im fünften Gang Richtung Klippe.

»Wenn du auch nur einen Tropfen trinkst, gehe ich, und du siehst mich nie wieder! Du weißt, dass ich es ernst meine!«

»Ich trinke nur dieses eine Glas, symbolisch«, sagte er, und ohne die Antwort abzuwarten, kippte er den Cognac. Ich sah ein flüchtiges Lächeln über Ekas Gesicht huschen, wie eine vom plötzlichen Geräusch verschreckte Eidechse, dann schloss ich die Augen und hörte ihn das leere Glas laut auf den Tisch stellen. Im selben Augenblick spürte ich, wie die Welle über mich hereinbrach, das Wasser flutete meine Lungen, ich konnte nicht schwimmen, ich konnte nicht atmen, ich ertrank qualvoll. Ich weiß nicht mehr, wann und wie ich die Küche und dann die Wohnung verließ. Ich weiß nur, dass ich irgendwann die Treppe hinunterrannte, stolperte, hinfiel, aufstand, gegen Wände und Geländer stieß und weiterrannte. Als ich fast unten war, hörte ich Vaters bebende Stimme: »Elena! Bleib! Bitte, bleib! Ich flehe dich an! Verzeih mir, Elena. Bitte, lauf nicht weg!«

Ich hielt kurz inne, dann drehte ich mich um und rannte noch schneller wieder hinauf. Als ich sah, wie er sich mit vorsichtigen kleinen Schritten an der Wand entlang in meine Richtung schob, begann ich wie von Sinnen zu kreischen: »Ich hasse dich! Ich hasse euch alle! Ich hasse auch mich, weil ich deine Gene in mir trage. Ihr habt meine ganze Kindheit ruiniert! Ich hoffe, ihr alle sterbt am selben Tag und lasst mich endlich in Ruhe! Ich wünsche es mir mehr als alles andere! Und, damit du es weißt: Wenn es so weit ist, werde ich nicht mal zu eurer Beerdigung kommen! Ich bin mit euch fertig!« Er hatte schon jetzt den Blick eines qualvoll sterbenden Menschen. Als ob er direkt vor meinen Augen verblutete.

Irgendwann stand ich wieder auf der Straße, mitten im Frühling, im Straßenlärm, die Rufe von Nachbarn. Ich drehte mich zum Hauseingang und brüllte wieder aus voller Kehle: »Lasst euch nie mehr bei mir blicken! Ihr seid für mich gestorben! Tot! Hörst du?« Die pulsierende Straße hörte kurz auf zu atmen und zu lärmen und schaute mich mit weit aufgerissenen Augen an. Dann tauchte Zaza auf, fauchend, was das Ganze solle und ob ich verrückt geworden sei. Aus dem ersten Stockwerk hing der neugierige Blick einer Nachbarin wie die zum Trocknen aufgehängte Wäsche. Da Zaza sich weigerte, mich »in diesem Zustand« zu Nana zu bringen, hielt ich das nächstbeste Taxi an und fuhr allein davon. Während der Fahrt bemerkte ich, dass sich meine Zunge und Gliedmaßen taub anfühlten, mein ganzer Körper kribbelte. Ich biss mir in die Hand, so fest ich konnte. Als ich den Geschmack von Eisen spürte, ließ ich ab. Der Anblick des Blutes und der eingedrückten schiefen Zahnreihe verschafften mir eine unendliche, fast schmerzhafte Befriedigung. Der Fahrer betrachtete mich neugierig im Spiegel, und sein schneckenartig kriechender Blick hinterließ eine Schleimspur auf meiner glühenden Wange.

Vor der Wohnungstür hielt ich für einen Moment inne, dann hämmerte ich mit voller Wucht dagegen. Als Deme mich sah, erhellte sich sein Gesicht. Er wollte mich umarmen, aber ich schob ihn grob zur Seite und fragte: »Ist Nana zu Hause? Ich muss sie dringend sprechen!« Er schaute mich erst schweigend an, mit den aufgeschreckten Augen eines Rehs kurz vor dem tödlichen Schuss, dann antwortete er: »Ja. Es geht ihr nicht gut, sie hat seit heute Morgen sehr hohen Blutdruck und liegt im Bett. Ist alles in Ordnung?«

»Lass uns allein«, antwortete ich trocken, stürmte ins Schlafzimmer und schloss die Glastür mit den ausgeblichenen Vorhängen. Die Gardinen vor den Fenstern waren zugezogen und ließen so wenig Licht durch, dass ich einige Augenblicke brauchte, um überhaupt etwas sehen zu können. Der abgestandene Geruch von Krankheit und Medikamenten schlug mir entgegen.

»Mein Sonnenschein«, hörte ich aus der linken Ecke. Ich schaltete das Licht ein. Nana schirmte die Augen ab, ihr sommersprossiges Gesicht war so weiß wie ihr Nachthemd. Um den Kopf hatte sie einen bunten Schal gewickelt, und die aufgelösten Zöpfe breiteten sich wie ein schäumender Wasserfall auf dem Kissen aus. »Bitte nicht. Vom hellen Licht bekomme ich Brechreiz, ich mach lieber diese kleine Lampe an«, als sie meinen Zustand bemerkte, stütze sie sich auf die zerbrechlichen Ellbogen und schaute mich aufmerksam an. »Was ist passiert? Wie geht es Dato?«

Sobald ich seinen Namen hörte, verlor ich erneut die Beherrschung: »Dato? Ihm geht's prächtig. Er war schon besoffen, als ich ankam. Und danach hat er auch noch getrunken. Und du sagtest, er trinke nicht mehr, er sei wie ausgewechselt. Du hast mich belogen! Ihr beide seid Lügner! Ich scheiße ab heute auf euch! Lasst mich in Ruhe! Ich will mit euch nichts mehr zu tun haben. Ich will, dass ihr endlich sterbt! Geht und sterbt!«

Ich schrie ununterbrochen, meine Halsschlagader und die Stimmbänder drohten zu reißen, meine Fäuste waren geballt, die Fingernägel in die Handflächen gebohrt. Nana wurde noch bleicher, sogar die Sommersprossen schlichen sich auf Zehenspitzen – eine nach der anderen – aus ihrem Gesicht.

»Ist gut, mein Sonnenschein. Alles, was du willst. Beruhig dich bloß. Keiner von uns wird dich je wieder belästigen. Ich verspreche es dir. Wir lassen dich in Ruhe, mein Leben, mein Augenstern. Er hat nach der OP wirklich nicht getrunken, bitte glaub mir. Wahrscheinlich war er aufgewühlt, weil du dich verspätet hast …«

Jedes ihrer Wörter goss Öl ins Feuer.

»Ach so! Es ist also meine Schuld, dass er getrunken hat? Was seid ihr für Menschen? Aus welcher Hölle seid ihr gekrochen? Wieso macht ihr mir das Leben so schwer?«

»Nein, nein, das meinte ich doch gar nicht so. Natürlich ist er selbst an allem schuld, mein Augenstern«, sie redete beruhigend auf mich ein, während ich sie pausenlos anschrie. Ihre ausgestreckten Hände flatterten unsicher wie in einen Sturm geratene Schmetterlinge. Diesmal konnte ihr ritueller Gesang meine Wut nicht bändigen. Plötzlich fiel sie sichtlich erschöpft nach hinten und flüsterte: »Was habe *ich* dir eigentlich angetan, Elena?«

Wahrscheinlich fühlt sich ein Schlafwandler so, der plötzlich aufwacht und nicht weiß, wo er ist. Alles war so unwirklich und furchteinflößend. Ich war entsetzt, dachte an Deme, der alles mit angehört haben musste, und wollte nur noch raus aus diesem Alptraum, in dem ich selbst das Monster war.

Die Küche war leer, also ging ich in den Hof hinaus. Auf einer ausgeblichenen Holzbank saß Deme mit hängendem Kopf und rauchte. Seine Augen und die Nasenspitze waren gerötet. Er drehte mir den Rücken zu. Unter dem Hemd zeichnete sich die Wirbelsäule ab. Ich näherte mich, berührte ihn vorsichtig an der Schulter, bemerkte, dass das Blut an meiner Hand schon getrocknet war, und sagte leise: »Bitte verzeih mir, das war nicht so gemeint«, dann ging ich weg, ohne mich umzusehen. Die Nacht verbrachte ich bei Ane und betrank mich bis zum Morgengrauen, während sie sich Früchtetee zubereitete und mich vergeblich zu beruhigen versuchte. Ich konnte mich im nüchternen Zustand einfach nicht ertragen.

Am drauffolgenden Donnerstag regnete es, ich hatte viel zu tun und hockte bis zum späten Abend in der Redaktion, der Strom fiel zweimal aus, und ich tippte laut fluchend den ganzen Bericht von vorn. Als ich die Redaktion endlich verließ, stand Zaza auf der anderen Straßenseite. Er hielt einen riesigen roten Regenschirm und lächelte irgendwie gekünstelt. Zwischen uns sausten Autos hin und her, auf ihren nassen Dächern spiegelten sich fröhlich-bunte Neonlichter.

»Es regnet so stark, und ich dachte mir ... Keine Ahnung ... Vielleicht gehen wir zu deiner Mutter? Wir haben zu Hause ohnehin nichts zu essen«, sagte er, nachdem ich zu ihm hinübergelaufen war.

Nach kurzer Zeit saßen wir in der warmen Küche, in der ich mich bis heute genauso geborgen und sicher fühle wie früher, als meine Füße den Boden noch nicht erreichten und in der Luft baumelten. An den Wänden hingen

Anes und meine Kinderzeichnungen und unsere Fotos. Der Regen trommelte gegen die Fensterscheiben, im Topf köchelten Mutters Pelmeni. Vor Müdigkeit achtete ich nicht sonderlich darauf, dass außer mir niemand aß. Erst nachdem ich die Honigreste vom Teller geleckt und die Kochkünste meiner Mutter gepriesen hatte, bemerkte ich, dass ihre Augen geschwollen waren.

»Hast du geweint?«, fragte ich und hatte das Gefühl, wie eine Sanduhr umgedreht zu werden, die ganze Welt stand auf einmal auf dem Kopf. Ich hatte Mutter nur wenige Male weinen sehen und begriff nichts.

»Ich muss dir etwas sagen«, antwortete sie, und plötzlich kullerten große Tränen über ihre Wangen. Zaza stand hastig auf und verließ die Küche. Die Angst lähmte mich vollständig.

»Mam, was ist passiert?«

Die Welt stand immer noch auf dem Kopf, meine Füße konnten den Boden nicht mehr erreichen und hingen hilflos in der Luft. Sie öffnete ein paarmal stumm den Mund, wie Anes Clownfische, die wir früher, wenn der Strom ausgefallen war, stundenlang beobachteten, während sie tanzende Schatten auf die Wände warfen. Einmal hatte Ane gesagt, es seien in Fischkörpern wiedergeborene Schwätzer, die Gott auf diese Art bestrafe. Als ich sie misstrauisch anglotzte, bekam sie einen Lachanfall. *Ich vermisse dein Lachen so sehr!*

»Was ist passiert? Sag schon!«

»Elena, ich flehe dich an, versuch, ruhig zu bleiben. Dato und Nana sind heute Morgen bei einem Verkehrsunfall ums Leben gekommen«. Ihr erschrockener Blick bewegte sich auf meinem Gesicht wie die Kurve eines Kardiogramms. Ich suchte mein Gedächtnis panisch nach Namen und Gesichtern ab, konnte aber nichts Passendes finden.

»Wer sind Dato und Nana?«, fragte ich sie erstaunt. Sie verstummte, und ihr sichtlich geschockter Kardiogramm-Blick blieb wie das Herz eines Verstorbenen stehen. Ich hörte das beruhigende Prasseln des Regens, und die Pelmeni dufteten so gut.

»Elena, mein Kind, warte! Lauf nicht weg!«, hallte plötzlich ein Echo in meinem Kopf, dann riss der Abgrund das Maul auf und verschlang mich.

Ich weiß nicht mehr, wie ich den Rest des Abends oder die folgende Nacht verbrachte. Mein Gedächtnis hat keine einzige Minute aus dieser Zeit aufbewahrt. Das Nächste, woran ich mich erinnere, ist, wie ich die vor einigen Tagen fluchend hinuntergerannte Treppe langsam hinaufging, mich an Anes Arm festhaltend, die mir andauernd etwas zuflüsterte, aber ihre Worte erreichten mich nicht. Alles, was in mein Blickfeld geriet, erschien so weit entfernt und unnatürlich klein, als ob ich falsch herum durch ein Fernrohr schaute. Im Treppenhaus, im Stockwerk unter der väterlichen Wohnung, sah ich zwei an der Wand lehnende Sargdeckel, winzig, wie für tote Mäuse bestimmt. Meine Füße fühlten sich tonnenschwer an, es kostete mich enorme Anstrengung, auch nur einen Schritt zu tun. Die Treppen verwandelten sich in den Mount Everest und ich mich in einen halb erfrorenen und völlig erschöpften Bergsteiger, der kurz vor dem Ziel zusammenzubrechen droht. Ohne Ane, die mir durch ihre warme, leicht zitternde Hand die zum Weitergehen und Überleben notwendige Kraft spendete, hätte ich es wahrscheinlich nicht bis nach oben geschafft.

Am Wohnungseingang stand ein um Jahre gealterter Deme, mit gründlich zur Seite gekämmtem Haar, verweinten Augen und weißem, sorgfältig gebügeltem Hemd. Er sah nicht mehr wie ein eifriger Schüler aus, eher wie ein Kriegsflüchtling, in dessen Augen der Horror des Erlebten stand. Sobald unsere Blicke sich trafen, drehte er mir den Rücken zu und ging schnell in die Wohnung hinein, aus der lautes Weinen und leise Trauermusik drangen. Ich ließ Anes Hand los und folgte ihm, das weit entfernte Bild zoomte plötzlich so unvorstellbar schnell heran, dass mir schwindlig wurde. Nun sah ich in Übergröße, wie auf einer riesigen Kinoleinwand, das graue Gesicht meines Vaters, der mit auf der Brust gekreuzten Händen im Sarg lag und friedlich, etwas irritiert lächelte. Nana war von Kopf bis Fuß in ein schweres, goldverziertes Sargtuch gehüllt. Jemand berührte mich vorsichtig am Arm und führte mich zu einem leeren Stuhl. Die Toten beobachteten aus den vergrößerten Schwarz-Weiß-Fotos an der Wand mit ernstem, fast strengem Gesichtsausdruck ihre eigene Beerdigung.

Als ob man auf mein Erscheinen gewartet hätte, wie auf einen besonderen Gast bei einer Premiere, breitete sich Stille aus. Sobald ich mich setzte, stellte eine unbekannte, ganz in Schwarz gekleidete Frau den Stuhl neben den Sarg meines Vaters, streichelte seine Haare und sein Gesicht und begann im singenden Tonfall zu wehklagen: »Du warst doch so ein guter Fahrer, mein Junge, wie konnte das nur passieren? Der Arzt sagte, dass all deine inneren Organe zerfetzt wurden. Wie viele Schmerzen du gehabt haben musst ... Ahntest du etwa, dass du auf dem OP-Tisch sterben würdest, als du den Arzt batest, deine Elena zu benachrichtigen? Hattest du Angst vor der Antwort, als du nach deiner Schwester fragtest? Mein armer Junge ... Man hat dich angelogen, Dato, sie war auf der Stelle tot. Sie verlor beim Aufprall ihr linkes Bein, und ihr Gesicht ist so zerschmettert, dass wir sie bedecken müssen. Aber zumindest diesen Kummer hast du nicht mit ins Grab genommen, deine einzige Schwester getötet zu haben.«

Jeder im Raum weinte, am lautesten die in der Zimmertür stehende Ane. Jeder außer mir und Eka. Ich war lebloser als die Toten in ihren Särgen. Irgendwann sah ich wie in Zeitlupe, dass die in einer durchsichtigen schwarzen Bluse gekleidete Eka aufstand, sich mit gekünsteltem, theatralischem Seufzer zu Nanas Sarg beugte und mit feierlicher Stimme verkündete: »Sie ist dennoch hübsch! Wir wollen sie bei dieser Hitze nicht unter einem Tuch ersticken lassen.«

Plötzlich zog sie mit einer einzigen Bewegung das Sargtuch zur Seite, wie ein Zauberer, der vor staunendem Publikum ein Kaninchen aus dem Hut zieht, dann trat sie zurück, und ich erblickte Nanas grässlich entstelltes Gesicht. Keiner ihrer Gesichtszüge war an seinem Platz. Bei ihrem Anblick wurde das letzte, winzige Loch zugeschüttet, durch das eine Handvoll Licht und Luft zu mir hereindrang. Das Einzige, was ich schaffte, war, aufzustehen und zwei Schritte Richtung Tür, zu Ane zu gehen. Ich sah noch, wie sie mir mit einem entsetzten Blick die Arme entgegenstreckte. Dann wurde alles schwarz.

Drei Wochen nach der Beerdigung war ich zum letzten Mal in der väterlichen Wohnung, um einige Fotos mitzunehmen. Auch diesmal begleitete mich Ane. Eka, die dort nun allein wohnte und die Wohnung meiner Großeltern so lässig ausfüllte wie ihren knallroten Bademantel, empfing uns unfreundlich. Das kleine Wohnzimmer, in dem ich oft auf dem alten bunten Teppich gesessen und mit meinem Granatapfel-Opa Backgammon gespielt und immer »gewonnen« hatte und in dem Marines und Mamukas, Datos und Nanas Särge gestanden hatten, fühlte sich so fremd an wie ein Kleid aus einem Secondhandladen. Sie ließ uns kurz allein, damit ich die Fotos auswählen konnte, behielt das Zimmer jedoch durch die geöffnete Tür im Auge. Dann hörte ich sie sagen: »Kannst die eigentlich alle haben, ich brauch die nicht«, also nahm ich das ganze Album, voll mit unseren Fotos mit den immer gleichen Bären vor dem immer gleichen unnatürlich blauen Hintergrund. Zum Abschied sagte sie: »Wenn du deinen Vater wirklich geliebt hättest, hättest du deinen Namen nicht geändert.« Was ich tatsächlich getan hatte, genau an meinem achtzehnten Geburtstag, ein paar Monate vor seinem Tod.

»Er hat dich im Fernsehen gesehen, als du bei den *Studentischen Tagen* in der Philharmonie aufgetreten bist und deine Gedichte vorgetragen hast. Er war so stolz auf dich, aber dann wurde dein Name eingeblendet ... Er hat an diesem Abend sehr lange geweint«, fügte sie hinzu und lächelte giftig. Ane erbleichte und presste zwischen ihren Lippen ein »Sie sind ein schrecklicher Mensch!« hervor, während ich nur noch schreien wollte, bis wirklich kein Wort, keine Silbe, kein einziger Laut in mir übrig war. Aber ich sagte bloß: »Wiedersehen«, drehte mich um und ging langsam die Treppen hinunter. Ich wusste, dass ich das zum letzten Mal tat, denn die Fenster der väterlichen Wohnung würden in Erwartung meines Besuchs nie mehr offen stehen. In jenem Sommer, zwei Monate nach Vaters Tod, verschwand auch Gari aus meinem Leben.

14.

In den frühen Morgenstunden, als ich endlich eingeschlafen bin, habe ich, wie so oft, von dir geträumt. Es war ein merkwürdiger Traum, in dem ich dir von einem anderen

Traum erzählte. Du, mit der bunten Strickmütze und dem langen Schal, die Nase vor Kälte ganz rot, hörtest mir aufmerksam zu und blicktest konzentriert vor dich hin, wie jeden Morgen auf dem Schulweg. Als ich die Augen aufschlug, dachte ich daran, wie verblüffend zutreffend deine Zeichnungen waren, die du von meinen Träumen gemacht hast. Es kam mir manchmal so vor, als ob du dich nachts in meinen Kopf hereinschlichest und alles mit eigenen Augen sehen könntest. Du hast dich nie darüber lustig gemacht, dass meine Träume verstörend waren, wie jener immer wiederkehrende Traum, in dem ich mich selbst begrub, auf meinem Grab einen Baum pflanzte, der in Sekundenschnelle wuchs und an dessen Ast ich mich aufhängte. Du sagtest mir einmal, dass auch der Baum ich selbst sei. Vielleicht waren genau diese Träume der Auslöser dafür, dass du dich später für ein Psychologie-Studium entschieden hast, obwohl ich dich drängte, auf die »besseren Zukunftschancen«, wie es unsere Eltern nannten, zu pfeifen und dein Leben der Malerei zu widmen, wie Frida Kahlo. Jetzt verstehe ich, dass du mir damit helfen wolltest; du versuchtest zu begreifen, was mit mir los war, um mich vielleicht heilen zu können. Aber ich glaube, dass nicht mal dein geliebter Sigmund Freud imstande gewesen wäre, mir zu helfen, geschweige denn eine durchschnittliche Psychologin wie du. Ja, lach nur. Ich vermisse dein Lachen, das wie das Läuten von Kuhglocken in eisiger Kälte auf einer fernen Weide klingt. Und bis wir uns wiedersehen und das von Schweigen erfüllte Haus am See mit deinem klirrenden Lachen wieder zum Leben erwecken, werde ich jeden Tag an dich denken. Bitte male jeden Sonntag ein Bild meiner Träume, wie ein Ritual, ein Sakrament, wie die Eucharistie, damit wir den Weg sicher nach Hause finden.

15.

Am Abend sitze ich in eine Decke gehüllt am offenen Fenster. An der Fassade von Anes Haus gegenüber sind noch immer die Einschusslöcher zu sehen. Andere Häuser sind längst renoviert. Einige wurden abgerissen, um für moderne Hochhäuser Platz zu machen. Es gibt immer weniger Sonne, dafür mehr und mehr Nachbarn, die sich nicht mehr beim Namen kennen. Auch in Anes alter Wohnung leben jetzt andere. Ihre Eltern haben sie nach Großmutter Sofias Tod verkauft und sind in ein kleines Haus nach Chewsuretien gezogen.

Als ich die Einschusslöcher sehe, muss ich an die neunziger Jahre denken, die man hier die »finsteren Jahre« nennt, und sofort rieche ich Kerosin. Kerosingeruch haftete damals an den Möbeln, der Kleidung, den Lebensmitteln und an unseren Seelen. Kurz nachdem Georgien die langersehnte Unabhängigkeit erlangt hatte, verschwand zuerst das Gas. Fast zeitgleich wurde auch die Zentralheizung lahmgelegt, der Handel mit nachfüllbaren Gasflaschen und billigen, mit Kerosin betriebenen Heizkörpern, die meist aus dem Iran oder aus der Türkei importiert wurden, boomte. Auch die Stromversorgung wurde unzuverlässig. Mutter erwärmte jeden Morgen eine Kanne Wasser für mich, damit ich mir die Zähne nicht mit eiskaltem Wasser putzen musste. Manchmal stand ich morgens verschlafen im Badezimmer und verbrühte mir die Hände unter dem heißen Wasserstrahl, weil wir plötzlich wieder Strom hatten. Das war einer der kostbarsten Augenblicke an einem Wintertag. Sich auf das Baden vorzubereiten, in der Regel sonntags, war etwa so aufwendig wie eine Tee-Zeremonie am Kaiserlichen Hof in Japan. Erst musste das Wasser in Kesseln aufgekocht und dann mit kaltem Wasser vermengt werden. Wir stellten eine Plastikkanne und zwei Waschschüsseln mit warmem Wasser ins Badezimmer, das zuvor mit einem Kerosinheizkörper geheizt worden war. Oberstes Gebot: möglichst schnell baden, bevor man im Badezimmer zu frieren begann, das Wasser abkühlte und man zusätzliches heißes Wasser verbrauchte. Nach dem Baden zogen wir zwei Strickmützen übereinander und bibberten in der eiskalten Wohnung. Hatte man Freunde mit Benzingenerator, konnte man am Abend wenigstens gemeinsam die brasilianischen Telenovelas schauen, eines der wenigen Highlights in dieser dunklen Zeit. Wir gingen leider leer aus. Also kaufte Mutter einen winzigen tragbaren Schwarz-Weiß-Fernseher, Gari besorgte eine Starterbatterie und Starthilfekabel, und die unerträglich langen Abende wurden kürzer und erträglicher.

In den Klassenzimmern saßen wir in Mänteln, Mützen und Schals, und sobald die Pausenklingel ertönte, drängelten sich alle vor die von der kraftlosen Sonne beschienenen Fenster im Flur. Ane erzählte mir einmal, sie träume davon, dass jemand im Schulhof gläserne Zellen aufstellt, in denen man sich in den Pausen von der Sonne wärmen lassen konnte. Die Lebensmittel wurden rar. Vor den Bäckereien harrten Tag und Nacht Dutzende Menschen aus; man wusste nie, wann das Brot geliefert wurde. Die Regale in den Geschäften waren leergefegt, die Preise stiegen, Butter oder Zucker galten bald als Luxus.

An einem Dezembertag im Jahr 1991 schaute ich bei Ane die einzige wöchentliche Kindersendung. Es lief »Drei Nüsse für Aschenbrödel«. Gleich sollte unsere Lieblingsszene, der Tanz auf dem Ball, folgen, als es an der Wohnungstür klopfte. Natürlich waren wir beide in den Prinzen verknallt, und natürlich wollte keine von uns unter den gemütlichen dicken Decken hervorkriechen, in die wir eingehüllt waren, während wir die eiskalten Hände über den schwach flimmernden Petroleumofen hielten. Es klopfte erneut. Wir warfen uns einen Blick zu und spielten Stein, Schere, Papier. Ich verlor und ging bibbernd in den eiskalten Flur. Vor der Tür stand Mutter mit hochgezogenen Schultern, die unter einem bunten selbstgestrickten Poncho steckten. Sie war völlig aufgelöst: »Du musst sofort mitkommen! Der Bürgerkrieg ist ausgebrochen.«

Ich hatte noch keine Erfahrung mit Krieg, ich fühlte nichts, ich wollte bloß wieder zu Ane.

»Ich komme gleich«, sagte ich und kehrte in die Küche zurück. Aus der Decke ragte nur noch Anes von Kerosinqualm und Kälte gerötete Nase. Ich ging zum Fernseher und schaltete ihn aus.

»Hey! Lass das!«

»Es ist Krieg«, erwiderte ich ruhig. Ich war nicht panisch, so wie meine Mutter. Ich musste mich im Krieg nicht um meine Kinder kümmern. Für mich war Krieg etwas anderes als für sie.

Anes kurzgeschorener Igelkopf tauchte nun ganz und gar aus der Deckenburg auf, sie schaute mich erschrocken an, ihre grünen Augen wurden dunkelgrau, dann vergrub sie das Gesicht in den Händen, und der Krieg begann für mich mit Anes Weinen. Ich fühlte mich auf einmal so schlecht.

Am 22. Dezember 1991, dem Tag, an dem wir das Filmende verpassten, brach der sich seit langem anbahnende Bürgerkrieg aus. Präsident Gamsachurdia verschanzte sich mit seinen Anhängern im Bunker des Parlaments, das von den Putschisten tagelang mit schwerem Geschütz attackiert wurde. Wir wohnten zweihundert Meter vom Parlament entfernt. Viele Wohnhäuser und historische Gebäude brannten bis auf die Grundmauern nieder. Unsere Nachbarn hockten mit Schläuchen und Eimern ausgerüstet um eine Feuerstelle im Hof herum, sie organisierten sich in Schichten, um im Notfall eine Menschenkette zum brennenden Haus zu bilden, denn die Feuerwehr kam nicht mehr durch die Barrikaden. Die freiwilligen Helfer konnten viele Häuser im Viertel retten. Es wurde pausenlos, Tag und Nacht, geschossen, sodass man sich bald mehr über die Stille wunderte als über die Schüsse. Ich wusste davor nicht, dass Waffen so unterschiedliche Geräusche machen konnten, eines furchtbarer als das andere. Manchmal war es so laut, als schösse man im Nebenzimmer. Nachdem einige Zivilisten durch Querschläger getötet worden waren, verschanzten wir uns zu Hause, ließen die Rollläden herunter, mieden die Fenster und schliefen auf dem Boden; was ich großartig fand, ich fühlte mich wie in einem Pionierlager. Um die Wohnung nicht verlassen zu müssen, begann Mutter eigenhändig Brot zu backen. Es roch so berauschend, dass ich nicht warten konnte, bis es abgekühlt war, und mir ständig Finger und Zunge verbrannte. Ein paar Mal kam Großvater Giorgi durch den Kugelhagel zu uns in die Stadt und versorgte uns mit Lebensmitteln, ebenso wie Gari. Vater rief während der ganzen Zeit ein einziges Mal an, aus einem Restaurant. Er war beschwipst, im Hintergrund hörte man Stimmen, wahrscheinlich wollte er vor seinen Freunden angeben, also versprach er laut und feierlich, uns am nächsten Tag zwei Säcke Kartoffeln zu bringen. Das tat er natürlich nicht. Nach einer Woche zeichnete sich ab, dass der Krieg nicht so schnell zu Ende gehen würde wie erhofft. Mutter packte ein paar Sachen zusammen, und wir flüchteten in einen Außenbezirk, zu ihrer Freundin Mzia. Tamara beschloss zu bleiben, um Hilfe holen zu können, falls es brannte, und unsere Wohnung vor Plünderern zu schützen.

Ich kann mich an den Tag unserer Flucht sehr genau erinnern. Ich hatte schon lange kein Tageslicht mehr gesehen und das Gefühl, nach einer schweren Krankheit zum ersten Mal wieder draußen zu sein. Mutter war sehr nervös, ihr fiel ständig etwas aus der Hand. Obwohl es anders vereinbart war, weigerte ich mich im letzten Moment, meinen greisen Hamster Bruno zu Hause zu lassen, also schleppten wir den riesigen Käfig mit. Tamara umarmte mich zum Abschied und steckte mir eine Tafel Schokolade in die Jackentasche. Wir fuhren los, und bevor wir um die Ecke bogen, schaute ich durch die Heckscheibe zu Tamara, die in der Tür stand und uns lächelnd zuwinkte. Dann drehte ich mich um und sah die schrecklichen Spuren der Zerstörung: qualmende Gebäude, Barrikaden, Panzer und Militärfahrzeuge, ausgebrannte Autos, Patronenhülsen überall, Glassplitter, durchlöcherte Bäume und Mauern, zerschlagene Fensterscheiben. Das Ganze glich dem Schauplatz des Zweiten Weltkriegs aus den Schwarz-Weiß-Filmen unserer Kindheit. Es ist merkwürdig, aber kein einziges Bild aus diesem Bürgerkrieg ist mir in Farbe im Gedächtnis geblieben.

Während der Fahrt im Auto waren die Schüsse lauter als gewohnt. Als ein Maschinengewehr ganz in der Nähe knatterte, musste ich mich bücken, und Mutter bedeckte mich mit ihrem warmen, nach frischgebackenem Brot duftenden Körper. Es fühlte sich so sicher an, dass ich dachte, weder Schüsse noch Explosionen könnten mir je etwas anhaben, und ich wünschte mir, sie würden weiterschießen. Es dauerte nicht lang, da durfte ich mich wieder aufrichten, und als ich aus dem Fenster sah, war ich entsetzt. Wir waren nur einige Hundert Meter von unserem Viertel entfernt, und hier sah man nichts von all dem, wovor wir geflüchtet waren. Als ob es keinen Krieg gäbe, spazierten die Menschen ganz unbekümmert durch die ruhigen, unversehrten Straßen. Ich fühlte mich betrogen und verstand nicht, wie der Krieg nur auf ein paar Dutzend Quadratkilometer beschränkt sein und nur wenige Tausend Menschen betreffen konnte, während der Rest der Bevölkerung die Geschehnisse gemütlich im Fernsehen mitverfolgte.

Mzia wartete bereits auf der Straße auf uns. Sie war klein und pummelig, mit dunklem Teint, lebhaften schwarzen Augen und vielen Aknenarben im Gesicht. Sie hatte weder geheiratet noch je eine Beziehung geführt und lebte zusammen mit ihrer gebrechlichen alten Mutter, die sie hingebungsvoll pflegte. Auf einem meiner ältesten Kinderfotos bin ich in einer Unterhose mit Herzchen zu sehen, neben mir hockt Mzia und umarmt mich. Ihr auf mich gerichteter Blick ist so liebevoll wie der einer Mutter. Während der Zeit bis zum Ende des Bürgerkriegs, die wir bei ihr verbrachten, verwöhnte sie ihre »Knospe«, wie Mutter und sie mich nannten, mit allen Mitteln. Zu Silvester buk sie eine Torte für mich, keine Ahnung, was sie das gekostet hatte. Kurz vor Mitternacht saß ich also in der warmen Küche, auf dem Schoß eine Schüssel mit großzügigen Resten der luftigen Buttercreme. Im Hintergrund liefen ununterbrochen die Nachrichten. Die im Bunker eingeschlossenen Regierungsmitglieder wandten sich mit flammenden Appellen an die Bevölkerung. Während ich meine klebrigen Finger genüsslich ableckte, hörte ich, wie ein Politiker, der immer schon als sonderbar galt, wie von Sinnen schrie und drohte, sich umzubringen, damit er die Putschisten und ihre Anhänger für alle Ewigkeiten in ihren Alpträumen heimsuchen könnte. Sobald die Uhr zwölf schlug, wurde der Himmel von Geschossen anstatt von Feuerwerk erhellt – wie an vielen folgenden Silvesternächten auch.

Tamara rief uns jeden Morgen und Abend an, um uns Bescheid zu geben, dass sie die Nacht oder den Tag heil überstanden hatte. Sie erzählte uns, dass sie zusammen mit Sofia, Anes Großmutter, die ebenfalls geblieben war, abends auf dem Boden, weit entfernt von den Fenstern saß und den säuerlichen Hauswein trank. Sie bedachten sich mit Trinksprüchen wie auf einem richtigen Supra, und wenn sie beschwipst waren, sangen sie zweistimmig alte georgische Lieder im Kerzenlicht, während draußen erbitterte Kämpfe geführt wurden.

Wir verbrachten eine ganze Woche bei Mzia, und es war eine schöne Zeit, trotz des Krieges, der mich dort nicht mehr so direkt betraf, und trotz der Flucht, die eigentlich eine willkommene Abwechslung war. Das Einzige, was mir zu schaffen machte, war die Trennung von Ane. Ihre Eltern flüchteten mit ihr zusammen in ihr Ferienhaus in Samegrelo, etwa fünf Autostunden von Tbilissi entfernt, wir konnten nicht mal telefonieren. Manchmal träumte ich, dass ihr Dorf angegriffen und zerstört wurde und sie mich inmitten von haushoch lodernden Flammen verzweifelt um Hilfe anflehte, während ich nichts tun konnte und sie vor meinen Augen langsam verglühte. Dann wehte der Wind in meine Richtung, ich schmeckte ihre Asche und wachte weinend auf. Die Erwachsenen sagten, das sei ein Kriegstrauma. Ich nenne es bis heute Sehnsucht. *Wo bist du, Ane?*

An einem Morgen Anfang Januar weckte mich das Geräusch des Reißverschlusses. Ich fuhr sofort hoch und sah, dass Mutter unsere Tasche gepackt hatte.

»Ist der Krieg auch hier angekommen?«, fragte ich entsetzt.

»Bist du schon wach, Elena?«, Mutter schien erleichtert, fast glücklich, »nein, der Krieg ist zu Ende. Wir können nach Hause.«

Nachdem das Parlamentsgebäude von den Putschisten eingenommen und die Regierung gestürzt worden war, floh Präsident Gamsachurdia nach Tschetschenien, wo er zwei Jahre später, im Exil, in der Silvesternacht 1993, unter bis heute nicht geklärten Umständen starb. Die auf den Bürgerkrieg folgenden Ereignisse überschlugen sich. Im ganzen Land begannen Repressionen gegen die ständig demonstrierenden Anhänger der Exil-Regierung. Diese Demonstrationen wurden oft gewaltsam aufgelöst, wobei es nicht selten Tote und Verletzte gab. Die militärische Junta, die nun an die Macht gelangt war, holte 1992 aus Moskau den ehemaligen sowjetischen Außenminister Eduard Schewardnadse. Er wurde zwar bei der Ankunft von vielen als Messias gefeiert, aber am Ende seiner politischen Karriere war er für die Mehrheit seiner Landsleute der meistgehasste Georgier. Im August desselben Jahres brach der von Russland angezettelte Abchasien-Krieg aus, der mehrere Tausend zivile Opfer forderte und dreihunderttausend Menschen zu Flüchtlingen im eigenen Land machte.

Am 27. September 1993 begegnete ich auf der Rustaveli-Allee einem Freund aus der Tanzgruppe, der einige Jahre älter und einen Kopf größer war als ich. Er umarmte mich nicht wie gewohnt, sondern streichelte mir völlig zerstreut über die Haare. Ich zog empört meinen Kopf weg; ich war doch kein Kind mehr! Dann bemerkte ich, dass er irgendwie verstört wirkte.

»Was ist los?«, fragte ich erschrocken.

»Hast du es noch nicht gehört?«, seine Augen weiteten sich, »Sochumi ist gefallen!« Trotz des Straßenlärms hörte ich ganz deutlich, wie er schluckte.

Ich kannte den Ausdruck bis dahin nicht und fragte mich verwundert, wie eine Stadt bloß fallen konnte? Wie ein Mensch hinfallen? Wie der Schnee fallen? Ich verstand nicht ganz, was er damit sagen wollte, aber ich wusste sofort, dass das nichts Gutes bedeutete. Was es bedeutete, erfuhr ich kurz darauf, als Tbilissi plötzlich voller Flüchtlinge war. Die meisten waren aufgebrochen, ohne irgendetwas mitzunehmen, nicht mal Fotos oder andere Erinnerungsstücke. Im Fernsehen wurden ständig Videoaufnahmen gezeigt von Menschen, die in bitterer Kälte, bei Schnee und Wind, mehrere Dutzend Kilometer weit zu Fuß über Gebirgspfade in Swanetien fliehen mussten. Viele starben unterwegs. In einem der Videos war ein Mann zu sehen, der neben der Leiche seiner jungen Tochter kniet und herzzerreißend weint. Er kämmt ihre zerzausten Haare mit seinen Händen, küsst immer wieder ihr Gesicht und fleht die müden, ausgebrannten Menschen an, die sich mit versteinerten Gesichtern an ihnen vorbeischleppen, ihm dabei zu helfen, einen Graben auszuheben, um das Kind nicht unbeerdigt auf dem Boden liegen zu lassen. »Was soll ich deiner Mutter sagen, meine Hübsche?« Diese Frage, auf die ich keine Antwort geben konnte, quält mich bis heute.

In einem anderen Video ist ein mit Menschen vollgestopftes Schiff zu sehen, das letzte Schiff, das Zivilisten aus der brennenden Stadt Sochumi evakuierte. Am überfüllten Ufer ist die Hölle los: Mütter, für die kein Platz mehr gefunden werden konnte, reichen ihre schreienden Kinder wildfremden Menschen, die bereits auf das Schiff geklettert sind. Als es endlich das Ufer verlässt, schwimmt ein Jagdhund ihm verzweifelt nach, wahrscheinlich befand sich sein Herrchen oder Frauchen unter den Passagieren: ein aussichtsloser und trauriger Fluchtversuch.

Auch mein Großcousin Beno, mehrere Freunde und Bekannte sind in diesem Krieg gefallen. Beno saß im Passagierflugzeug, das die Verwundeten aus Sochumi evakuierte und kurz nach dem Abflug von Russen abgeschossen wurde. Alle kamen ums Leben. Er hinterließ eine dreijährige Tochter, die uns während der Trauerfeier immer wieder fragte, wieso man ihren Vater in dieser zugenagelten Kiste eingesperrt habe.

Der gewaltsame Tod wurde in jenen Jahren zu etwas Alltäglichem, während die Hoffnung, dass es sich je ändern würde, allmählich schwand.

16.

Du wirst nicht glauben, wem ich gestern in Tbilissi begegnet bin. Dem Mann mit dem lädierten Auge. Ich stand in unserer Bäckerei an der Ecke und sah plötzlich diese Hände, die Kleingeld auf die Theke legten und nach dem Brot griffen: rötlich und rau, mit langen, gelblich verfärbten Fingernägeln an den kleinen Fingern. Mir wurde fast schlecht, als er sich umdrehte und ich in sein Gesicht sah. Er war alt geworden, aber sein unveränderter Blick ließ mir immer noch das Blut in den Adern gefrieren. In diesem Moment verschwanden mein Selbstvertrauen und jegliche Lebenserfahrung spurlos, als hätte ich die letzten zweiunddreißig Jahre nicht gelebt, als wäre ich wieder das kleine Mädchen, das eingezwängt in der überfüllten Straßenbahn steht, während er ihr seine schwitzende Hand von hinten zwischen die Beine schiebt und sie langsam streichelt.

Ich war damals zwölf Jahre alt, und obwohl ich nicht wirklich verstand, was mit mir geschah, war die Scham so gewaltig, dass sie alles andere überdeckte: Angst, Ekel, Hilflosigkeit. Meine Augen füllten sich mit Tränen, ich war für einige Sekunden wie versteinert. Dann wollte ich mich umdrehen und ließ die Haltestange los, aber eine rötliche, raue, große Hand packte sie sofort und hielt sie mit großer Kraft an der Stange fest. Wahrscheinlich fühlen sich mit Zahnstochern an den Flügeln fixierte Fliegen so – in unserer Kindheit eine der Lieblingsbeschäftigungen kleiner Jungs. Während die andere Hand mich immer intensiver befummelte, presste sich etwas Hartes an mein Gesäß. Ich hörte sein aufgeregtes Keuchen nah an meinem Ohr, das immer schneller und lauter wurde.

Keiner sah etwas, keiner wollte etwas sehen. Wegzuschauen ist am leichtesten, vor allem, wenn man es eilig hat, wenn der Verkehr fast vollständig lahmliegt, wenn die Busse und Straßenbahnen einmal in der Stunde fahren, sodass die Türen während der Fahrt offen bleiben und sowohl auf den Stufen als auch am hinteren Teil des Wagens Menschen hängen, wie auf einem Karussell für Extremsportler. Man hat in einer solchen Situation weder Kraft noch Lust, das Elend eines kleinen Mädchens zu bemerken und sich einzumischen. Man hat andere Sorgen: Strom gibt es nur ein paar Stunden am Tag, manchmal bleibt er wochenlang abgestellt; Gas und Heizung gibt es schon seit langem nicht mehr, dafür Engpässe in der Lebensmittelbeschaffung, eine enorm hohe Arbeitslosigkeit und Schießereien auf den Straßen. Wer kann sich in einer solchen Situation um ein Mädchen kümmern, das von einem älteren Mann vor aller Augen belästigt wird?

An der nächsten Haltestelle, als ein Teil der Fahrgäste sich zum Ausgang drängte, riss ich mich los, drehte mich mit Mühe um und sah ihm für einen Augenblick ins Gesicht. Er hatte so bedrohliche, so durchdringende Augen wie der Roboter mit dem roten Laser-Blick aus unserem Lieblings-Zeichentrickfilm. Sein linkes Auge war lädiert, was ihn noch unheimlicher aussehen ließ.

Als die Straßenbahn wegfuhr, blieb ich lange an der Haltestelle stehen. Es kümmerte mich wenig, dass ich die erste Schulstunde verpasste. Ich fühlte mich schmutzig und zertreten, wie der matschige Schnee, in dem die ganze Stadt versank. Du warst an diesem Tag krank, und mir wurde zum ersten Mal bewusst, wie einsam und hilflos ich ohne dich war.

Diesem Mann bin ich nach einigen Monaten noch einmal begegnet, in der gleichen Situation, in der gleichen Straßenbahn, nur warst du diesmal dabei. Und als ich mitten im Gespräch still wurde, meine Augen sich mit Tränen füllten und das Herz zu rasen begann, veränderte sich dein Gesichtsausdruck schlagartig. Ich hatte noch nie zuvor einen solch zornigen Blick bei dir gesehen, mit dem du über mich hinweg jemanden anstarrtest. Dann packtest du mich am Arm und zerrtest mich entschlossen Richtung Tür. Mit Seitenhieben kämpftest du uns den Weg frei zwischen den wie Sardinen in einer Konserve eingepferchten Menschen. Du warst wie ein Eisbrecher - zwar langsam, aber zielgerichtet und zuverlässig; ich war wie ein kleines Schiff in Seenot, das mit einem Seil am Eisbrecher befestigt war und sicher zum Hafen gebracht werden musste. Als die Tür endlich aufging, drehtest du dich kurz um und riefst ganz laut nach hinten: »Arschloch!«, dann sprangst du auf die Straße. Bevor ich dir folgte, schaute auch ich ihn kurz an und sah, wie sein rötliches Gesicht erbleichte.

Dann warteten wir schweigend auf die nächste Straßenbahn. Diesmal war es Frühling. Ich fühlte mich nicht mehr so schmutzig. Was ich stattdessen fühlte, war Ruhe und Dankbarkeit.

Seit diesem Tag sind zweiunddreißig Jahre vergangen, seit zwei Jahren suche ich dich.

17.

Sich an alles zu erinnern, rächt sich mit schlaflosen Nächten. Ich streune um Mitternacht durch die Wohnung und suche in den Schubladen nach etwas, das mir die Ruhe beschert, nach der ich mich sehne.

Die zusammengeschnürten Briefe liegen in der untersten Schublade meines alten Schreibtischs. Sie sind von Mutter und Tamara, geschrieben an eine Elena, die es nicht mehr gibt. Ich nehme den kleinen Stapel mit ins Bett und lege ihn unters Kopfkissen. Mein Gehirn flimmert kurz vor dem Herunterfahren. Doch Schlaf suche ich vergeblich.

Als ich in die zehnte Klasse kam, wurde an unserer Schule ein halbjähriges Austauschprogramm mit drei renommierten deutschen Gymnasien angeboten, wobei alle anfallenden Kosten von der deutschen Seite übernommen wurden. Ich hatte zwar in allen Fächern eine Eins, aber meine Deutschkenntnisse basierten auf dem Auswendiglernen von Texten, und das Auswahlverfahren war anspruchsvoll. Obwohl ich kaum eine Chance hatte, wollte ich dieses Stipendium unbedingt, um, wenn auch nur für kurze Zeit, dem Elend meiner Heimat zu entkommen. Also schleppte ich in den dreimonatigen Sommerferien zwei Taschen voll mit Grammatik- und Lehrbüchern mit ins Ferienhaus meiner Großeltern, ganz in der Nähe von Tbilissi. Ich lernte wie besessen, ohne auch nur einmal zum Fluss zu gehen oder mit meinen zahlreichen Cousins und Cousinen etwas zu unternehmen. Deklinationen, Passiv, Aktiv und Ähnliches waren für mich bald keine abstrakten Begriffe mehr, und ich verliebte mich in diese wunderbare Sprache.

In der Nacht vor der Bekanntgabe der Prüfungsergebnisse konnte ich vor Aufregung kein Auge zumachen. Gegen Mittag saß ich unausgeschlafen mit den anderen Bewerbern in einem Klassenraum und hörte dem Schulleiter zu, der mit feierlicher Stimme etwas über großartige Möglichkeiten und eine leuchtende Zukunft erzählte. Es war ein heißer Tag, durch die großen Fenster schien die Sonne direkt in mein Gesicht. Ich schloss die Augen und sank in einen warmen See. Kurz bevor ich den sandigen Grund erreichte, vernahm ich lautes Klatschen und tauchte erschrocken wieder auf. Der Schulleiter stand mit ausgestreckter Hand vor mir, die Lehrer und die anderen Schüler kamen auf mich zu, klopften mir auf die Schulter, einige umarmten und küssten mich, während ich an Ane dachte, und daran, wie ihre grünen Augen aufleuchten würden, wenn ich es ihr erzählte.

Etwa eineinhalb Monate später wurde ich am Münchener Flughafen vom deutschen Schuldirektor empfangen. Ein Riese wie aus einem Märchenbuch, mit gütigen Augen, einer Löwenmähne, buschig rötlichem Schnurrbart und vielen Lachfalten. Wir nahmen den Zug, und unterwegs erzählte er mir, dass bis zum Ferienende noch ein paar Tage blieben und die Schüler noch nicht zurück waren. Als wir die Schule etwa eine Stunde später erreicht hatten, verschlug es mir den Atem. Mitten im dichten Wald stand ein mächtiges Schloss aus einem längst vergangenen Jahrhundert, mit dicken Steinmauern, schweren Holztüren mit goldenen, altertümlichen Türklopfern, mit bunten Bleiglasfenstern. Innen drehten sich schwindelerregende Kreistreppen in die Höhe. Bis das Semester anfing und das Gebäude wieder mit Stimmen, Geräuschen und Leben erfüllt sein würde, irrte ich oft allein in der Stille durch die unzähligen Säle mit ihren hohen Gewölbedecken und lauschte dem Echo der eigenen vorsichtigen Schritte.

Die Schüler wohnten in einstöckigen weißen Häusern mit leuchtend roten Dächern, die wie kleine Pilze um den mächtigen Schloss-Baum wuchsen.

Im Winter schneite es fast jede Nacht, und morgens war alles mit frischem, glänzend weißem und luftigem Schnee bedeckt, er war so anders als der schmutzige Schnee in Tbilissi, der immer gleich schmolz. Am frühen Morgen, wenn es noch ganz dunkel war, gingen die Schüler scharenweise zum Unterricht ins Schloss. Ich versuchte, allein unterwegs zu sein, weil ich diesen zauberhaften Moment mit niemandem teilen wollte. In der Nacht lief ich hinaus in den frisch gefallenen, unberührten Schnee, der unter meinen Füßen knirschte, und während der pechschwarze Himmel über mir die ersten Anzeichen des tiefen Blaus bekam, zeichneten sich die hohen Baumwipfel und der Umriss des Schlosses langsam vom Himmel ab. Die Krähen flogen umher und krächzten, laut, aufdringlich, ununterbrochen. Der Weg wurde von gelblichen Straßenlaternen schwach beleuchtet, und der Schnee glitzerte geheimnisvoll in diesem matten Licht.

Trotz unzähliger Mühen des Schuldirektors und seiner Frau, die mich förderten und umsorgten, fühlte ich mich oft einsam. Die Kommunikation mit meiner Familie erwies sich als schwierig. Der Postverkehr in Georgien lag seit langem lahm. Man schaffte es nur mit Hilfe der

Botschaft, die Briefe hin und her zu schicken, und es dauerte eine Ewigkeit. Das Telefonieren war unvorstellbar teuer, und meist konnte keine Verbindung hergestellt werden, da die Telefonkabel beschädigt waren. In den ganzen sechs Monaten, die ich dort verbrachte, habe ich nur zweimal mit Mutter und Oma Tamara telefoniert und wenige Briefe erhalten, die dafür sehr lang und detailliert waren: Wer gerade gegen wen demonstrierte, wer verletzt oder getötet wurde, ob man genug zu essen hatte, ob es Strom und Gas gab, was in den brasilianischen Telenovelas geschah und so weiter. Vater schrieb mir keinen einzigen Brief und rief auch nie an. Auch Ane schrieb nicht, stattdessen schickte sie mir ihre Zeichnungen, mit einem einzigen Satz: »Ich vermisse dich!« Ane war kein Mensch großer Worte, sie drückte sich am besten in ihren Bildern aus.

Ich las die Briefe nie in Gegenwart der anderen, sondern stieg auf den ungeheizten Dachboden, in dem Wäsche aufgehängt, Koffer, Kartons und sonstiger Krempel gelagert waren, setzte mich auf einen alten, geschnürten Zeitungsstapel und weinte beim Lesen; ich vermisste sogar den Gestank des Kerosins.

Jeder, der schon einmal mitten in einem Thriller versehentlich auf die Fernbedienung gedrückt hat und bei einer Doku über ausgewilderte Erdhörnchen gelandet ist, kann nachvollziehen, wie ich mich in Deutschland fühlte. Es war beinahe surreal, wie sauber und sicher, wie ruhig und geregelt das Leben sein konnte. Ich fühlte mich nicht mehr lebendig und begriff schnell, dass mir die Gefahren, die ganzen Zumutungen fehlten, vor denen ich geflohen war.

Die Erinnerungen an diese Zeit und die Bilder, die sich einstellen, sind so deutlich, dass ich mich wieder aufrichte und den Stapel Briefe unter meinem Kopfkissen hervorziehe. Vorsichtig löse ich das Band, das sie zusammenhält, und beginne zu lesen.

Meine liebste Knospe,

wir haben deinen Brief erhalten und sind überglücklich, dass es dir so gut geht. Wenn du dir auch nur ansatzweise vorstellen könntest, wie sehr wir dich vermissen. Die Tage bis zu deiner Rückkehr vergehen unvorstellbar langsam. Tamara und ich rufen einander immer wieder mit deinem Namen. Ich schicke dir Anes neue Bilder. Sie meint, da du in Deutschland bist, musst du deine Gedichte jetzt auf Deutsch schreiben. Ich finde die Idee ausgezeichnet!

Nun zu den Neuigkeiten. Am 13. brach im Fernsehturm ein Feuer aus, das 24 Stunden lang nicht gelöscht werden konnte. Es war ein furchtbarer Anblick, er kippte langsam zur Seite, wie ein verwundeter Riese, der sich nach dem langen, zermürbenden Kampf zum Sterben auf die Erde legt. Wir hatten schreckliche Angst. Natürlich sind für mehrere Tage alle Sender ausgefallen. Mittlerweile strahlen einige von ihnen wieder aus, zwar in sehr schlechter Qualität (sie sind gezwungen, eine uralte Apparatur zu benutzen), aber immerhin.

Gerade haben wir erfahren, dass das Kraftwerk ›Tbilissi‹ gesprengt wurde und keiner weiß, wann wir wieder Strom haben werden. Die ganze Wohnung ist vereist, ich kann kaum meine Finger bewegen. Übrigens, kauf auf jeden Fall dicke, warme Strumpfhosen, du wirst sie hier gut gebrauchen können.

Jeden Abend liest mir Tamara im Kerzenlicht die Zeitungen vor, während ich stricke. Ich habe beschlossen, einen TV-Rahmen für sie anzufertigen, wie in ›Robinson Jr.‹, dann lasse ich sie mal Nachrichten vorlesen, mal sin-

gen oder Geschichten erzählen. Was sollen wir sonst machen, wir müssen uns irgendwie beschäftigen.

Wir waren am Samstag auf Gedis Geburtstag, allerdings mussten wir um sieben aufstehen und uns gegen neun auf den Weg machen. Du wirst nicht glauben, wie lange wir gebraucht haben, um dort anzukommen: ganze vier Stunden! Allein auf den Bus mussten wir fast eine Stunde warten. Dafür hatten wir Glück, und die U-Bahn blieb nicht stehen, wie letztes Mal, als wir durch den Tunnel laufen mussten. Nach drei Stunden war es Zeit aufzubrechen, um vor der Dunkelheit wieder zu Hause zu sein.

Gestern wurde auf BBC ein Bericht über Georgien ausgestrahlt, den wir natürlich nicht schauen konnten, aber soweit ich weiß, wurden viele Bettler und verarmte Menschen gezeigt, die irgendwelches Gerümpel verkaufen, Menschen, die auf der Straße Essen kochen. Kurz, die ganze Welt hat unsere Misere gesehen.

Der Krieg in Tschetschenien geht weiter. Grosny wurde dem Erdboden gleichgemacht. Sie metzeln die Bevölkerung schonungslos nieder. Ich weiß nicht, wie lange das so weitergehen soll. Die ganze Welt schaut tatenlos zu. Die Tschetschenen haben es allerdings geschafft, die Schwäche der angeblich unbesiegbaren russischen Armee, ihre Unorganisiertheit und schlechte Strategie vor den Augen der ganzen Welt bloßzustellen. Allein über hundert russische Panzer wurden außer Gefecht gesetzt, über 2.000 russische Soldaten sind tot. Wo Dschochar Dudajew sich aufhält, weiß kein Mensch.

Gestern wurde in Moskau, vor dem Gebäude des Obersten Generalstabs, mit Maschinengewehren auf Karkaraschwili und Datuaschwili geschossen. Paata war auf der Stelle tot, Gia wurde schwer verletzt, am Kopf, am Bein und in der Brust. Man sagt, dass er wohl für im-

mer im Rollstuhl sitzen wird, falls er überhaupt überlebt. Wie du siehst, ist das politische Leben wie üblich turbulent, ich will nicht mehr darüber erzählen, ich habe die Nase gestrichen voll. Am liebsten würde ich einfach wegziehen, aber wie oder wohin ...

Genieß deine Zeit in Deutschland in vollen Zügen. Ich umarme dich ganz fest.

Deine Mama.

Mein Leben,

ich zähle die Monate und Tage bis zu deiner Rückkehr. Pass auf dich auf und mach dir unseretwegen keine Sorgen, uns geht es gut. Wir vermissen dich bloß sehr, fast unerträglich. Dennoch wünsche ich mir am meisten, dass es vielleicht sogar mit einem Studium in Deutschland irgendwie klappt, denn dann würdest du dich der hiesigen schrecklichen Situation zumindest für einige Jahre entziehen können. Das Studium soll hier bald kostenpflichtig werden, und das, obwohl man kaum eine nennenswerte Bildung bekommt.

Diesen Brief gebe ich übrigens dem Direktor von der Eurovereinigung mit – oder wie immer es auch heißen mag. Er wirft ihn am Samstag in Frankfurt ein, und mein Schreiben erreicht dich am Montag. Kannst du dir vorstellen, wie klein die Welt geworden ist?

Willst du einen Witz hören? Vor der Bäckerei steht eine riesige Schlange. Ein Mann verliert die Nerven und brüllt: ›Jetzt werde ich losziehen und Schewardnadse umbringen!‹ Die Leute versuchen, ihn zu beruhigen und aufzuhalten, aber er besteht darauf und macht sich auf den Weg. Nach einiger Zeit kehrt er enttäuscht zurück. ›Und? Hast du ihn umgebracht?‹, fragt man ihn. ›Nee. Ihr hättet mal die Schlange dort sehen müssen.‹

Hoffentlich habe ich dich zum Lachen gebracht. Vor allem in schwierigen Zeiten muss man lachen können, vergiss das nicht!

Ich küsse dich tausend Mal. Mein Herz ist mit dir.

Deine Oma Tamara.

Bis ich den ersten Brief erhielt, vergingen über drei Wochen. Die Post wurde nach dem gemeinsamen Frühstück verteilt, an dem alle Schüler und Lehrer teilnahmen. Als ich den gedeckten Tisch zum ersten Mal sah, war ich sprachlos: Es gab mehrere Sorten Wurst, Schinken und Käse, verschiedene Marmeladen und Aufstriche, Brote, Brötchen und Croissants, Cornflakes, Eier, Milch, Tee und Kaffee. Es gab einfach alles!

Während des Frühstücks war es immer sehr laut, das Klappern von Besteck, Tellern und Gläsern, Schmatzen, Schlürfen, Lachen und Rufe vermengten sich, aber sobald sich einer von ihnen mit dem großen Flechtkorb voller Briefe und Postkarten nach vorne stellte und mit der Postverteilung begann, wurde es still. Jedes Mal klopfte mir das Herz bis zum Hals, nichts wünschte ich mir sehnlicher, als aufgerufen zu werden. Und wenn ich am Ende das verhasste »Das war's für heute« hörte, wollte mein kurz zuvor noch rasendes Herz manchmal gar nicht mehr schlagen.

Am siebzehnten Tag nach meiner Ankunft war es endlich so weit. Plötzlich fiel mein Name, meine Tischnachbarn schauten mich grinsend an. Dann reichte mir jemand eine Postkarte:

Liebe Elena,

du bist beim Postverteilen jedes Mal so traurig, dass es mir das Herz bricht. Ich wusste deinem Kummer nicht

anders zu begegnen, als dir eine Postkarte zu schicken, als kleiner Trost, bis dich der erste Brief aus deiner Heimat erreicht. Kopf hoch! Es wird alles gut. Sei umarmt,
Susi.

Susi war ein siebzehnjähriges bildhübsches und sanftes Mädchen aus meiner Gruppe, und ihre Postkarte bewahre ich seit über dreißig Jahren auf, damit dieser Tag in meinem Gedächtnis nicht verblasst.

Georgien wurde wegen der vorherrschenden Missstände genau während meines Deutschlandaufenthalts zu einem Entwicklungsland erklärt. Die Folge war, dass ich eines Tages in meinem Zimmer, das ich mit einem gleichaltrigen Mädchen namens Laura teilte, einen Berg aus getragenen Klamotten vorfand, die die Schüler als humanitäre Hilfe gesammelt hatten. Obendrauf lag eine Familienpackung Snickers. Ich hielt einige Tage durch, dann konnte ich nicht mehr widerstehen, öffnete vorsichtig die Packung, nahm die Snickers aus den unteren Reihen einzeln heraus und verputzte sie heimlich. Damit es nicht auffiel, legte ich an ihre Stelle leere Zigarettenschachteln und bedeckte sie mit Snickers. Keine Ahnung, ob mich jemand dabei beobachtet hatte oder mein lächerliches Geheimnis anderweitig gelüftet wurde, aber eines Tages, als ich aus der Schule kam, lag die offene Schachtel mitten auf dem Schreibtisch und die leeren Zigarettenschachteln daneben. Ich schämte mich furchtbar.

Meine geliebte Elena,

nachdem wir die letzten drei Wochen nichts von dir gehört hatten und vor Sorge fast verrückt geworden wären, haben wir am Montag endlich deine Briefe erhalten und waren endlos erleichtert. Erst am Tag davor träumte ich, dass der Postbote zwei Pakete brachte, und direkt am nächsten Morgen rief Keti aus der Botschaft an, dass deine Briefe angekommen seien. Ich habe jedes Wort mehrmals gelesen, die Blätter an die Wange gedrückt, daran gerochen und deine Schrift geküsst.

Die Situation hier ist praktisch unerträglich. Heute, also am 3. Dezember, sind es genau drei Wochen, seitdem wir weder Strom noch Gas haben (kein warmes Wasser, keine Heizung, kein warmes Essen). Ob wir je wieder Gas haben werden, ist völlig unklar. Georgien schuldet Turkmenistan 400 Millionen für bereits geliefertes Gas, und da unser Staat nicht in der Lage ist, zumindest einen Teil der Schulden zu begleichen, wurde die Lieferung endgültig eingestellt. Was Strom betrifft, so muss ein kilometerlanges Kabel ausgewechselt werden, und weiß der Teufel, wann das erledigt wird. Wir essen die ganze Zeit eingelegte Auberginen und Tomaten, keine Ahnung, was wir tun sollen, wenn die ausgehen. Sogar das Zähneputzen ist wegen des eisigen Wassers zu einer Herausforderung geworden.

In der Wohnung ist es gerade mal fünf Grad. Praktisch die gesamte männliche Bevölkerung läuft mit einer Axt herum, wie in der Steinzeit, um Feuerholz zu beschaffen (Bäume werden gefällt, Möbelstücke zerlegt). Vor jedem Haus, direkt auf dem Bürgersteig, ist eine provisorische Feuerstelle eingerichtet, mit Ziegelsteinen und zwei Eisenplatten darauf, wo ein Topf oder eine Wasserkanne steht. Man wartet auf die Nacht wie auf den Tod, denn es wird kälter, unsicherer, hoffnungsloser.

Demonstrationen und Ausschreitungen nehmen kein Ende. Während der Zusammenstöße kam gestern ein Junge ums Leben. Schreckliche Sachen geschehen in letzter Zeit, aber das Schrecklichste ist, dass man sich daran gewöhnt. Wenn etwas nur oft und lange genug geschieht, wird selbst Grausames zur Normalität.

Aber du kennst ja das unerschütterliche Gemüt unserer Landsleute. Im Vorderhof wird jeden Abend ein Trinkgelage veranstaltet. Die ersten zwei Wochen tranken nur Männer, jetzt haben sich auch die Frauen angeschlossen, und jeden Abend wird fröhlich getanzt und gesungen und auf die umgedrehten Waschschüsseln und Töpfe getrommelt. Man könnte sich darüber wundern. Aber diese für Außenstehende völlig unbegreifliche Charaktereigenschaft hat uns und unserem Land durch schlechte Zeiten hindurchgeholfen (siehst du, sogar ich halte schon flammende Reden, wie auf einer Demo).

Pass auf dich auf! Ich liebe dich über alles!

Deine Mama.

Mein Knöspchen!

Was soll ich dir schreiben, außer, wie sehr ich dich vermisse. Kurz nach deiner Abreise hatten wir einige Tage lang für den Spätherbst ungewohnt mildes Wetter, und sogar das fand ich schade, weil du nicht hier warst und die warme, gütige Sonne verpasst hast, die die Straßen und Bäume wie ein meisterhafter Impressionist in goldglänzende Farben tauchte. Du hättest den Anblick bestimmt genossen. Übrigens, vergiss nicht, mir deine neuesten Gedichte zu schicken, du weißt doch, wie sehnsüchtig ich auf sie warte.

Es macht mir sehr zu schaffen, dass wir dir kein einziges Mal Geld schicken konnten, die Lage verschlechtert sich zusehends. Aber mach du dir keine Sorgen, wir haben schon Schlimmeres überstanden. Außerdem braucht man im Leben Höhen und Tiefen, um etwas zu lernen, um sich weiterzuentwickeln, um ein besserer Mensch zu werden. Hab also keine Angst davor, zu stürzen, Hauptsache, du stehst wieder auf und gehst weiter.

Ich umarme dich ganz fest. Mein Herz ist mit dir.

Deine Oma Tamara.

Bald nach der Ankunft in Deutschland fing ich an zu stehlen. Ich tat es nicht, weil ich etwas haben wollte, was ich nicht hatte; mir fehlte der Nervenkitzel, ich war gelangweilt. Am Anfang etwas unbeholfen wurde ich mit der Zeit übermütig. Ich fuhr nun häufiger mit dem Zug nach München. In den Geschäften der Innenstadt ließ ich mich ausführlich beraten: Mal suchte ich ein Geschenk zum achtzigsten Geburtstag meiner Oma, die mich nach dem Tod der Eltern allein großgezogen hatte; mal bequeme Sportschuhe für meine kleine Schwester, die kürzlich in einem internationalen Sportwettbewerb gesiegt hatte. Die Verkäuferinnen schmolzen dahin: »Ach, wie schön, eine solche Tochter/Schwester/Enkelin zu haben!« Währenddessen verschwanden Dinge in meiner Tasche. Ich stahl direkt vor ihren Augen. Aber da es mir nur um das Stehlen und nicht um das Gestohlene ging (ich hätte mich zudem nicht getraut, immer wieder mit neuen Sachen in der Schule aufzutauchen), ließ ich das Diebesgut meist irgendwo auf einer Bank liegen. So ging es monatelang, bis ich erwischt wurde.

Eines Abends spazierte ich durch die Straßen von München. Im Eingangsbereich eines großen Einkaufszentrums standen mit Kram gefüllte Körbe. An der Schiebetür - ein Kaufhausdetektiv. Ohne den Schritt zu verlangsamen, griff ich nach einer billigen Uhr, steckte sie in die Jackentasche und ging weiter. Eine böse Vorahnung ließ mich eine Kehrtwende einlegen. Ich wollte die Uhr wieder in den Korb werfen und stieß mit dem Kaufhausdetektiv zusammen, der mir in seinem schwarzen Anzug und dem tadellos gebügelten schneeweißen Hemd gefolgt war. Als Erstes sah ich sein Namensschild, dann schaute ich zu ihm auf.

»Folgen Sie mir bitte!«, sagte er schroff.

Wir gingen durch die mit Waren vollgestopften Regalreihen. Es gab viele Kunden, aber kaum jemand beachtete uns. Das Geschäft war so grell erleuchtet wie ein OP-Saal, ich musste mehrmals blinzeln, alles war neonfarben, eine richtige Kunstinstallation. Mir kam es so vor, als ob ich als Einzige unbeweglich dastünde und das ganze Szenario mit Kunden, Verkäufern, Waren und Einkaufskörben sich um mich drehte, immer schneller, wie ein Karussell. Zwischendurch sah ich den breiten Rücken des Sicherheitsmannes an mir vorbeiflitzen. Endlich erreichten wir unser Ziel. Er öffnete eine Tür, die mir wie eine magische Schwelle zwischen den Welten vorkam, denn wir landeten in einem kleinen, dunklen, spärlich eingerichteten Raum, in dem von der Geschäftigkeit, den Lichtern und dem Lärm nichts zu spüren war.

Als er die Tischlampe anknipste, sah ich im schwachen Licht einen Tisch, drei Stühle, einen Bilderrahmen, einen leeren Papierkorb und ein winziges Bullauge, durch das ein dunkelblaues Stück Himmel zu sehen war. An einem Nagel hing sein beiger Mantel. Er setzte sich mit strengem Gesichtsausdruck an den Tisch, holte ein Formular aus der Schublade und befahl mir die Taschen zu leeren. Ich hatte nicht viel dabei: ein gebrauchtes Taschentuch, einen Labello, einen Anhänger für Ane – einen winzigen, blau-grün schimmernden Globus, den ich gekauft und nicht gestohlen hatte, und die dazugehörige Quittung. Ich nannte meinen richtigen Namen und erzählte ihm wahrheitsgemäß, dass ich mit einem Austauschprogramm in Deutschland war und bald in die Heimat zurückkehren musste. Währenddessen füllte der Detektiv das Formular aus und informierte mich, dass er gleich die Polizei rufen würde, weil ich meinen Ausweis nicht dabeihatte. Ich holte tief Luft und heulte wie auf Knopfdruck los. Sobald er die über meine Wangen kullernden Tränen sah, hörte er mit dem Schreiben auf und versuchte, mich zu beruhigen, während ich schluchzend erzählte, dass meine Mutter sehr früh verstorben war und ich von meinem Vater, einem gewalttätigen Alkoholiker, großgezogen wurde, für den ich möglichst viele Geschenke aus Deutschland mitbringen musste, damit er mich nach meiner Rückkehr nicht verprügelte.

Er schaute mich einige Minuten lang schweigend an, dann zerriss er das bereits ausgefüllte Formular, gab mir seine Visitenkarte und erlaubte mir zu gehen.

Keine Ahnung, was ich tat oder sagte, ich glaube, ich umarmte ihn. Irgendwann saß ich wieder im Zug, zurück ins Schulwohnheim, dabei spürte ich eine unbeschreibliche Erschöpfung, wie nach einer heftigen Seekrankheit auf stürmischer See.

Drei Tage später bekam ich einen Brief mit Münchener Absender. Als ich mich an den Namen des Detektivs erinnerte, lief es mir kalt den Rücken hinunter. Ich verließ den Frühstückssaal, stieg auf den Dachboden und öffnete den Briefumschlag. Darin lagen Anes Anhänger samt Quittung und einer kleinen Notiz: *»Ich glaube, Sie haben das in meinem Büro liegen lassen. Bitte, vergessen Sie nicht, dass Sie hier Hilfe bekommen können, und falls Sie sich dazu entschließen sollten, was ich sehr hoffe, bin ich gern bereit, Ihnen mit allen mir zur Verfügung stehenden Mitteln zur Seite zu stehen. Ansonsten wünsche ich Ihnen viel Glück und eine gute Heimreise.«*

Liebste Elena,

es ist so schwer, nicht jeden Tag zu wissen, wo du bist und wie es dir geht, mein Herz! Vor drei Tagen wurde im Fernsehen berichtet, es herrsche in Deutschland ein so schlechtes Wetter, dass einige Schulen sogar geschlossen werden mussten; ich träume seitdem jede Nacht von Schneelawinen.

Heute Morgen haben wir eine große Gasflasche angeschafft und an den Gasherd angeschlossen. Ich habe Borschtsch im großen Topf zubereitet und Tee gekocht, dann haben wir Wasser in Kesseln erhitzt, gebadet, und ich fühlte mich wie neugeboren, wie auferstanden, wie Eva im Paradies, und das, obwohl das Gas schlecht brannte und solchen Gestank verbreitete, dass man sich nach einiger Zeit wie in einer Gaskammer vorkam. Es war so schlimm, dass wir am Abend starke Kopfschmerzen bekamen, ich musste mich sogar übergeben, also waren wir gezwungen, alle Fenster und Türen zu öffnen und die ohnehin vereiste Wohnung bei Minustemperaturen gründlich zu lüften. Die Nachbarn dachten wahrscheinlich, wir hätten den Verstand verloren. Wenn wir die Gasflasche morgen nicht reparieren lassen, werden wir mit Sicherheit an einer Vergiftung sterben. Hoffentlich halten wir bis morgen durch. Wenn du mich jetzt sehen könntest, würdest du bestimmt lachen: Ich trage Baumwollstrumpfhosen, darüber eine dicke Winterhose, drei Socken (die Füße passen nicht mehr in die Hausschuhe), vier Pullis, dazu einen Schal und eine Strickmütze. Außerdem habe ich mich in eine Decke gehüllt. Und trotzdem ist mir kalt, die Finger kann ich nur mit Mühe bewegen.

So sieht es bei uns aus. Es ist so ein Glück, dass du nicht hier bist, meine Knospe, aber man befürchtet, dass der folgende Winter noch härter sein wird, mit noch größeren Engpässen überall. Es gibt nicht mal genügend Brot, weil es kein Gas gibt. Menschen stehen die ganze Nacht vor den Bäckereien Schlange und gehen nicht selten leer aus. Ein Stück Brot kostet 300.000 auf der Straße. So schlimm war es nicht mal während des Zweiten Weltkriegs. Mir fällt dazu ein Witz ein: ›Man sagt Ioseliani, dass die neuen georgischen Pässe nicht ausreichen würden, um sie an alle Bürger auszustellen. Darauf antwortet er: Lasst uns bis Frühling abwarten, und dann werden sogar Pässe übrig bleiben.‹

Aufgrund beschädigter Stromkabel entstehen immer wieder Brände, auch das Gebäude deiner Tanzgruppe in ›Artos Garten‹ ist vollständig abgebrannt, es ist nicht mal ein Balken übrig geblieben. Das war so herzzerreißend, den Ort, an dem du deine Kindheit verbracht hast, in Schutt und Asche liegen zu sehen.

Seit zwei Tagen schneit es pausenlos, wenn das so weitergeht, wird sich unsere Lage noch weiter verschlechtern (auch wenn man kaum glauben kann, dass das möglich ist). Wir haben heute die Gasflasche reparieren lassen, d.h., von nun an wohnen wir in der Küche, dem einzigen warmen Raum in der Wohnung. Ich umarme dich ganz, ganz fest.

Deine Oma Tamara.

Meine geliebte Knospe!

Ich bin nach unserem gestrigen Telefonat immer noch aufgewühlt, dein Schuldirektor und seine Frau sind wirklich außergewöhnliche Menschen, nicht nur, weil sie sich so hingebungsvoll um dich kümmern, sondern, weil sie sich jetzt noch Sorgen um uns machen. Natürlich ist die Situation sehr schlimm. Wenn man nach meinem Ge-

halt urteilen würde, müssten wir längst tot sein. Aber erkläre ihnen bitte, dass wir trotz der katastrophalen Lage bisher nicht hungern mussten. Einige haben einen kleinen Gemüsegarten auf der Datscha und Eingelegtes und Konfitüren für den Winter vorbereitet. Viele haben Verwandte auf dem Land, die sie immer wieder mit Lebensmitteln versorgen. Ansonsten verkaufen die Menschen alles, was sie besitzen: Möbel, Schmuck, Geschirr, Bücher. Man schafft es irgendwie, durchzukommen. So auch wir. Wir haben kürzlich den Zweiteiler aus Angora verkauft und mit dem Geld eine größere Gasflasche und eine Petroleum-Lampe angeschafft. Jetzt versuchen wir, die alte silberne Obstschale zu verkaufen. Opa Giorgi hat uns vor zwei Wochen Käse und Kartoffeln aus dem Dorf geschickt.

Mein Leben, danke also den beiden für alles, vor allem für die Medikamente, und sag ihnen, dass es nicht notwendig ist, sich für uns zu verausgaben, sie haben schon mehr als genug getan. Falls sie dennoch darauf bestehen, dir etwas zu kaufen, sag, dass du warme, feste Winterschuhe gut gebrauchen könntest. Hier funktioniert kaum ein Verkehrsmittel, man muss größere Strecken zu Fuß laufen, und gute Schuhe sind jetzt Gold wert.

Die politische Situation ist sehr schlimm, es wird pausenlos demonstriert. In Tschetschenien wird immer noch gekämpft. Russland bombardiert Grosny fast ununterbrochen. Täglich sterben unzählige Menschen. Jetzt wurden auch die Grenzen zugemacht, und es gibt keinen Verkehr mehr. Ab jetzt wird alles noch teurer. Man fühlt sich hilflos, manchmal so richtig hundeelend. Auf der Arbeit werden die Löhne seit Monaten nicht mehr ausgezahlt. Letzte Woche bin ich meinem Professor an einer Straßenecke begegnet, wo er mit hochgezogenen Schul-

tern und gesenktem Blick seine gebrauchten Bücher verkaufte. Ich glaube, sogar seine weißen Haare erröteten, als er mich erkannte. Er ist ein so brillanter Dozent und ein so wunderbarer Mensch ... Ich hätte mit ihm am liebsten die Plätze getauscht, um ihm Unannehmlichkeit und Scham zu ersparen. Wir unterhielten uns einige Zeit über belanglose Sachen, wie während des Studiums, als die Welt noch in Ordnung war.

Weißt du, dass ich dich nach deiner Abreise zweimal im Traum gesehen habe? Und beide Male hast du am nächsten Tag angerufen. Unglaublich, nicht wahr? Ich schlafe seit drei Tagen in deinem Bett, du hast doch nichts dagegen, oder? Es riecht so beruhigend nach dir, obwohl schon so viel Zeit vergangen ist, und ich habe das Gefühl, dass auch du neben mir im Bett schläfst.

Ich liebe dich über alles, umarme dich ganz fest und küsse dich.

Deine Mama.

Der letzte Brief im Stapel ist von Anes Großmutter Sofia. Ich erkenne ihn an der malerisch schönen Schrift, ich glaube sogar ihren am Papier haftenden Duft ganz leicht wahrzunehmen, und mein Herz wird vor Sehnsucht zusammengepresst. Als ich den Brief zu lesen beginne, höre ich ihre ruhige Stimme.

Liebste Elena,

in erster Linie wünsche ich dir Gesundheit und alles Gute für das neue Jahr. Ich bin froh, dass das vorige schreckliche Jahr endlich vorbei ist, und hoffe, dass unsere miserable Situation sich ein wenig bessern wird. Unsere Ane hat mir von deinen Erfolgen erzählt, herzlichen Glückwunsch, mein Augenlicht.

Was uns betrifft, sind wir vom Nichtstun erschöpft. Der einzige Zeitvertreib ist es, in einer Schlange zu stehen, man unterhält sich mit anderen, erfährt Gerüchte und Neuigkeiten, hört sich die fremden Probleme an, die den eigenen sehr ähneln, man beschwert sich und fühlt sich irgendwie nicht mehr elendig.

Ich gehe sehr früh ins Bett und wandere in Gedanken an verschiedenen Orten, meistens erinnere ich mich an deine Urgroßmutter Efemia. Es ist so schade, dass du sie nicht gekannt hast, sie war der beste Mensch, dem ich je begegnet bin. Obwohl so viele Jahre seit ihrem Tod vergangen sind, schmerzt mich ihr Verlust wie am ersten Tag. Zum Glück träume ich sehr oft von ihr, auch wenn es nicht immer tröstliche und schöne Träume sind.

Ane vermisst dich unbeschreiblich. Sie redet nur noch von dir. Worum es auch geht, irgendwann taucht dein Name im Gespräch auf. Manchmal höre ich sie in der Nacht weinen, dann gehe ich zu ihr, setze mich auf die Bettkante und singe ihr das alte Wiegenlied vor, bis sie sich beruhigt und einschläft. Ich hoffe für euch beide, dass es eure erste und letzte Trennung bleibt.

Ich bin dir unendlich dankbar, dass du an deine alte Sofia gedacht und mir einen Brief geschrieben hast. Ob kurz oder lang, spielt keine Rolle, Hauptsache, ich habe ein paar Wörter in deiner Handschrift, die aus einem so fernen Land an mich gerichtet wurden. Ich bin in meinem ganzen Leben außer in Tbilissi und Samegrelo, meinem Geburtsort, noch nirgendwo gewesen, während du, mein Augenlicht, in so zartem Alter schon die halbe Welt bereist hast. So eine Möglichkeit haben nicht viele. Nutze sie klug!

Ich bewahre deinen Brief samt dem Briefumschlag sorgfältig auf. Wenn man ihn nach meinem Tod findet, wird man sagen: ›Schaut mal her! Das ist Elenas Brief aus Deutschland!‹ Was das für mich bedeutet, wirst du jetzt noch nicht verstehen können. Ich küsse dich tausendmal.

Auch deine Oma Sofia.

Ich schnüre die Briefe wieder zusammen und lege sie zurück in die Schublade. Sie galten einer anderen Elena. Weder die Absender noch diese Elena sind mehr am Leben.

Ich stelle mich ans Fenster, zünde mir eine Zigarette an und erinnere mich, wie Ane bei meiner Rückkehr am Flughafen vor Freude weinte, während Oma Sofia ihr den Rücken streichelte, wie Tamara mich abtastete, als ob sie sichergehen wollte, dass ich heil war, und wie Mutters Augen leuchteten, was so selten geschah.

18.

Habe ich dir schon mal erzählt, dass die erste Angst, die ich als Kind bewusst gespürt habe, die Angst vor dem Malen der Sonne war? Sagt dir der Name Zoia noch etwas? Sie war die Enkelin der dicken Putzfrau aus dem Kindergarten, an deren Namen ich mich nicht mehr erinnere, nur an ihre ständig zerzausten Haare und ihr verschwitztes rötliches Gesicht. Sie nahm Zoia oft zur Arbeit mit. Wir wussten, dass das kleine Mädchen keine Eltern hatte, und sie tat uns leid, du teiltest deinen Nachtisch oft mit ihr. Erst Jahre später erfuhr ich durch Zufall, dass Zoia die Tochter, und nicht die Enkelin der Putzfrau war. Sie schämte sich vermutlich, weil sie sie sehr spät und außerehelich bekommen hatte.

Zoia war ein gemeines Kind, das sich andauernd üble Streiche einfallen ließ, um die jüngeren Kinder zu quälen. Einmal, als ich gerade dabei war, ein Landhaus samt

Obstgarten, blauem Himmel und glücklich lachender Sonne zu malen, flüsterte sie mir verschwörerisch ins Ohr, dass es strengstens verboten sei, die Sonne zu malen. Ich müsse das Bild entsorgen, bevor jemand es bemerke, sonst werde man mich in einem dunklen, fensterlosen Zimmer einsperren. Für immer und ewig! Ich erstarrte vor Angst, schaute mich im Raum voller Kinder verstohlen um, froh darüber, dass niemand mich beobachtete, zerriss das Bild und spülte die Schnipsel in der Toilette runter.

Und erinnerst du dich an Givi? Er hatte ein Gesicht wie der Vollmond, mit dicken Backen und großen, verschlafenen Kulleraugen. Wenn ich morgens in den Kindergarten gebracht wurde, suchte ich zwischen den vielen Jacken Givis dunkelblauen Mantel. Wenn ich ihn nicht fand, wusste ich, dass er wieder mal krank war, und hatte den ganzen Morgen, genauer gesagt, bis zum Frühstück, schlechte Laune. Ich erzählte einem Mädchen aus unserer Gruppe davon. Als wir kurz darauf mit gesenkten Köpfen an den Tischen saßen und in aller Stille und mit großer Konzentration malten, rief sie plötzlich: »Frau Lehrerin, Elena liebt Givi!«. Ich spürte, wie ich vor Scham errötete und mir die Tränen in die Augen traten. Givi sprang auf, kam auf mich zu und schlug mir mit einem dicken Buch auf den Kopf. Es war ein heftiger Schlag, der sogar eine Beule hinterließ, aber er tat nicht mal ansatzweise so weh wie der erste Verrat in meinem Leben.

Auch meine erste Enttäuschung erlebte ich im Kindergarten, in dessen Hof ich mir eine klaffende Wunde am Kinn zugezogen hatte. Die Leiterin, eine nette, vorzüglich in Pastellfarben gekleidete Frau, die schöne Bijouterie trug und nach Blumen duftete, führte mich in ihr Zimmer, um die Wunde zu behandeln. Ich hatte Angst vor der braunen Flüssigkeit, da ich ganz genau wusste, dass sie fürchterlich brannte, aber sie versprach mir, dass das diesmal nicht geschehen würde. Sie schaute mir dabei so ehrlich und überzeugend in die Augen, dass ich ihr glaubte. Ganz am Ende, bevor sie den in Jod getunkten Wattebausch an meine Wunde drückte, sagte sie noch, dass ich sie mit voller Kraft hauen dürfte, falls es doch brannte. Dann brannte es heftig, und ich fing an zu weinen, vor allem aus Enttäuschung darüber, dass Erwachsene einem in die Augen schauen und dabei so dreist lügen konnten. Ich traute mich natürlich nicht, sie zu schlagen, obwohl ich große Lust dazu hatte.

Dass meine erste Liebe Lenin, besser gesagt, seinem Kindheitsfoto galt, das im Konzertsaal des Kindergartens hing, weißt du bestimmt noch. Der kleine Junge mit blonder Haartracht, himmelblauen Augen und unschuldigem Blick zog mich magisch an, sodass ich ein paarmal am Tag zu ihm rannte und den kalten Glasrahmen schmatzend küsste. Die Erzieherinnen lachten sehr darüber und prophezeiten mir augenzwinkernd eine steile Parteikarriere. Ich verstand nicht, was das bedeutete.

Wenn ich daran denke, was ich als Kind hasste, fallen mir zu viele Sachen ein, um sie alle aufzuzählen. Ich hasste es, dass die Erwachsenen mich bei jeder Gelegenheit abknutschten, mit ihren stacheligen Bärten meine Wangen zerkratzten, dicke Make-up- und Lippenstiftspuren darauf hinterließen.

Ich hasste es, dass alle Kinder im Kindergarten zeitgleich auf die Nachttöpfe gesetzt wurden. Egal, ob man gerade kacken wollte oder nicht, man musste in einem Raum mit einem Dutzend anderen Kindern auf dem Nachttopf sitzen und sich im grässlichen Gestank allergrößte Mühe geben, um beim gemeinschaftlichen Kacken *mitzumachen. Obwohl man dort alles kollektiv (was für ein belasteter Begriff für den Ostblock) tun musste, wurde im Kindergarten unser Gemeinschaftsgefühl nicht gestärkt, auch nicht die Empathie. Erinnerst du dich an den rothaarigen Jungen mit dem gelähmten linken Arm, der von allen Kindern gehänselt und mit erniedrigenden Spitznamen gerufen wurde? Ich habe kein einziges Mal dabei mitgemacht, aber ich stand oft hinter den Rücken der anderen, schweigend, von blanker Neugier getrieben, ohne einen Hauch von Mitleid zu empfinden. Hast du jemals eine solche Gleichgültigkeit gespürt? Wovor hattest du Angst, was hast du gehasst, wofür schämst du dich am meisten?*

19.

Ein neuer Morgen bricht an. Die matte Sonne wirft ihr Licht durchs Fenster. Ich ziehe meinen Mantel an und beschließe, Anes Ehemann Levan aufzusuchen. Er wohnt in einem Außenbezirk mit konformen Gebäuden und unüberschaubarer Nummerierung. Es gibt keine Straßen, nur Viertel, Blöcke, Häuser, Eingänge. Da ich keinen Orientierungssinn habe, nicht mal einen schlechten, dauert es eine Ewigkeit, bis ich seine Wohnung finde. Als ich endlich vor der Tür stehe, bin ich mir nicht sicher, ob ich gleich klopfen werde. Ich will weder sein Gesicht sehen noch seine Stimme hören.

Bevor die Tür aufgeht, spüre ich, dass er mich durch den Spion anstarrt und wahrscheinlich zögert, mich reinzulassen. Er ist gealtert und sieht mitgenommen aus: geschwollene Augenlider, unrasierte, eingefallene Wangen, der vertraute hasserfüllte Blick. Bei seinem schäbigen Anblick spüre ich eine endlose Genugtuung.

Zwei Minuten später sitzen wir im unaufgeräumten Wohnzimmer, es riecht nicht mehr nach ihr, nur noch nach ihm. Leere Bierflaschen, volle Aschenbecher, schmutziges Geschirr, abgenutzte Fußböden und die verschlissene Couch, auf der ich vor Jahren einmal geschlafen habe, als ich Schutz suchte.

»Was willst du hier?«, fragt er mich nach langem Schweigen mit heiserer Stimme, und ich weiß beim besten Willen nicht, was ich mir von ihm erwarte.

»Weißt du vielleicht, wo sie ist?«

Sein höhnisches Lachen hat sich nicht verändert. Es dauert lange, bis er sich wieder einkriegt.

»Willst du mich verarschen? Ich hab die Schlampe nicht mehr gesehen, seit sie abgehauen ist.«

Am liebsten würde ich ihm den schweren Aschenbecher über den Schädel ziehen. Um es nicht zu tun, wende ich den Blick ab und betrachte die kahlen Wände.

»Hast du ihre Bilder gleich entsorgt oder erst, als du verstanden hast, dass sie endgültig abgehauen ist?«, ich versuche, nicht noch wütender zu werden.

Als er mir keine Antwort gibt, schaue ich ihn an. Er sieht plötzlich so traurig aus, dass sich mein ganzer Groll in Mitleid auflöst. Nach kurzer Zeit steht er wortlos auf, geht ins Schlafzimmer und holt eine zugeklebte Schachtel.

»Hier sind ihre Bilder. Du kannst sie alle haben. Sie hat sie ohnehin für dich gemalt. Alles andere habe ich weggeworfen.« Er übergibt mir die Schachtel so vorsichtig, als ob ein Lebewesen darin säße.

20.

Anes und Levans Geschichte begann, während ich mit dem Austauschprogramm in Deutschland war. Nach meiner Rückkehr, als sie einmal bei Mutter und mir übernachtete, zogen wir uns die Decke über die Köpfe und redeten, so wie wir es als Kinder getan hatten.

»Ich muss dir was sagen«, flüsterte sie.

Ich spürte sofort, was Sache war, und ein unangenehmes Gefühl überkam mich. War ich eifersüchtig, dass sie zum ersten Mal in ihrem Leben verliebt war? Wollte ich ihr grenzenloses Vertrauen, ihre Aufmerksamkeit für mich allein? War es eine böse Vorahnung?

»Wer ist der Glückliche?«, fragte ich gespielt unbekümmert.

»Levan«, antwortete sie, atmete tief ein und hielt die Luft an, wie immer, wenn sie aufgeregt war.

Obwohl sie nur den Vornamen nannte, wusste ich gleich, wen sie meinte. Levan war der bekannteste Junge der Schule und hatte uns damals nicht eines Blickes gewürdigt. Er war einige Jahre älter und gab sich nicht mit uns »Kindern« ab. Dass er inzwischen drogenabhängig und Mitglied der paramilitärischen Einheit Mchedrioni war, dass er im Abchasien-Krieg gekämpft hatte und auch in Tbilissi stets gut sichtbar mit einer Pistole herumlief, dass er mit seinem schwarzen BMW wie ein Irrer durch die Straßen raste und sich weder um rote Ampeln noch um die Polizei scherte, trug nur zu seiner Legendenbildung bei.

Keine Ahnung, wie lange ich schwieg und nach den richtigen Worten suchte. Irgendwann atmete Ane aus, wie ein Luftballon, dem langsam die Luft entweicht. »Liebt er dich auch?« Ich hoffte so sehr auf ein Nein. »Ja«, ihre grünen Augen leuchteten im Licht der Taschenlampe. »Wir wollen heiraten!« Mein Herz begann zu stolpern, und während sie weiterredete, wünschte ich mir, die Zeit zurückdrehen zu können und mit aufgekrempelten Hosen, die Taschen voller Steine wieder am See zu stehen, so wie damals, bevor unsere Seelen entstellt und wir so anfällig für das Böse wurden.

»Du weißt aber, dass deine Eltern dieser Ehe nie zustimmen werden.« Ich klammerte mich an die letzte Hoffnung und versuchte, an ihre Vernunft zu appellieren.

»Das macht nichts. Wir werden fliehen, und wenn nötig, sagt er allen, er hätte mich entführt«, antwortete sie entschlossen. Ane, mein kleiner Igel, rebellierte, und ich kriegte kaum Luft.

»Mach keine Dummheit, Ane«, sagte ich.

»Im Namen der Liebe darf man Dummheiten machen«, antwortete sie ruhig, »aber lass uns jetzt schlafen, du hast morgen früh Unterricht.« Dann gab sie mir einen dicken Kuss auf die Wange, machte die Taschenlampe aus, drehte mir den Rücken zu und schlief augenblicklich ein. Ich lag noch lange wach und lauschte ihrem Atem. Ich wollte, dass diese nur uns beiden gehörende Nacht nie zu Ende geht.

Zurück in Tbilissi bestand ich das Abitur mit lauter Einsen und wurde am Schauspielinstitut angenommen. Meine Seminare fanden in einem fensterlosen Raum mit einer kleinen Bühne im Untergeschoss statt. Weil der alte, furchtbar stinkende Kerosinheizkörper für den großen Raum nicht ausreichte, froren wir die ganze Zeit. Wenn es keinen Strom gab, fielen Vorlesungen und Seminare aus, dann hockten wir in der stets überfüllten Bar vor dem Institut, die so verqualmt war, dass man die Hand vor Augen nicht mehr sehen konnte. Fast jeden Tag trank ich dort mit neuen Freunden auf die Unabhängigkeit, den gerechten Kampf, Liebe, Freundschaft, Treue, Patriotismus, Selbstopferung und andere laute Begriffe, von denen ich persönlich nicht wirklich viel verstand, obwohl ich damals felsenfest vom Gegenteil überzeugt war.

Es war der einfachste Weg, der schlimmen Realität für einige Stunden zu entfliehen, bevor man durch zerstörte, dreckige Straßen wieder nach Hause torkelte und von der gesamten Umgebung daran erinnert wurde, in welcher Hölle man lebte.

An einem Montagmorgen, als ich vom schweren Kater geplagt im Seminar saß, wurde ich nach draußen gerufen. Anes Vater Amiran, der im Korridor nervös auf und ab ging, fragte mich ohne Umschweife: »Weißt du, wo sie ist?« Ich verneinte die Frage ehrlich, und sein Blick wurde noch finsterer. »Sie ist gestern Nacht nicht nach Hause gekommen. Sie meinte, sie würde bei dir übernachten, aber heute Morgen stellten wir fest, dass es gelogen war. Nata ist krank vor Sorge. Sie weint die ganze Zeit. Weißt du wirklich nicht, wo sie ist?« Ich spürte solche Panik in seiner Stimme, dass ich, ohne zu überlegen, antwortete: »Ich denke, sie ist mit Levan abgehauen.«

»Sie lebt also! Heiliger Georg! Wer ist Levan?«

»Ein Typ aus unserer Schule, aber ich habe null Ahnung, wo sie jetzt sind.«

Zu der Zeit stellte es kein Problem dar, in Georgien jemanden ausfindig zu machen, also saßen Anes Eltern, ihre Urgroßmutter Sofia und ich am Nachmittag schon im Auto und fuhren ins Dorf zu Levans Großeltern, wo wir die Flüchtigen vermuteten. Nata hatte verweinte Augen und fragte mich zwischendurch über Levan aus. Ich wählte die Antworten sehr sorgfältig aus. Amiran sagte während der vierstündigen Fahrt kein einziges Wort, er seufzte nur, rauchte pausenlos und schaute grimmig auf die nicht enden wollende, schlecht beleuchtete und mit vielen kleinen Kratern übersäte Landstraße vor uns. Sofia schaute schweigend aus dem Fenster und streichelte zwischendurch behutsam Natas Hand. Als wir das Dorf erreichten, war es bereits später Abend. Wir mussten ein paarmal anhalten und nach dem Weg fragen, denn es gab im gesamten Dorf weder Straßennamen noch Hausnummern. Endlich hielten wir vor einem heruntergekommenen Haus, und ein älteres, sichtlich verunsichertes Paar bat uns hinein. Das Zimmer lag im Halbkeller, es roch modrig, hier und da hingen Spinnennetze, alles war verstaubt und verrostet, es roch förmlich nach bitterster Armut. Wir setzten uns auf die knarzenden Holzstühle, und Levans Großmutter begann den Tisch zu decken, dabei murmelte sie verlegen unverständliches Zeug. Der Großvater schenkte uns gerade den Hauswein ein, als die Tür aufging und Ane in einem schwarzen, schlichten Kleid hereinkam, gefolgt von dem wie immer zugedröhnten Levan, der mit einem satten, zufriedenen Ausdruck lächelte. Ich hätte ihm am liebsten seine glasigen Augen ausgekratzt. Nata sprang schluchzend auf und lief zur Tochter. Ich wunderte mich, dass auch Sofias Augen wässrig wurden, sie weinte ähnlich meiner Mutter so gut wie nie.

Ich ging in den Hof hinaus, setzte mich auf die feuchte Erde und rauchte mehrere Zigaretten hintereinander. Irgendwann kam Ane zu mir, setzte sich neben mich und griff nach der Kippe, die ich gerade ausmachen wollte: »Gib mir den letzten Zug.«

»Sag bloß! Seit wann rauchst du?«

Ich traute meinen Augen nicht, als sie, anstatt zu antworten, den Rauch gekonnt, fast routinemäßig inhalierte und die Kippe virtuos wegschnippte. Wahrscheinlich sah ich sehr dümmlich aus, denn sie brach bei meinem Anblick in lautes Lachen aus. Nach kurzer Zeit wälzten wir uns neckend im feuchten Gras.

»Und du bist dir ganz sicher, dass sie reif für die Ehe ist?«, hörte ich plötzlich von hinten. Anes Vater und ihr frischgebackener Ehemann standen in der Tür und schauten uns zu. Trotz seines Lächelns sah Amiran sehr niedergeschlagen aus.

»Versprich mir, dass du mit ihm glücklich sein wirst«, sagte ich Ane beim Abschied.

»Ich verspreche es!«, antwortete sie.

Ob sie schon damals wusste, dass sie dieses Versprechen nicht würde halten können?

Sie feierten eine bescheidene Hochzeit. Meine Mutter nähte Ane ein zauberhaftes hellgrünes Kleid, in dem sie wie eine Elfe aussah, durchsichtig, wie aus Glas. Ihr kurzes Igelhaar war mit winzigen weißen Blümchen geschmückt, die in Georgien »Das, was gefunden werden muss« heißen. Am Morgen der Hochzeit, als ich gerade ein wenig Rouge auf ihre hohen Wangen auftrug, umarmte sie mich ganz fest und sagte: »Du weißt doch, dass ich dich immer mehr lieben werde als alles andere auf der ganzen Welt.« Ich wusste es, und dennoch zog sich mein Herz schmerzhaft zusammen, als Levan sie zum Altar führte.

Auf ihrer Hochzeit lernte ich Levans Freund Andro kennen, der in einigen Filmen und TV-Serien kleinere Rollen gespielt hatte und so was wie eine lokale Berühmtheit war. Er lief sogar im Sommer mit einem langen, schwarzen Ledermantel herum und nahm nicht mal im Sturzregen seine verspiegelte Sonnenbrille ab. Gleich am Hochzeitstag sagte er mir mit seiner tiefen, kratzigen Stimme, dass er sein ganzes Leben auf mich gewartet habe, und gab mir dabei wie ein wahrer Gentleman einen Handkuss. Er roch nach nassem Leder, teuren Zigaretten und unerschütterlicher Selbstsicherheit. In den nächsten Wochen liefen wir händchenhaltend durch die Straßen und knutschten in dunklen Ecken und Hauseingängen.

Eines Tages erzählte er mir enttäuscht, er habe eine besondere Überraschung für mich vorbereiten wollen, die allerdings daran gescheitert sei, dass er kein Geld auftreiben konnte. Meine Neugierde und mein Mitgefühl flammten sofort auf, und ich bot ihm, ohne zu überlegen, mein ganzes in Deutschland gespartes Geld an, das er gespielt zögerlich annahm. Die besondere Überraschung entpuppte sich als ein altes, renovierungsbedürftiges Haus in einem Außenbezirk, mit vielen Holzbalkonen und Wendeltreppen mit hier und da fehlenden Stufen, in dem von einer unfreundlichen Frau mittleren Alters karg möblierte Zimmer stundenweise vermietet wurden. Ich stand irritiert und verunsichert im dunklen, stickigen und nach fremden Menschen riechenden Raum und schaute Andro an, wie er eine Tafel Schokolade, eine billige Sektflasche und zwei Plastikbecher auspackte. Alles war natürlich mit meinem Geld bezahlt, einschließlich des Zimmers, in dem er mich nach wenigen Minuten zu vergewaltigen versuchte. Ich wehrte mich mit allen Kräften, drohte, flehte, kratzte und schrie. Er ließ erst von mir ab, als er begriff, dass ich noch Jungfrau war. Verärgert beschimpfte er mich als blöde Hure, spuckte auf den staubigen Teppich und holte sich in der Toilette einen runter. Ich lief mit zerrissener Bluse nach draußen, vorbei an der unfreundlichen Vermieterin, die mich mit ihrem stacheligen Blick durchbohrte.

Ich wollte zu Ane und nahm den Weg in die Stadt zurück, wo sie mit Levan eine kleine Wohnung bezogen hatte. Es war ein weiter Fußmarsch, aber ich hätte in dem Moment in kein Taxi steigen können. Das Schreibheft, aus dem ich Andro meine Gedichte vorlesen wollte, war auf dem dreckigen Teppich zurückgeblieben. Als Ane die Tür öffnete und mich ansah, wich das Blut aus ihrem Gesicht. Sie wollte gleich die Polizei rufen, aber ich hielt sie davon ab. Ich war einfach nicht imstande, mich einer erneuten Erniedrigung auszusetzen und von den ungeschulten, groben Polizisten befragt und selbst beschuldigt zu werden (wieso bist du mitgegangen? Wieso hattest du einen so kurzen Rock an? Was hast du eigentlich erwartet?). Levan etwas über den Vorfall zu erzählen, kam auch nicht in Frage, die ganze Angelegenheit hätte blutig enden können, also log ich Ane an und behauptete, ein Unbekannter hätte mich in einer Unterführung angegriffen.

Ich stand so lange unter der heißen Dusche, bis der ganze Wassertank leer war. Dann zog ich Anes frische Sachen an und schlief fast zwei Stunden auf der Couch, während sie neben mir saß und mit gerunzelter Stirn und zusammengepressten Lippen über meinen Schlaf wachte. Als ich mich ein wenig erholt hatte, tranken wir frischen Pfefferminztee mit Honig und hörten uns *The Wall* von Pink Floyd an, bis Levan am Abend betrunken heimkam. Ane erschien mir noch müder und geschundener als ich.

21.

Seit ich denken kann, quälte mich das Gefühl, im falschen Film festzustecken und etwas Wichtiges, nur für mich Bestimmtes zu verpassen. Es war nicht immer ein schlechter Film, aber er war einfach nicht meiner. Mir kam es so vor, als ob mein tatsächliches, wahres Leben parallel ablief, gleich im nächsten Raum, zum Greifen nah; ich müsste nur die Tür finden und sie durchschreiten. Wahrscheinlich wechselte ich deshalb so oft die Wohnungen, Städte und Länder. Wie ein ruheloser Nomade war ich ständig unterwegs und wechselte meine Leben wie ein Chamäleon seine Farbe.

Eines dieser Leben habe ich in diesem Tbilisser Hochhaus verbracht, an dem ich auf dem Rückweg von Levans Haus vorbeigehe, mit der an meine Brust gedrückten Schachtel, in der Anes Zeichnungen aufbewahrt sind. Ganze zwei Jahre, die fast spurlos an mir vorbeigegangen sind. Ich schaue hoch zu den Fenstern im neunten Stock und erinnere mich daran, dass der Fahrstuhl mich auch dann nicht fahren wollte, wenn es Strom gab, weil ich unter fünfzig Kilo wog. Also schleppte ich oft Ziegelsteine von der naheliegenden Baustelle mit mir herum, um den Fahrstuhl auszutricksen. Ich erinnere mich noch, wie ich mich vor den Nächten fürchtete, vor der Schlafzimmerdecke, die mir auf den Kopf zu fallen schien. Aber ich erinnere mich auch an jenen Morgen, als Deme kam und mir einen Feldblumenstrauß wie ein Stück Frühling brachte. Auch von Vaters und Nanas Beerdigung kehrte ich in diese Wohnung zurück, in der sich die Tage nicht voneinander unterschieden: Trinkgelage, Kartenspiele, Streitereien.

Kurz nachdem ich mein Studium aufgenommen hatte, lernte ich in der Bar vor dem Schauspielinstitut Zaza kennen. Er studierte Philosophie und hatte helle, melancholische Augen. Wir saßen mit ein paar Freunden an einem Ecktisch, und er, ähnlich Andro, gestand mir am gleichen Abend seine Liebe. Er spielte zwar Gitarre und sang bezaubernd, aber er war einer von vielen Verehrern, und ich hätte ihn am nächsten Tag bestimmt schon wieder vergessen, wenn er mir seitdem nicht wie ein Schatten gefolgt wäre. Einmal, als ich zu viel getrunken hatte und mich mitten auf der Straße übergeben musste, tauchte er plötzlich aus dem Nirgendwo auf und reichte mir sein kariertes Taschentuch. Ich fühlte mich erwischt und beschimpfte ihn als Idioten ohne einen Funken Selbstwertgefühl. Zaza schienen meine Beleidigungen nichts auszumachen, auch nicht die höhnischen Blicke der vorbeieilenden Passanten. Seelenruhig hielt er ein Taxi an und fuhr mich nach Hause. Mit der Zeit gewöhnte ich mich an seine Nähe, und er wurde zu einem guten, manchmal unverzichtbaren Freund.

Eines Abends kam er wieder einmal bei Tamara und Mutter vorbei, und wir spielten Backgammon, während Mutter in der Küche Kartoffeln briet. Keine Ahnung, was in mich gefahren war, vielleicht sein an mir haftender Hundeblick, aber ich sagte ihm, dass, falls er mich beim Spielen schlüge, ich ihn heiraten würde. Für gewöhnlich spielte er schlecht, dieses Mal aber mit solchem Eifer, dass ich eine verheerende Niederlage einsteckte. Mutter blinzelte ungläubig, als wir in der Küche auftauchten und mit feierlicher Stimme unsere Hochzeitspläne verkündeten. Sie wusste, dass ich ihn nicht liebte. Und Zaza auch. Als ich Ane am nächsten Morgen davon erzählte, war sie so schockiert, dass sie mich schweigend anstarrte und dann zu weinen begann.

»Was soll der Blödsinn? Du wirst mit ihm nicht glücklich sein. Du liebst ihn nicht«, flüsterte sie, nachdem sie sich ein wenig beruhigt hatte.

»Und du? Du liebst Levan. Aber bist du glücklich?«, fragte ich sie. Anstatt zu antworten, fing sie wieder an zu schluchzen.

Wir gaben bald unsere Verlobung bekannt, die meisten Freunde waren nicht minder verwundert als meine Mutter. Nach sechs Monaten feierten wir trotz der wirtschaftlichen Misere dank der Hilfe von Verwandten und Freunden eine riesige Hochzeit. Ich trug ein wunderschönes weißes Kleid, das wir uns leisten konnten, weil die Größe 34 ein Ladenhüter war. Ich tanzte darin, bis der Saum zerfetzt war. Der Tischführer amüsierte sich über eine so energische Braut, die beschwipsten Gäste lachten, und ich tanzte unbeeindruckt weiter.

Ane war gemeinsam mit ihren Eltern, Großmutter Sofia und Levan da. Sie war abgemagert. Er war schnell betrunken, lachte laut und flirtete mit seiner extravagant gekleideten Tischnachbarin, die ihre riesigen Brüste zur Schau stellte, während sein Arm auf Anes Schulter ruhte. Sie redete wenig. Ab und zu schaute sie zu mir und lächelte. Als ich mich zum Rauchen herausschlich, weil man als Braut auf der eigenen Hochzeit nicht rauchen durfte, schnappte ich sie mir. In der schwarz-weiß gekachelten Toilette, die bei mir das Gefühl auslöste, in einem merkwürdigen Würfel gefangen zu sein, zündeten wir dünne, lange, angeblich weniger schädliche Zigaretten an, die gerade in Mode gekommen waren.

»Ist bei dir alles in Ordnung?«, fragte ich.

»Klar.« Ich sah an ihren Augen, wie sehr sie wollte, dass ich ihr glaubte. »Achte nicht auf ihn«, fügte sie hinzu, »wenn er betrunken ist, benimmt er sich wie ein Arschloch!«

»Und sonst ist er ein Engel, was?«

Sie lachte kurz. Wir rauchten schweigend zu Ende und kehrten in den festlich geschmückten Saal zurück. Levan warf mir einen finsteren Blick zu, dann zog er Ane zu sich und küsste sie demonstrativ auf den Mund. Ich roch sogar aus der Ferne seinen schlechten Atem. Ich hasste ihn so sehr.

Nach der Hochzeit erreichten Zaza und ich gegen ein Uhr nachts sein Zuhause und gingen direkt ins Schlafzimmer. Meine bis dahin heitere Stimmung schlug blitzartig um, ich war angespannt wie eine Sprungfeder und wusste nicht recht, was ich tun oder sagen sollte. Zaza bemerkte mein Elend sofort, und für die Frage, die er mir stellte, werde ich ihm bis zu meinem Lebensende dankbar sein: »Wollen wir Super Mario spielen?« Ich seufzte erleichtert. Wir setzten uns auf das große Bett – er in seinem eleganten Frack, ich in meinem wunderschönen Hochzeitskleid – und spielten stundenlang Super Mario. Irgendwann überwältigte uns die Müdigkeit, und wir schliefen angezogen ein.

Die ganze Romantik verflog sehr bald. Sein Vater war früh gestorben, und er lebte mit seiner Mutter und zwei Brüdern in einer Dreizimmerwohnung in einem Hochhaus etwas außerhalb. Der ältere Bruder war Anhänger der alten Regierung, während der jüngere Mitglied der Georgischen National-Gwardia war. Sie zofften sich tagein, tagaus, und manchmal wurden sie sogar handgreiflich. Niemand in der Familie arbeitete, also schuldeten sie jedem Geld und verkauften alles aus ihrer Wohnung, was es zu verkaufen gab. Der Tag begann für gewöhnlich damit, dass die Schwiegermutter das Hochhaus abklapperte und bei einem Nachbarn zwei Löffel Zucker, beim anderen drei Eier, beim dritten ein bisschen Kaffee und beim vierten ein paar Brotscheiben besorgte. Manchmal sammelte sie auf der Straße Zigarettenstummel, entfernte die Filter oder versengte sie (um Bakterien abzutöten!) und rauchte den Rest. Wenn es wieder mal Geld gab, wurde es für ein Festmahl mit vielen Delikatessen und Unmengen von Alkohol aus dem Fenster geworfen; am nächsten Tag stand nur noch die Ketchupflasche im Kühlschrank.

Um mich der Situation zu entziehen und zugleich ein wenig dazuzuverdienen, suchte und fand ich neben dem

Studium einen Job als Journalistin der recht renommierten Universitätszeitung, die dringend Journalisten suchte und sogar ein kleines Budget hatte. Nach einer kurzen Probezeit, ich war immerhin Schauspielstudentin, wurde ich angenommen. Dort wehte ein aufklärerischer Geist, und die politischen Missstände wurden beim Namen genannt. Es war ein gefährlicher Job. Dennoch dachte ich nicht im Traum daran, weiterhin zu Hause zu sitzen, wo ich mich wie eine Gefangene fühlte in einem luftleeren Raum. Ich versuchte, die Wohnung möglichst früh zu verlassen und möglichst spät zurückzukehren, aber auch das half nichts, denn die Nächte waren das Schlimmste. Nach unserem ersten Geschlechtsverkehr schloss ich mich in der Toilette ein und weinte mir die Augen aus. Ich empfand nichts außer Schmerz, Demütigung und Ekel. Und jedes weitere Mal fühlte ich mich vergewaltigt. Manchmal, wenn ich mit weit aufgerissenen Augen im Bett lag, Zazas Schnarchen lauschte und an die Decke starrte, die immer näher zu kommen schien, stellte ich mir vor, aus dem neunten Stock zu springen. Genau zwei Jahre nach der Hochzeit trennte ich mich von Zaza. Am Ende unserer kurzlebigen Ehe war er mir fremder als am Tag unserer ersten Begegnung – und ich kehrte nach Hause zurück, zu Mutter und Oma Tamara.

22.

Eines frühen Morgens kam Ane mit einem riesigen Strauß weißem Flieder zu Besuch, der die ganze Wohnung mit seinem Duft erfüllte. Ich lag noch im Bett, als ich sie im Flur mit Mutter sprechen hörte. Ane kam hereingeschneit und setzte sich auf die Bettkante, wich all meinen Fragen aus und erzählte belangloses Zeug.

»Weißt du, dass Tatia nach Deutschland gegangen ist? Sie studiert irgendwo im Süden, Freiburg oder so.«

»Ach ja?«, antwortete ich gleichgültig, was kümmerte mich Tatia.

»Ja. Ich habe kürzlich mit ihrer Mutter telefoniert und alles in Erfahrung gebracht, was für so eine Zulassung notwendig ist«.

Jetzt wurde ich stutzig.

»Ich dachte mir nur ... Wäre es nicht toll, im Ausland zu studieren? Weit weg von hier, weg von allen?«, sie sprach leiser, beinahe wie in Trance.

»Meinst du uns?«, fragte ich, und mein Herz schlug schneller. »Was ist mit Levan? Ich glaube nicht, dass er mitkommt. Wer soll denn auf sein Revier aufpassen, wenn der König des Dschungels weg ist?«

Sie erwachte aus der Erstarrung und lachte auf. »Lass den Quatsch. Ich meine dich. Wir wissen doch beide, dass du nicht hierhergehörst.«

»Aber du schon?«

Anstatt zu antworten, zog sie ihre schmalen Schultern hoch. Um ihren Hals baumelte der blau-grüne Globus.

»Und wer malt meine Träume, und wer beschützt mich vor ihnen, wenn du nicht mehr bei mir bist?«

»Keine Sorge. Sofia sagt immer, dass bei der wahren Liebe die Entfernung keine Rolle spielt. Also, egal, wo du bist, ich werde immer bei dir sein.«

Mit einem Mal war ich Feuer und Flamme. Ich informierte mich, und schon in den nächsten Tagen bereitete ich alle notwendigen Unterlagen vor und verschickte sie an verschiedene deutsche Hochschulen. Trotz der Aufregung rechnete ich nicht mit einer positiven Antwort, also versuchte ich, mich auf meinen Job als Journalistin zu konzentrieren, die wichtigsten Seminare zu besuchen und für die

Prüfungen zu lernen. Eines Nachmittags klingelte es an der Tür, und der Briefträger überreichte mir einen Brief mit dem Absender »Freie Universität Berlin«. Es war der erste Brief seit vielen Jahren. Es gab in der gesamten Nachbarschaft nicht mal mehr einen Briefkasten. Sie waren sämtlich abmontiert und ins Altmetall gegeben worden.

Sofort rief ich Ane an. Levan hob ab, und ich hörte an seiner Stimme, dass er nicht nüchtern war, er redete langsam, mit großen Pausen und unterschwelliger Aggression. In jedem seiner Wörter schwang ein Unterton der Überlegenheit mit, die nur darauf basierte, dass er ein Mann und ich eine Frau war, noch dazu eine geschiedene Frau, der man einige Affären nachsagte. Für ihn war ich nichts weiter als eine ordinäre Schlampe.

»Sie kann gerade nicht ans Telefon«, beendete er das Gespräch und legte auf, bevor ich etwas entgegnen konnte.

Eine Stunde später hörte ich Schritte auf der Treppe. Sie stand ohne Mantel da, die Lippen blau vor Kälte, die Augen geschwollen, sie hatte nicht mal versucht, sie mit Make-up abzudecken.

»Was ist passiert?«, fragte ich, obwohl ich es mir denken konnte.

»Machst du mir Tee? Ich friere«, sie ging direkt in die Küche. Nach kurzer Zeit saßen wir einander an dem kleinen Tisch gegenüber und schauten uns schweigend an.

»Ich habe die Zulassung bekommen. Aus Berlin«, sagte ich irgendwann.

»Berlin«, wiederholte sie leise und sagte eine Zeitlang nichts mehr. Sie richtete ihren Blick auf die Tischdecke mit den großen, leuchtend roten Mohnblumen, und ich wusste nicht, was sie fühlte.

»Wieso kommst du nicht mit?«

»Ich liebe ihn, und er braucht mich mehr als du«, lautete die simple Antwort. Sie führte den schmalen Zeigefinger über die Tischdecke und zeichnete eine Mohnblüte nach. Der mit hausgemachter Erdbeermarmelade gesüßte Tee schmeckte auf einmal bitter.

Sie blieb über Nacht, und wir erwähnten Levan und meine Zulassung mit keinem Wort. Am frühen Morgen verließen wir gemeinsam die Wohnung. An der Bäckerei, wo sich unsere Wege trennten, hielten wir kurz an. Tonis-Puri, das köstliche georgische Brot, wurde gerade mit langen Feuerhacken aus dem Tandur-Ofen gezogen, und es duftete verlockend. Ein magerer, von Kopf bis Fuß mit Schlamm bespritzter Straßenhund stand vor dem Eingang und wedelte energisch mit dem dreckigen Schwanz. Der Bäcker mit vor Hitze geröteten Wangen und Geheimratsecken beobachtete uns mit zusammengekniffenen Augen, während wir mit gereckten Hälsen den Duft einatmeten, dann lachte er und reichte uns in Zeitung gewickeltes, noch dampfendes Brot heraus. Ane nahm es dankend an, während ich in die Tasche griff.

»Nee, nee. Von so hübschen Mädchen nehme ich doch kein Geld«, sagte der Bäcker, zwinkerte uns zu und wandte sich sofort wieder den Teigbällchen zu, die aufgereiht auf einer langen Holzplatte lagen, wie Schneebälle vor der entscheidenden Schneeballschlacht.

Wir setzten uns auf den Bordstein und aßen. Das Brot war so heiß, dass wir uns Finger und Zungen verbrannten. Der Hund umkreiste uns winselnd. Ane brach ein Stück Brot ab, pustete kurz darauf und warf es ihm hin mit den Worten »Es ist noch heiß, verbrenn dich nicht«.

Nach einer Weile verabschiedeten wir uns voneinander, ich hielt ein Taxi an und fuhr zur deutschen Botschaft. Ane ging zu Fuß nach Hause, und bevor der Wagen um die Ecke bog, sah ich in der Heckscheibe, wie sie in meinen schwarz-weiß gestreiften Mantel gehüllt wie ein kleines Mädchen mit den Armen wedelte und mit leichten Schritten, fast schwebend die Straße hinunterging, dicht gefolgt von dem Straßenhund, der zu ihr aufblickte, als gehörten sie schon immer zueinander.

Als ich Mutter und Tamara von der Zulassung erzählte, waren sie hin- und hergerissen. Es fiel ihnen schwer, mich allein in ein fremdes Land gehen zu lassen, gleichzeitig ermutigten sie mich, diese einzigartige Chance zu nutzen, und gaben mir ihren Segen. Um mich auf die bevorstehende Reise vorzubereiten, verkauften sie alles von Wert, was übrig war: Efemias Erbschmuck und ihr schönes altes Klavier mit den Tasten aus Elfenbein und vergoldeten Kerzenständern. Das Klavier, das seit Generationen im Besitz unserer Familie war und die schlimmsten Krisenjahre überstanden hatte, verkauften sie für zweihundert Dollar – nicht mal ein Zehntel seines Werts.

Drei Wochen später erhielt ich ein dreimonatiges Visum. Mutter, Tamara, Ane und Sofia begleiteten mich zum Flughafen. Ich stand da mit einem großen Koffer und etwa tausend D-Mark im Rucksack, bereit, die Reise ins Unbekannte anzutreten. Der Flughafen war voller Menschen, Gepäck, Stimmen, Geräusche und Gerüche. Wegzugehen ist leichter, als zurückzubleiben, ging es mir immer wieder durch den Kopf. Es ist kaum zu ertragen, einem geliebten Menschen hinterherzuschauen, der langsam in der dichten Menschenmenge verschwindet, während man selbst in die vertraute, manchmal überdrüssig gewordene Umgebung zurückkehren muss, in der ein Platz schmerzlich leer geworden ist.

Ane schien am Boden zerstört, obwohl sie mit allen Kräften versuchte, sich nichts anmerken zu lassen. Sie gab mir Ratschläge, als sei sie um die ganze Welt gereist, und richtete mit nervöser Bewegung immer wieder ihre schwarze Baskenmütze. Mutter war dem Weinen nah, ihre Nasenflügel bebten. Sie wusste nicht, dass ich ihr himmelblaues Blümchennachthemd eingepackt hatte, das vom vielen Auskochen, Waschen und Bügeln ganz fadenscheinig, fast durchsichtig geworden war. Im Koffer gleich daneben lag ein Säckchen Erde von dem Grab meines Vaters und dem von Pippi Langstrumpf. Sofia schenkte mir zum Abschied ihren selbstgestrickten grünen Schal, damit ich mir, in Anes Worten, »in den saukalten Nächten in Berlin meinen hochgeschätzten Arsch nicht abfror«. Oma Tamara hängte mir ihr silbernes Kreuz um den Hals, obwohl ich als überzeugte Atheistin das letzte Mal bei meiner Trauung in der Kirche war, und hakte sich bei Sofia ein, die sie innig umarmte, als ich durch die Schiebetür schritt und einen letzten Blick zurückwarf. Heute besitze ich keinen dieser Gegenstände mehr, sie sind mir beim Wechseln der Leben abhandengekommen, genauso wie meine Ane.

23.

Kurz vor der Reise nach Tbilissi, als ich in Berlin in der U-Bahn saß und ein Buch las, hörte ich eine Frauenstimme, die Straßenzeitungen verkaufte und um eine Spende bat. In ihrer Stimme war etwas Vertrautes, das mich aufhorchen ließ. Ich schaute die Frau aufmerksam an, aber ihr Gesicht sagte mir nichts. Sie bedankte sich bei einem Fahrgast, der ihr eine großzügige Spende gab, seufzte erleichtert, und sofort fragte sie einen anderen, wie sie am besten zum Zoo fahren könnte. Ich wusste gleich, warum.

Obwohl ich seit fast zwanzig Jahren clean bin, gibt es bis heute Augenblicke, in denen ich den Geruch von He-

roin wahrnehme, der auf einem verrußten, deformierten Löffel aufkocht, oder den ekligen Geschmack, der sofort einen Brechreiz auslöst, als ob ich noch immer durch eine unsichtbare Nabelschnur mit meinem damaligen Zustand verbunden wäre. Und der Anblick der Frau, die mit ein paar Euro, die ihr bestimmt wie ein Geschenk des Himmels erschienen, zum Bahnhof Zoo eilte, um Drogen zu kaufen und sich eine kurzzeitige Erleichterung zu verschaffen, erinnerte mich sofort an deinen Besuch in Berlin.

Als du zum ersten und letzten Mal in Berlin warst, bestimmten Drogen mein Leben. Am Anfang belog ich mich, ich könnte aufhören, wann immer ich wollte, es wäre nur eine kurze, unbedeutende Phase in meinem Leben. Aber allmählich wurde alles andere aus meinem Alltag ausradiert. Anstatt zur Uni zu gehen, lag ich in zugedröhntem Zustand auf dem ungemachten Bett, und die Zeit rann wie Wasser durch ein Sieb. Ich aß tagelang nichts, und wenn doch, musste ich mich übergeben. Ich magerte ab, sah verwahrlost aus, mit gelb-grünlichem Gesicht und ungewaschenen Haaren, aber das Schlimmste war, dass ich allem gegenüber gleichgültig wurde. Tagtäglich starb ein kleiner Teil meiner Seele ab, wie bei einer Nekrose. Irgendwann gab ich mich selbst auf. Ab diesem Tag wartete ich über ein Jahr nur noch auf den Tod, ruhig und gefasst, ohne mich zu wehren oder etwas dagegen zu unternehmen.

In dieser Zeit brach ich jeglichen Kontakt zu meiner Familie, Freunden und Bekannten ab, zog um, tauschte das Handy samt Sim-Karte gegen Drogen und versank im Sumpf des Niemehrzurückkehrens. Die meisten wollten mit mir, einem Junkie, ohnehin nichts mehr zu tun haben.

An einem kalten Herbstabend, als ich auf der menschenleeren Straße auf den Dealer wartete, der sich wie immer verspätete, sah ich eine in warmem gelben Licht schimmernde Telefonzelle. Um vor dem Frost und der Dunkelheit zu fliehen, ging ich hinein. In meinem Körper liefen Ameisenarmeen in verschiedene Richtungen und knabberten eifrig an meinem Knochenmark. Ich fühlte mich so schlecht, so elendig und einsam, dass ich vor Verzweiflung den Kopf gegen die Glasscheibe schlagen wollte. Um das nicht zu tun, suchte ich in den Jackentaschen nach Kleingeld und wählte deine Nummer. Es klingelte sehr lange, in Georgien war es bereits mitten in der Nacht, und als ich schon auflegen wollte, hörte ich deine verschlafene Stimme. Ich konnte nur ein paar Worte sagen, bevor das nervtötende Geräusch ertönte, das mir zu verstehen gab, dass das Guthaben aufgebraucht und der einzige Mensch, mit dem ich sprechen wollte, nicht mehr in der Leitung war.

Was dachtest du, als ich dich in jener Nacht weckte und »Ane, ich sterbe. Hilf mir« sagte? Warst du erleichtert, dass ich mich nach anderthalb Jahren wieder meldete? Warst du wütend, dass ich ohne ein Lebenszeichen so lange verschwunden war? Hat dich der Gedanke entsetzt, dass ich tatsächlich sterben könnte? Sag mir, was du fühltest, Ane. Ich brauche es heute mehr als damals, als ich dich so verzweifelt um Hilfe bat.

Ich war mir sicher, dass du, wie der kleine Junge aus unserem Lieblingsmärchen, neun Meere und neun Lichtungen überqueren, alle Gefahren überwinden und mich finden würdest. Das tatst du auch. Keine Ahnung, wie du es geschafft hast, so schnell ein Visum zu bekommen, wie du deinen eifersüchtigen und gewalttätigen Ehemann überzeugen konntest, dich ohne seine Aufsicht in ein fremdes Land gehen zu lassen, oder wie du mich in jenem Loch gefunden hast, in dem ich langsam dahinvegetierte. Aber als jemand einige Wochen nach unserem kurzen Telefonat an der Tür klopfte, wusste ich sofort, dass du es warst.

Ich denke an deinen Besuch in Berlin sehr ungern zurück. Ich schäme mich zu sehr. Nicht nur dafür, dass du in Berlin rein gar nichts, nicht mal das Brandenburger Tor gesehen und die ganzen drei Wochen in meiner stinkenden Bude verbracht hast, dass du meine Kotze wegwischen, meine verschwitzten Sachen waschen und mich wie ein Baby baden und füttern musstest. Ich schäme mich vor allem wegen des Tages, an dem du abgereist bist.

Zu diesem Zeitpunkt ging es mir körperlich besser. Die Entzugserscheinungen waren verschwunden, das Schlimmste war überstanden. Nun ging es nur noch darum, die pausenlos blinkende rote Glühbirne in meinem Kopf auszuschalten, die mich ständig daran erinnerte, dass ich früher oder später wieder Drogen nehmen würde. Es war nur eine Auszeit, eine Verschnaufpause, die sinnlose Verschiebung des unausweichlichen Todes. Aber du konntest das nicht begreifen. Du glaubtest fest daran, dass deine Liebe mich heilen würde.

Auf dem Weg zum Flughafen mussten wir am Zoo umsteigen. In einer Ecke sah ich meinen Dealer. Sofort spürte ich den vertrauten, ekligen und so sehr vermissten Geschmack im Mund, und der Drang überwältigte mich. Nichts anderes zählte mehr. Das Einzige, was ich wollte, war Heroin. Sofort und um jeden Preis. In diesem Moment warst sogar du mir egal, mitsamt deiner Liebe. Sobald ich den Dealer sah, ließ ich dich mit deinem kleinen, grauen Koffer in einer Ecke stehen, sagte, dass ich kurz Zigaretten kaufen müsste, und bevor du etwas entgegnen konntest, verschwand ich in der dichten Menschenmenge. Als der Dealer mich erkannte, lebte er auf und sagte mit heiserer Stimme: »Ich dachte schon, du wärst tot. Wie viel?«

»Fünf Braune, wie immer«, antwortete ich mechanisch.

Er holte ein Päckchen unter seiner Zunge hervor und legte es auf meine Handfläche. Sofort rannte ich in die nächste Apotheke und kaufte Insulinspritzen. In einem Außencafé stibitzte ich im Vorbeigehen einen Teelöffel und setzte mir im stinkenden Bahnhofsklo einen Schuss. Sofort war die Erleichterung da. Alles ließ von mir ab: der Krieg, die Dunkelheit, die Kälte, meine Alpträume, Nanas und Datos Tod, alle Enttäuschungen und Demütigungen, Ängste und Schuldgefühle, die mich ständig begleiteten wie der Schatten die Sonne. Ich saß auf dem schmutzigen Boden an die Tür gelehnt, und mein träge gewordener Blick streifte die vollgekritzelten Wände. Zwischen all den mehr oder weniger groben Sprüchen entdeckte ich plötzlich ganz unten einen mit winzigen Buchstaben geschriebenen Satz: »Bis ans Ende meiner Tage werde ich am See unserer Kindheit auf dich warten.«

Das Einzige, was ich in diesem Augenblick wollte, war, dass es mich nie gegeben hätte. Irgendwann stand ich wieder auf der Straße. Obwohl ich mir sicher war, dass du längst alles begriffen hattest und zum Flughafen gefahren warst, ging ich dorthin zurück, wo ich dich stehen ließ. Aber da standst du immer noch verängstigt an deinen kleinen grauen Koffer geklammert, und ich wusste, dass du kurz davor warst, loszuheulen. Dein Anblick schmerzte viel mehr als alle Entzugserscheinungen.

Währenddessen eilten die Menschen an dir vorbei, ohne dich wahrzunehmen. Plötzlich trafen sich unsere Blicke. Glaub mir, ich werde das Entsetzen in deinen Augen wie ein unheilbares Geschwür bis zu meinem Lebensende in mir tragen. Der erste Gedanke war, sofort zu dir zu rennen, dich zu umarmen, zu beruhigen und wieder zum Lachen zu bringen, wie früher. Weißt du noch? Stattdessen drehte ich dir den Rücken zu, ohne auch nur ein Wort zu sagen, und verschwand. Zu Hause nahm ich die dreifache Dosis. Ich wollte, dass es zu Ende geht. Aber an jenem Tag kehrte der Tod mir den Rücken zu, wie ich dir zuvor.

24.

In Tamaras Zimmer, in dem alles genauso ist wie zu ihren Lebzeiten, hängen unzählige alte Fotos an den Wänden, darunter einige Fotos von Sofia. Sofort erinnere ich mich daran, dass Oma Sofia immer Schwarz trug, sogar ihre selbstgenähten Nachthemden waren pechschwarz. Ich sehe ihre schneeweißen Haare und die rauen, alten Hände, die unermüdlich etwas flickten, mir die Zöpfe flochten, Fusseln von unserer Kleidung entfernten, uns streichelten und trösteten.

Ihr einziger Sohn starb jung, kurz nachdem er Vater geworden und seine Frau bei der Geburt verstorben war. In der Familie wurde nie darüber geredet. Man munkelte, er hätte Suizid begangen, die offizielle Ursache lautete »tödlicher Unfall mit einer Schusswaffe«. Also adoptierten Sofia und ihr Mann Zurab ihren neugeborenen Enkelsohn, Anes Vater Amiran, und erzogen ihn wie ihr eigenes Kind. Zurab starb, als wir dreizehn waren, während Sofia neunzig wurde. Sie starb, ein Jahr nachdem ich nach Deutschland gegangen war. Auch ich nannte sie

Oma. Es war nicht immer leicht, jemandem, der mit unseren Familienverhältnissen nicht vertraut war, zu erklären, wie es kam, dass ich vier Großmütter hatte.

Die dreimonatigen Sommerferien verbrachten Ane und ich oft zusammen mit ihrer Familie in einem Dorf in Samegrelo, in ihrem Ferienhaus am See. Die Dorfjugendlichen trafen sich gleich nebenan, denn die Ankunft der Stadtmädchen war das größte Highlight des Jahres. Sie machten vor nichts Halt, um uns zu beeindrucken, und manchmal nutzten wir das gewissenlos aus: einmal, ich war gerade zwölf, ließ ich einen gleichaltrigen Verehrer als Mutprobe eine Riesenknolle Knoblauch essen, bis er beinahe daran erstickte und Sofia ihn mit einem Eimer Wasser und ein paar Ohrfeigen wiederbeleben musste.

Aber am liebsten spielten wir Familie: Mutter, Oma, Kind. Dazu schlitzten wir den Puppen die Münder auf, damit sie richtig essen konnten, bis das Essen in ihren kleinen Plastikköpfen vergammelte, sie zu stinken anfingen und wir sie beerdigen mussten. Als Zurab einmal den Garten umgrub und auf einen kleinen Körper in einem weißen Leichentuch stieß, blieb ihm fast das Herz stehen ...

Und als wir in einem dieser verzauberten Sommer Baumaterial fanden, das Zurab fürs Haus zusammengetragen hatte, bauten wir mit Hilfe einiger Nachbarjungen eine Holzhütte, die wir »unser Haus am See« nannten.

Wenn ich an meine Kindheit denke, sehe ich mich immer unterwegs: erst zur Schule, von der Schule zur Musikschule, von der Musikschule zum Tanzen, vom Tanzen zur Malgruppe, von der Malgruppe zum Klavierunterricht und dann endlich nach Hause; am nächsten Tag das Gleiche. In den meisten Erinnerungen sind Ane und Sofia dabei, bei jedem Konzert, jeder Aufführung, an allen traurigen und glücklichen Tagen. Am lebhaftesten erinnere ich mich an unser letztes Gespräch, am Vortag meiner Abreise nach Deutschland, dem ich allerdings erst nach Anes Verschwinden eine besondere Bedeutung beigemessen habe.

Sofia rief mich am Abend an und bat mich, kurz zu ihr zu kommen. Während ich heiße Oladi verschlang, saß sie mir kerzengerade gegenüber und beobachtete mich schweigend. Als ich sie irgendwann fragte: »Ist alles in Ordnung, Oma?«, schüttelte sie den Kopf.

»Ich habe Krebs im letzten Stadium.«

Ich dachte sofort an Ane, daran, dass Sofia starb, während ich nach Deutschland ging. Ich dachte an Levans glasige Augen und an meinen gepackten Koffer zu Hause.

»Du darfst aber Ane nichts sagen, Elena, hörst du?« Ihre Stimme klang fest und ruhig. »Sie kann trauern, wenn ich weg bin. Es ist nicht notwendig, die Zeit mit dem Gedanken an den nahenden Tod zu verschwenden.« Ich nickte stumm und hoffte, nicht heulen zu müssen.

»Es ist ohnehin längst an der Zeit, dass ich gehe. Das Leben sollte nach dem Tod des Kindes, das man neun Monate in sich getragen, mit Schmerzen geboren und mit wunden Brustwarzen gestillt hat, eigentlich gar nicht weitergehen, geschweige denn so lange dauern. Aber ich habe dich nicht deswegen sprechen wollen. Du musst mir etwas versprechen.«

»Alles, was du willst, Oma!«, sagte ich und meinte es auch so.

»Versprich, dass du Ane nie verlierst, egal, was geschieht oder was du erfahren solltest. Manchmal flicht das Schicksal zwei Menschen zusammen, und man darf dieses Band nicht reißen lassen, ungeachtet dessen, wohin der Weg die beiden führen oder was er mit sich bringen mag.«

»Wie kannst du überhaupt glauben, dass ich Ane jemals verlieren könnte?«, fragte ich sie erstaunt.

»Du kennst das Leben noch nicht, Liebes«, sie lächelte traurig. »Du kennst die Menschen, deren Abgründe und sogar dich selbst noch nicht.« Sie sollte recht behalten.

25.

Seit mehreren Tagen habe ich die Wohnung nicht verlassen. Ich muss endlich raus. In die Stadt meiner Kindheit. Auch wenn ich vieles nicht mehr wiedererkenne.

Die kleine Bäckerei an der Ecke ist das letzte hartnäckige Überbleibsel meines alten Viertels. Eingequetscht zwischen den modernen hohen Gebäuden trotzt sie sich mit ihrem roten Ziegeldach und dem rissigen Mauerwerk ihren Platz ab. Es duftet verlockend. Der Bäcker, der Ane und mir an einem kalten Morgen das Tonis-Puri gab, das wir mit einem Straßenköter teilten, ist nirgends zu sehen. Ich trete ein, bestelle ein Stück Kuchen und einen Kaffee und setze mich in eine Ecke. Während ich gedankenverloren esse, betrachte ich die Gäste: am Nachbartisch sitzt ein Paar etwa in meinem Alter mit dem Rücken zu mir, ihnen gegenüber eine junge Frau. Ihr Gesicht ist mir zugewandt und so vertraut, dass mir der Atem stockt. Ich kenne sie nicht, aber ihre Augen rühren mich an. Irgendwann bemerkt sie meinen Blick und starrt gereizt zurück, also konzentriere ich mich auf den Kuchen. Nach ein paar Minuten bin ich fertig, drehe eine Zigarette und stehe auf, gleichzeitig mit dem Mann am Tisch, der sich nun umdreht und Richtung Toilette geht. Unsere Blicke treffen sich. Lado! Ich spüre, wie das Blut aus meinem Gesicht weicht.

TEIL II

1.

Ich lernte Lado am zweiten Tag nach meiner Ankunft in Berlin kennen. Die Stadt war so groß, berauschend und beängstigend zugleich. Mir war, als ob ich der eigenen Geburt beiwohnte: schreiend aus der gewohnten Umgebung herausgepresst und in der neuen unbekannten Welt mit nichts als dem Selbsterhaltungstrieb allein gelassen.

Es war ein sonniger Tag. Ich hatte vor meiner Ankunft bereits ein Zimmer im Studentenwohnheim für einen Monat zur Untermiete gefunden und fuhr mit dem Taxi zur angegebenen Adresse. Es war Mittag, die Straßen voller Staus, und ich schaute erschrocken auf den rasenden Taxameter. Die Fahrt würde mich einen georgischen Durchschnittslohn kosten, und ich war kurz davor, irgendwo auszusteigen und den Koffer selbst zu schleppen. Dann hielten wir endlich vor einem riesigen, mehrstöckigen Gebäude an, das aussah wie ein typischer Neubau aus der Sowjetzeit in einem Außenbezirk von Tbilissi – inklusive Inneneinrichtung: Der Fahrstuhl war verdreckt mit Kippen auf dem Boden und Schmierereien an den Wänden. Die engen, fensterlosen Korridore hatten die Farbe von giftigem Orange, und es roch so stark nach Essen, dass mir fast schlecht wurde. Als ich auf dem langen Gang endlich mein Zimmer gefunden und die Tür hinter mir geschlossen hatte, atmete ich erleichtert auf.

Wie ein Einbrecher ging ich auf Zehenspitzen durch den Raum, zog die Gardinen zur Seite und betrachtete die karge Einrichtung. Ein Einzelbett an der Wand, ein kleiner runder Tisch in der Mitte und gegenüber dem Waschbecken ein Kleiderschrank. In den Regalen standen Bücher aufgereiht. CDs lagen herum. Ich öffnete den Schrank und fuhr mit der Hand über die sorgfältig gefaltete Kleidung, Bettwäsche und Handtücher. Es war ein merkwürdiges Gefühl, in einen fremden Alltag, in ein fremdes Leben einzudringen, und obwohl ich allein war, fühlte ich mich beobachtet. Ich berührte zögernd die Tassen, aus denen jemand anderes morgens seinen Kaffee getrunken, und das Kissen, auf dem jemand seine Träume hinterlassen hatte. Durch das Fenster blickte man auf einen sich leicht wiegenden Baumwipfel. Ich öffnete es, nahm meine Puppe »Ich« aus dem Koffer und legte mich angezogen ins Bett. Bevor mich die unerträgliche Stille verschlingen konnte, schaltete ich den Fernseher ein und erwischte irgendeine Talkshow: Eine Frau war gerade dabei, ihre achtzehnjährige, in Tränen aufgelöste Tochter vor Publikum aufs Übelste zu beschimpfen, weil sie ihr das vor einigen Monaten geliehene Geld, zweihundert D-Mark, noch nicht zurückgezahlt hatte. Ich dachte an Oma Efemias Erbschmuck und das Klavier mit den Elfenbeintasten, die Tamara und Mutter verkauft hatten, um meine Reise nach Deutschland zu finanzieren, und fühlte mich wie eine Verräterin: weil ich wegging, weil ich sie zurückließ, weil ich etwas anderes wollte als das, was sie mir bieten konnten. Im fremden Bett lag »Ich« neben mir, ich sehnte mich nach Ane, und es dauerte sehr lange, bis ich mich traute, den Körper in den warmen See des Schlafs gleiten zu lassen.

Am nächsten Morgen drangen lautes Hupen und georgische Rufe durch mein Fenster. Ich versuchte mühsam, mich zu orientieren. War ich in Tbilissi? Ich stand auf, schaute aus dem Fenster. Auf der Straße vor dem Wohnheim parkte ein protziger schwarzer Sportwagen – irgendein billiges Fabrikat – mit weit geöffneten Türen. Drum herum standen junge Männer, denen ich in Tbilissi an jeder Ecke hätte begegnen können – ganz in Schwarz gekleidet, lässig, selbstherrlich.

Ich zog mich schnell an, setzte die Sonnenbrille auf und ging mit ebenso lässigem Gang an ihnen vorbei. Ein langes Pfeifen folgte mir, und eine Viertelstunde später kannte ich sie alle. Lado, ein sympathischer Typ, der als Einziger einen Ehering trug, verabschiedete sich bald und ging davon. Schergil, ein kräftiger Zwei-Meter-Riese mit Vollbart und buschigen Augenbrauen hinterließ einen einschüchternden Eindruck. Er und der kleine, dürre Gigi an seiner Seite, mit Ray-Ban-Sonnenbrille im Robo-Cop-Stil und vorzeitiger Glatze, die er mit einem Totenkopftuch zu kaschieren versuchte, gaben ein komisches Paar ab. Gigi fragte mich, ob er mir den nächsten Supermarkt zeigen sollte, während Schergil mir mit stark swanetischem Akzent anbot, mich am kommenden Freitag zur obligatorischen Sprachprüfung an der Uni zu begleiten, damit ich »nicht wie eine Vollwaise dastünde«. Ich nahm dankend an.

Nach dem Einkaufen schlenderte ich den ganzen Tag durch die Straßen. Ane in Gedanken immer an meiner Seite. Wir wunderten uns über einen Straßenkünstler, der unglaublich akrobatische Kunststücke aufführte und kaum beachtet wurde, ich gab ihm mein Wechselgeld vom Einkauf und hörte, wie Ane begeistert applaudierte, als der Junge einen Salto machte. Dann lachten wir über die kleinen Zwillinge, die mit unsicheren Schritten über den Platz stapften und verzweifelt versuchten, eine Taube zu fangen, die ihnen, wie um sie zu ärgern, immer nur knapp entwischte. Am Nachmittag ging ich an einem Friseursalon vorbei. Das Fotomodell im Schaufenster trug Anes Igelschnitt. Ich betrat den Salon, ohne zu überlegen, und ließ mir zum ersten Mal in meinem Leben meine langen Haare abschneiden. Als das Haar auf den Boden fiel, hatte ich das Gefühl, einen Teil meines Körpers zu verlieren, mein Nacken fühlte sich nackt an, und als ich mich im Spiegel sah, war ich kurz davor, loszuheulen. Als die Friseurin fragte, ob ich die Haare auch färben wollte, bejahte ich sofort.

»Welche Farbe?«

»Grün wie ihre Augen!«, sagte ich.

Auf dem Weg zum Wohnheim kaufte ich Sneakers und eine Baggy Jeans. In diesem Outfit hätte mich wahrscheinlich nicht mal meine Mutter erkannt. Ich war zufrieden.

Als ich am Abend vor dem Fernseher hockte, meine erste Pizza bestellt hatte und mich über die kleinen Errungenschaften der westlichen Zivilisation freute, die Georgien noch nicht erreicht hatten und die ich bloß aus den brasilianischen Telenovelas kannte, klopfte es an der Tür. Ich öffnete, und ein Fremder grinste mich an wie ein alter Bekannter.

»Ich bin Mischa. Bist du die Neue? Die Untermieterin von Lika?«, fragte er mich auf Georgisch.

»Ja. Warum?« Ich war gereizt und versuchte nicht mal, es zu verbergen.

»Wann hast du deine Sprachprüfung?«, folgte die nächste Frage.

»Was geht *dich* das an?«, entgegnete ich schroff.

»Ich kann dir jemanden besorgen, der die Prüfung an deiner Stelle schreibt. Wir fälschen den Pass, aber keine Sorge, du bekommst ihn unbeschadet wieder zurück, zusammen mit dem bestandenen Prüfungszeugnis. Das alles kostet dich genau fünfhundert Mark.«

Zuerst überraschte mich das dreiste Angebot, dann hielt ich kurz inne, bis ich in Versuchung geriet, es mir leicht zu machen und das Angebot anzunehmen. Es hätte mich allerdings die Hälfte meines gesamten Geldes gekostet, also lehnte ich ab.

»Ich kann ganz gut Deutsch und werde die Prüfung ohne Probleme bestehen«, antwortete ich entschlossen, ohne davon überzeugt zu sein. Mischa war gewieft genug, es zu bemerken.

»Nimm dir nicht zu viel vor. Die Prüfung schaffen nur wenige«, er wollte die potentielle Kundin auf keinen Fall verlieren, also begann er zu feilschen. »Du kannst auch in Raten zahlen.«

Nun fühlte ich mich in meinem Stolz verletzt und antwortete noch entschlossener: »Ich hab das Geld, aber danke, das schaffe ich schon allein.« Dann knallte ich ihm die Tür vor der Nase zu, warf mich aufs Bett und aß die kalt gewordene Pizza.

Kaum in Berlin angekommen, war ich bereits bestens vernetzt. Mir war nicht ganz wohl dabei, ausschließlich georgische Bekanntschaften zu machen, aber ich hoffte, dass sich das während des Studiums ändern würde. Und es war allemal besser, als allein zu sein. Schergil tauchte nach unserer ersten Begegnung täglich auf, zeigte mir die Sehenswürdigkeiten der Stadt und begleitete mich überallhin, auch wie versprochen zur Sprachprüfung. Etwa zwei Wochen später stand ich in einem Universitätsflur vor dem Aushang mit den Prüfungsergebnissen. Auf der langen Liste konnte ich vor Aufregung meinen Namen nicht finden. Schergil gab mir einen Seitenhieb und zeigte auf die Nummer 27. Das war ich: bestanden! Als ich zu Hause anrief, weinte meine standhafte Mutter vor Erleichterung, im Hintergrund hörte ich Tamaras stolze Stimme: »War nichts anderes zu erwarten!«, und Ane, die gerade zu Besuch war, bat um den Hörer und löcherte mich mit Fragen, bis mein Guthaben verbraucht war.

Am selben Abend klopfte es an der Tür, die ich mittlerweile als meine betrachtete. Es war Mischa. »Herzlichen Glückwunsch!«, er schaute mich anerkennend an. Anscheinend verbreiteten sich die Gerüchte in der georgischen Community in Deutschland genauso schnell wie in unserer Heimat. »Willst du ins Geschäft einsteigen? Du kennst doch Lado, oder? Der macht das auch und verdient gut nebenbei. Ich besorg dir die Kunden, übernehme die Passfälschung, und du bekommst für jede bestandene Prüfung vierhundert D-Mark, die restlichen hundert sind für mich. Na, was meinst du?«

Ich brauchte nicht lange zu überlegen: leicht verdientes Geld, Nervenkitzel, Adrenalin, etwas Neues. Ja, natürlich ja! »Wir machen es so: Du zeigst mir, wie man den Pass fälscht. Dafür bekommst du einmalig hundert D-Mark. Und das war's dann auch mit unserer Zusammenarbeit. Die Kunden werden mich selbst finden, genauso wie du mich gefunden hast«, sagte ich trocken. Ich mochte ihn nicht. Er musterte mich von Kopf bis Fuß, dann reichte er mir grinsend die Hand und erwiderte: »Du bist echt eine harte Nuss. Aber ich mag taffe Frauen!« Seine Hand war unangenehm kalt und feucht.

2.

Am folgenden Sonntag lud mich Schergil in eine Bar ein, um die bestandene Prüfung zu feiern. Die Bar war eine Stammtischkneipe in der Nähe des Wohnheims, voller betrunkener alter Männer. Mit meinen nagelneuen Sneakers, den Baggy Jeans und meinem grünen Igelschnitt passte ich nicht gerade zum Ambiente. Der Raum war verqualmt, das rötliche Licht gedimmt, und in der Toilette roch es genauso wie in den meisten Unterführungen in Tbilissi. Jemand fluchte beim Dartspiel mit Berliner Akzent, der hatte sich mir nach meiner ersten Taxifahrt eingebrannt. Wir betranken uns, als ob es kein Morgen gäbe. Als wir gegen Mitternacht die Bar verließen, waren die Straßen leer. Eine Straßenbahn ohne Fahrgäste fuhr vorbei. Ich erinnerte mich an den Mann mit dem lädierten Auge, an meinen Vater, Nana und Deme – und an Ane. Kurz darauf wurde mir übel, ich klammerte mich an eine Straßenlaterne und kotzte mir die Seele aus dem Leib, sie war mir unerträglich schwer geworden. Dann setzte ich mich auf die Stufen eines Hauseingangs, legte den Kopf auf die Knie und weinte; Schergils Arm lag schwer auf meinen Schultern. Er versuchte, mich zu küssen. Sein gestutzter Vollbart stach unangenehm.

Den Montag verbrachte ich im Bett. Ich reagierte weder auf das Türklopfen noch auf die Anrufe. Ich schaltete am Abend nicht mal das Licht ein, und der Fernseher, der den ganzen Tag stummgestellt lief, warf in der Dunkelheit tanzende Schatten an die Wand, wie Anes Clownfische.

Am frühen Morgen schlich ich mich aus dem Wohnheim und fuhr zur Universität, um mich zu immatrikulieren. Vor dem Sekretariat standen viele Studenten, und nachdem ich eine Stunde gewartet hatte, erfuhr ich von einer sichtlich überlasteten und genervten Mitarbeiterin, dass die Frist am Tag zuvor abgelaufen war. Ich durfte zwar mein Visum verlängern, aber weder eine Krankenversicherung abschließen noch eine Arbeitserlaubnis beantragen. All das sagte sie mit monotoner Stimme, routiniert und gleichgültig. Sobald mir klar wurde, in welchem Schlamassel ich steckte, begann ich sie anzuflehen; vergeblich. An diesem Tag lernte ich, dass im Unterschied zu Georgien, wo sich alles irgendwie regeln ließ, in Deutschland alles genau vorgeschrieben war – in kleingedruckter Schrift, in unzähligen, unverständlichen Paragrafen.

Als die Dame mir meine Unterlagen zurückgab und mich bat, endlich zu verschwinden, war das Erste, was mir einfiel, Geld. Der Pizza-Lieferservice, das knallgelbe Handy mit der langen Antenne – in Georgien ein unverzichtbares Statussymbol –, die Klamotten, kurz: Ich hatte mein Geld zum Fenster rausgeworfen. In mir stieg Panik auf. Ich wusste nicht, wie es weitergehen sollte, ich wusste nur, dass ich nicht zurückwollte. Als ich mich ein wenig beruhigt hatte, rief ich Mutter aus einer Telefonzelle an – mein Handyguthaben war verbraucht – und erzählte ihr fröhlich, dass ich mich immatrikuliert hatte und den Beginn der Vorlesungen kaum erwarten konnte. Sie freute sich so sehr, dass ich mich schämte. Dann rief ich Ane an und sagte ihr die Wahrheit.

»Was hast du jetzt vor?«, fragte sie besorgt, »so ganz allein ...« *Und ohne dich*, beendete ich den Satz in Gedanken. »Du kennst mich doch. Ich finde schon eine Lösung«, war das Letzte, was ich sagen konnte, bevor das Geld weg war.

Wie immer war Schergil zur Stelle. Ich traf ihn vor dem Wohnheim, und er versprach, mir mit Hilfe eines Bekannten namens Badri eine Schwarzarbeit zu besorgen. Badri sei so was wie ein Schutzengel für verlorene Seelen. Erst viel später begriff ich, dass dieser Schutzengel sich an billigen Arbeitskräften bereicherte und eher ein

Blutegel war, dem Schergil zudem noch eine Menge Geld schuldete – das wir bald gemeinsam abarbeiteten. Mit der Immatrikulationsfrist war auch die reguläre Prüfungszeit vorbei, und ich würde in den nächsten Monaten mit dem Prüfungsschwindel kein Geld verdienen können, also nahm ich Schergils Angebot an.

In den folgenden Wochen verkaufte ich Zeitungen und Zeitschriften auf den Straßen rund um den Zoo. In den frühen Morgenstunden war es so kalt, dass ich bis zum Sonnenaufgang buchstäblich gefror. Manchmal schmerzten meine vereisten Zehen trotz der warmen Socken so heftig, dass ich dachte, sie würden einfach abfallen. Irgendwann merkte ich mir, welchen Fleck die Sonnenstrahlen zuerst berührten, und schob meinen Klapptisch dorthin. Dann schloss ich die Augen und wartete auf das Zerreißen der Dunkelheit. Ich liebte das zarte Morgenlicht auf meinen geschlossenen Lidern. Während der Schicht hüpfte ich von einem Bein aufs andere und las sämtliche Zeitungen. Das einzig Gute an der Sache, denn die Bezahlung war mies, und Trinkgeld gab es kaum. Eines Abends stand Schergil mit einer billigen Flasche Wein vor meiner Tür. Auch wenn ich ihm irgendwie dankbar war, hatte ich keine Lust, ihn hereinzubitten, und tat es doch. Ich spürte schnell, worauf es hinauslaufen sollte. Er begann mir abgenutzte Liebeserklärungen zu machen, pathetisch und mit großer Geste. Obwohl er meine Abneigung deutlich zu spüren bekam, versuchte er, mich zu begrapschen, und atmete mir keuchend ins Gesicht. Bis ich es nicht mehr aushielt, ihn als Arschloch beschimpfte, mit dem ich nichts mehr zu tun haben wollte, und ihn rauswarf.

In der Nacht hatte ich einen merkwürdigen Traum. Ich war eine Schnecke, kroch über den heißen Asphalt und hinterließ eine glitzernde Schleimspur. Riesige Autos rasten an mir vorbei. Mein Schneckenhaus bebte. Ich verkroch mich erschrocken darin. Dann packte mich jemand vorsichtig, hob mich hoch und setzte mich auf eine Grünfläche mit den Worten: »Hier ist es sicherer, meine Kleine!«

»Ane!«, sagte ich noch im Halbschlaf, und sofort klingelte mein knallgelbes Handy.

»Schergil ist in der Notaufnahme«, sagte der dürre Gigi schroff, »er hat versucht, sich umzubringen.«

In meinem Kopf wurde es still. Wie Regentropfen regneten die vielen Tode auf mein vereistes Herz herab: Oma Marine, Opa Mamuka, Dato, Nana, der Unfall, mein Schrei: »Ich will, dass ihr endlich sterbt!« Platsch, platsch, platsch.

»Wie geht es ihm?«, fragte ich irgendwann mit heiserer Stimme.

»Wie wohl?«, die Antwort klang wie ein einziger Vorwurf, als wäre das alles meine Schuld.

Eine Viertelstunde später stand Gigi vor meiner Tür. Es regnete in Strömen. Ich hatte Fieber, der starke Reizhusten erstickte mich fast. Wir nahmen den leeren Nachtbus und setzten uns ganz hinten einander gegenüber. Ich beobachtete die an der Scheibe herunterrollenden Tropfen, um mich Gigis stacheligem Blick zu entziehen. Ane und ich hatten uns in der Kindheit ein Spiel ausgedacht, um uns an den regnerischen Abenden zu beschäftigen: Wir setzten uns ans Fenster, jede suchte sich einen Tropfen aus, und das Wettrennen begann – der Laufwettbewerb der Regentropfen. Ane fehlte mir so sehr.

Im überfüllten Krankenhaus erfuhren wir, dass Schergil eine sehr geringe Dosis Tabletten geschluckt und auf der Stelle den Notarzt gerufen hatte. Jetzt lag er im Krankenbett wie der sterbende Marat in der Badewanne. Nachdem ich irgendwelche Papiere unterschrieben hatte, durften wir ihn mitnehmen. Gigi fuhr mit dem Bus heim, während wir ein Taxi bestellten.

»Ich kann ohne dich nicht leben«, hauchte er mir im Taxi ins Ohr. Und ich setzte mir in den mit romantischem Blödsinn vollgestopften Kopf, dass Schergil so was wie ein Held war, der leibhaftige Romeo, bereit, sich seiner Liebe zu opfern – und überzeugte mich selbst davon, dass auch ich ihn liebte.

Ein paar Tage später stand ich mit meinem Koffer in seiner Einzimmerwohnung, einer fremden Wohnung in einer noch immer fremden Stadt.

3.

Ich kann mich an jene Wohnung kaum erinnern, obwohl ich dort mehr als sechs Monate verbrachte. Ich weiß nicht mehr, ob wir Topfpflanzen hatten, wo das Bett oder der ständig leere Kühlschrank standen; ich kann mich auch nicht an das Badezimmer erinnern, in dem ich mich manchmal auf dem kalten Fliesenboden wiederfand. Vielleicht waren die Kacheln himmelblau. Aber ich weiß noch, dass wir keinen Fernseher hatten, denn die Zeit blieb eines Tages stehen, und ich wünschte mir in den folgenden unerträglich langen Wochen nichts sehnlicher als den winzigen tragbaren Schwarz-Weiß-Fernseher mit Garis Autobatterie.

Sobald Schergil mich als »sein Eigentum« betrachtete, verwandelte sich der Romeo von einem fürsorglichen Freund in einen rasend eifersüchtigen, aggressiven und gewalttätigen Kontrollfreak, der, wenn er trank, noch eifersüchtiger, aggressiver und gewalttätiger wurde. Es begann harmlos mit verachtenden Blicken, bösen Bemerkungen, verletzenden Worten. Darauf folgten Anschreien und Weglaufen. Schließlich schlug er mich, nannte mich eine Hure und sperrte mich in der Wohnung ein. Nach jeder dieser Szenen kam er betrunken und reumütig zurück, kniete sich vor mich, bat um Vergebung, schwor mir ewige Liebe und versprach, so etwas nie wieder zu tun. Obwohl ich schon beim zweiten Mal wusste, dass er log, blieb ich dennoch bei ihm, vielleicht einfach, weil ich sonst niemanden hatte. Er überwachte jeden meiner Schritte, sodass sich mir keine Gelegenheit bot, mich mit jemandem anzufreunden. Damit ich noch abhängiger von ihm wurde, bekam er meinen Lohn.

Eines Tages rief uns sein georgischer Mittelsmann Badri an und gab uns die Adresse für einen neuen langfristigen Job. Ohne die Details zu kennen, freuten wir uns auf den nächsten Tag. Punkt sieben Uhr standen wir auf einer Baustelle, die einem überdimensionalen Ameisenbau ähnelte: Alle liefen kreuz und quer (in meinen Augen völlig plan- und ziellos) und trugen Balken, Zementblöcke und anderes Baumaterial fort. Der Baustellenleiter, ein freundlicher deutscher Mittvierziger mit sonnengegerbter Haut, wunderte sich bei meinem Anblick und sagte, er habe keinen Job für ein Mädchen, dazu noch für ein so dürres. Ich spannte meine Bizeps an und versicherte ihm, dass in mir mehr steckte, als man mir zutraute. Er lachte, klopfte mir auf die Schulter, gab mir einen Besen und den Auftrag, Räume zu fegen, während Schergil die Blöcke und den Bauschutt wegtragen und in die großen Container entsorgen musste. Nach ein paar Stunden bekam er Milzschmerzen und behauptete, nicht mehr aufrecht stehen zu können. Also tauschten wir: Von nun an fegte er, langsam und vorsichtig, ruhte sich immer wieder aus und wimmerte leise vor sich hin, während ich schleppte. Rücken und Arme taten höllisch weh. Schergil ging es nach einiger Zeit besser, aber wir beließen es vorsichtshalber bei der Arbeitsteilung; ich hatte nichts dagegen und kam mir unverzichtbar vor.

Um pünktlich zu sein, standen wir um fünf Uhr auf, die Baustelle befand sich am anderen Ende der Stadt, wir mussten mehrmals umsteigen. Ich lernte schnell, im Stehen zu dösen. In der Mittagspause, die manchmal gar nicht heranzurücken schien, gingen wir in den nächsten Supermarkt und kauften Brot, Käse, Wurst und Cola. Wie im besten Bauarbeiter-Klischee setzten wir uns gleich auf die Treppen des Supermarkts, breiteten alles auf einer Zeitung aus und aßen.

Beinahe muss ich lachen, wenn ich mich an diese Szene erinnere, als schaute ich mir selbst zu: das Manga-Mädchen mit den Superkräften – außerdem fällt mir ein, dass der Kühlschrank leer ist. Als Mutter noch da war, gab es immer genug im Haus, und wenn ich sie darum bat, buk sie sogar nachts noch Chatschapuri. Ich greife mir meine Jacke und gehe hinaus auf die Straße, frage eine Passantin nach dem nächsten Supermarkt und kann nicht fassen, dass ich nach einigen Minuten vor einem SPAR stehe. »Seit wann gibt es SPAR in Tbilissi?«, frage ich laut und beginne wie von selbst mit dem Akronym-Spiel, das Ane und ich liebten. S-sehr, p-praktisches, a-Auto, r-Radio. Nein, das kannst du besser, höre ich Anes Stimme. Seele pflegen, Andenken respektieren. Ja, das ist es, sagt sie zufrieden.

Als Schergil mich zum ersten Mal mit in ein Kasino nahm, war das eine willkommene Abwechslung zum öden Alltag. Ich trug mein einziges schickes Kleid, Ane hatte es mir zum achtzehnten Geburtstag geschenkt. Am Eingang wurden unsere Pässe kontrolliert und unsere Namen in eine Liste eingetragen. Es war so aufregend! Der lautlos gleitende Fahrstuhl war von allen Seiten verspiegelt und entließ uns in einen großen Saal mit unzähligen Tischen, an denen Menschen schwitzten, schimpften, sich die Hände rieben, die Götter beschworen, fluchten, beteten, sich freuten, weinten, verloren und gewannen. Auch wir gewannen an diesem Abend so viel Geld, dass ich in der Nacht kein Auge zutun konnte. Den fehlenden Schlaf holte ich mir am nächsten Tag auf der Baustelle, wo ich mich in einem halb abgetragenen Stockwerk, im Lärm der Presslufthammer, Kreissägen und Schlagbohrmaschinen, auf irgendwelchen Zementsäcken zusammenkauerte. Am Abend gingen wir in ein schickes Restaurant, bestellten ein Dreigängemenü, tranken teuren Wein und verspielten anschließend nicht nur den Rest vom Gewinn, sondern alles, was wir hatten: am selben Tisch im selben Kasino.

Ab da an sah unser Alltag monatelang gleich aus: Bis zum Nachmittag schufteten wir auf der Baustelle, darauf folgte ein kurzer Schlaf, am Abend putzten wir uns heraus und gingen ins Kasino. Für gewöhnlich verloren wir unser gesamtes, tagsüber auf der Baustelle hart erarbeitetes Geld, sodass wir mitten in der Nacht einige Kilometer nach Hause laufen mussten. Wenn wir ausnahmsweise gewannen, gingen wir nobel essen und fuhren mit einem Taxi heim. Der Schlaf reichte nie aus, und die ewige Schufterei und Aufregung versetzten mich in einen fiebrigen Zustand. Ich stand pausenlos unter Hochspannung, meine Kräfte schwanden, und ich wurde krank.

Es fing wie eine normale Monatsblutung an, die, anstatt aufzuhören, von Tag zu Tag schlimmer wurde. Ein

Arztbesuch kam wegen der fehlenden Krankenversicherung nicht in Frage, arbeiten konnte ich bald auch nicht mehr. In der dritten Woche fiel es mir sogar schwer, das Bett zu verlassen. Jetzt war ich Schergils Launen endgültig ausgeliefert. Er verließ die Wohnung oft am frühen Morgen und kehrte erst am späten Abend zurück, ohne Geld oder Essen nach Hause zu bringen. Er sagte, es gebe keine Arbeit mehr. Langsam schwanden die Lebensmittelvorräte. Es gab Tage, an denen ich auf Tee und verschimmeltes Toastbrot angewiesen war. Ich magerte ab, und beim Aufstehen spielte mein Kreislauf verrückt, sodass ich mich einige Male auf den kalten Fliesen im Badezimmer wiederfand, mit einer riesigen Beule am Kopf. Also blieb ich tagelang im Bett. Wenn es dämmerte, lag ich im Dunkeln, bis er endlich nach Hause kam und das Licht einschaltete, das mich blendete. Im Fenster konnte ich nur ein Stück Himmel sehen, keine Häuser, keine Bäume oder Strommasten. Sogar die Vögel flogen nur selten vorbei. Wenn das Fenster offen stand, wehten manchmal Essensgerüche aus den Nachbarswohnungen in unsere dreckige Bude. Auch Schergil roch meistens nach Essen, wenn er zurückkehrte. Irgendwann dämmerte mir, dass ich einfach sterben könnte, wenn ich nichts unternahm. Als ich Schergil darauf ansprach, flippte er aus und warf mir vor, heimlich abgetrieben und »sein erstes Kind ermordet« zu haben. Auf die Frage, wann ich das gemacht haben könnte, hatte er keine Antwort, was ihn aber nicht daran hinderte, mich weiterhin anzuschreien. Die heftige Ohrfeige, die er mir verpasste, setzte den Punkt ans Ende dieses Streits.

Sobald er am nächsten Tag die Wohnung verlassen hatte, zog ich mich mit Mühe an, um das nächste Krankenhaus aufzusuchen. Unterwegs wurde mir immerzu schlecht, und ich setzte mich auf den Bürgersteig. Obwohl es bedeckt war, schien alles so hell zu leuchten, dass ich kaum die tränenden Augen offen halten konnte. Zwischen den schicken Schaufensterpuppen tauchte mein Spiegelbild im Schaufenster auf: elendig abgemagert, schmutzig, zerzaust.

Nachdem der Arzt über Dauer und Verlauf meiner Blutung informiert war, wurde ich trotz der fehlenden Krankenversicherung gleich in den OP-Saal geschoben. Während die Krankenschwestern mich vorbereiteten, füllte eine von ihnen, ein junges Mädchen mit fröhlichen himmelblauen Augen, irgendwelche Formulare aus: Wen sollte man im Falle einer Komplikation kontaktieren? Wen im Falle meines Todes? Nein, lieber eine deutsche Adresse. Verwandtschaftsverhältnis egal. Einige Kästchen blieben unausgefüllt. Als ich unterschrieb, flatterte kurz das Bild einer Leichenhalle durch meinen Kopf, ich schob es weg, bat noch einmal um mein Handy und schickte Ane eine SMS: »Mein Igel, ich liebe dich über alles! Wir beide gegen den Rest der Welt!«

Der letzte Gedanke, bevor ich in die vertraute milchige Leere sank, galt dem Krankenhausessen, das ich hoffentlich gleich nach dem Aufwachen bekommen würde. Ich wachte in einem Zimmer auf, das ich mit einer älteren Griechin teilte, die Oma Sofia verblüffend ähnlich sah. Aber im Unterschied zu ihr war sie laut und fröhlich, hatte eine große Familie und viele Freunde, die ihr täglich Blumen und Essen brachten, das sie stets mit mir teilte; in unserem Zimmer roch es nicht nach Krankenhaus, sondern nach Gewürzen und Kindheit. Sie redeten ununterbrochen, gestikulierten und lachten. Der Vorhang zwischen unseren Betten wurde nie zugezogen; wahrscheinlich tat ich ihnen leid, weil mich drei Tage lang niemand besuchte. Am vierten Tag tauchte Schergil auf, grimmig, selbstgefällig, beschwerte sich über »die dreckigen Griechen«, sprach kurz mit dem diensthabenden Arzt und nahm mich mit nach Hause, das gar nicht nach Zuhause roch. Die Griechin streichelte mit ihren von der Arbeit rau gewordenen Händen über meinen Rücken und wiederholte flüsternd immer dieselben Worte – als segnete sie mich, in ihrer schönen melodischen Sprache.

Nach der Entlassung aus dem Krankenhaus bekam ich eine E-Mail:

Elena, mein Leben,

wie fängt man seine allererste E-Mail an, gerichtet an den Menschen, den man so sehr vermisst, dass einem manchmal sogar das Atmen schwerfällt. Seit deiner Abreise sind sechs Monate vergangen, und in dieser Zeit habe ich kein einziges Bild gemalt. Wenn ich die Malfarben und Pinsel anschaue, fühle ich kein angenehmes Kribbeln mehr in den Händen, kein Verlangen, keine Dringlichkeit. Sogar die alten Bilder starrten mich vorwurfsvoll von den Wänden an, also habe ich sie gestern Nacht alle entfernt und unter dem Bett verstaut. Heute Morgen waren sie alle wieder an ihrem Platz, und auf dem Tisch stand ein Feldblumenstrauß. Das ist Levans Art, sich für seine Gewaltausbrüche zu entschuldigen und mir seine Liebe zu bezeugen, die uns beide innerlich auffrisst, anstatt uns glücklich zu machen.

Es regnet seit Wochen ununterbrochen, was ungewöhnlich für Tbilissi ist. Ich sitze stundenlang am Fenster und beobachte die hin und her eilenden bunten Regenschirme, bis es endlich an der Tür klopft. Das kleine Mädchen Nora, das unter uns wohnt, kommt nach der Schule immer bei mir vorbei, stellt ihren winzigen Re-

genschirm und den schweren Schulranzen in der Ecke ab, setzt sich an den Küchentisch und plappert ohne Punkt und Komma: über die blöde Lehrerin, über die beste Freundin Ruso, über den Vater, der nie da ist, und über die Mutter, die »nur telefoniert und kocht«. (Wenn du nur sehen könntest, wie sie dabei mit den Augen rollt.) Dann geht sie nach Hause, wo ihr niemand zuhört, weil alle mit ihrem eigenen Leben beschäftigt sind. In der Ecke bleibt eine kleine Pfütze und im Flur verdreckte Fußabdrücke, die ich nie wegwische, obwohl Levan sich andauernd über meine Unordentlichkeit beschwert. Aber wenn ich keine eigenen Kinder bekommen kann, sollen zumindest Nachbarskinder hier ihre Spuren hinterlassen, ihr Lachen, ihre hellen Stimmen. Ja, ich habe vor zwei Wochen die endgültige Diagnose erhalten und seitdem das Gefühl, dass jedes Licht in mir erloschen ist.

Sei du für uns beide glücklich, mein Herz!

Deine dich über alles liebende Ane.

Nachdem ich die E-Mail gelesen hatte, ging ich hinaus und setzte mich auf die Stufen des Internetcafés. Ich weinte. Ich konnte nicht begreifen, warum das Leben sie so hart bestrafte, und fühlte mich schuldig, dass ich in dieser schweren Zeit nicht bei ihr war.

Ein paar Tage später ließ ich mich endlich immatrikulieren und schloss eine Krankenversicherung ab. Es dauerte nicht lang, bis ich die ersten Anfragen bekam, und ich begann die Universitäten in ganz Deutschland zu bereisen, um in fremden Namen Sprachprüfungen abzulegen. Schergil begleitete mich zu jeder Prüfung und achtete streng darauf, dass ich mich mit niemandem zu lange abgab. Die einzige Ausnahme bildete Lado, wahrscheinlich weil er verheiratet war und keine Bedrohung darstellte. Also freundeten wir uns an. Seine Frau Lisa lebte zusammen mit ihrer kleinen Tochter in Tbilissi. Er kam jedes Jahr für einige Monate nach Deutschland, um zu arbeiten, Prüfungen zu schreiben und Geld für eine Eigentumswohnung in Tbilissi zu beschaffen, denn sie beide kamen aus der gleichen westgeorgischen Provinz und lebten seit mehreren Jahren zur Miete in Tbilissi.

»Wir brauchen endlich ein Zuhause«, sagte er einmal.

»Wer braucht das nicht?«, erwiderte ich.

»Vielleicht solche Nomaden wie du.«

4.

Obwohl ich meine ganze Kindheit in dieser Wohnung verbracht habe, fühlt es sich immer noch fremd an, hier zu sein. Ich habe mich mein ganzes Leben nirgendwo richtig zu Hause gefühlt und wollte immerzu unterwegs sein, immer weiter weg. Als ich das deutsche Wort »Fernweh« entdeckte, war ich sprachlos. Das Gefühl, das mich stets quälte, hatte einen Namen. Erst nach vielen Jahren begriff ich, warum es mir nicht schwerfiel, mein Zuhause zu verlassen und weiterzuziehen, denn Zuhause ist keine Wohnung mit irgendwelchen Gegenständen darin, hat keine Wände und Mauern, es sind die Menschen in deinem Herzen. Und mein Zuhause bist du. Komm bald zurück, mein Leben, und mach das Licht in meinem dunklen Herzen an.

5.

Inzwischen stahlen wir sogar Kreditkarten aus Briefkästen, um an mehr Geld zu kommen. Gedanken machte ich mir keine. Ich fühlte mich wie eine anständige Version von Bonnie. Schergil wollte unsere zweifelhaften Erfolge feiern und kam auf die Idee, seine Freunde einzuladen und eine Party zu schmeißen. Ich stimmte zu, ohne auch nur zu ahnen, wie diese Nacht für mich enden sollte. Wir feierten in unserer kleinen Wohnung bis tief in die Nacht, und als sich die letzten Gäste endlich auf den Weg machen wollten, bot er ihnen an, sie zur nächsten U-Bahn-Station zu fahren. Niemand war sonderlich begeistert von der Idee, von einem volltrunkenen Fahrer chauffiert zu werden, aber bevor irgendwer etwas entgegnen konnte, stand Schergil fahrbereit im Treppenhaus.

Ich schlüpfte in meinen pinkfarbenen Micky-Mouse-Pyjama, fing an, den Tisch abzuräumen und das Geschirr abzuwaschen. Nach einer halben Stunde begann ich, mir Sorgen zu machen, weil er immer noch nicht zurückgekehrt war. Irgendwann klingelte es an der Tür, ich machte auf, und meine Knie wurden weich. Als Erstes sah ich drei Polizisten, dann Schergil in der Mitte, der noch betrunkener zu sein schien als zuvor und lauthals schimpfte, brüllte, um sich trat, spuckte, fluchte und sich immer wieder über die Ausländerfeindlichkeit beschwerte. Die ersten Sätze, die ich beim Türaufschließen hörte, klangen ungefähr so: »Ich sagen dich Schröder! Ausländerfeindlig! Arschloch! Ich wichtig Mann, du Problemen haben!«

Er wurde von den Polizisten, die so gelassen lächelten, als wären sie taub, mühelos mit auf dem Rücken verschränkten Armen festgehalten. Einer von ihnen bat mich, ihm seinen Pass auszuhändigen, und erklärte mir, dass Schergil wegen Trunkenheit am Steuer und Beleidigung von Staatsbeamten festgenommen wurde und bald wieder nach Hause gelassen werden würde, nachdem man seine Personalien aufgenommen und den Vorfall registriert habe. Mitnehmen wollten sie mich auf gar keinen Fall, obwohl ich sie regelrecht anflehte, ins Schlafzimmer rannte und mich sofort umzuziehen begann. Ich hörte aus dem Treppenhaus, wie Schergil mich anbrüllte und befahl, ihn zu begleiten und mit diesen »Päderasten« nicht allein zu lassen (»Egal wie! Beweg deinen Arsch!«).

Nach ein paar Minuten stand ich mit offenen Schnürsenkeln und übergeworfener Jacke auf der Straße, aber sie war leer. Es war so kalt, dass die nächtliche Luft zu klirren schien. Lungen und Nasenflügel schmerzten bei jedem Atemzug, und zugleich wuchs meine Angst, als ob die Luft sie in sich trug. Auch die von meinen Füßen nach oben kriechende Kälte fühlte sich wie Angst an. Ich wünschte mir, dass es Morgen wäre, unabhängig davon, wie der Tag ausgehen sollte. Ich schaute mich noch einmal um: Sogar die einsamen Bäume am Straßenrand zitterten vor Angst; da war ganz sicher kein Wind.

Ich kehrte mit schweren Schritten in die Wohnung zurück, zählte die Stufen, registrierte die Kritzeleien an den Wänden, schloss die Tür auf, der Zigarettenrauch und die Essensdüfte hatten sich in einen dichten Dunst verwandelt. Ich riss die Fenster auf, setzte mich auf die Couch und starrte wie hypnotisiert auf die Wanduhr. *Wenn ich zwei Minuten lang nicht blinzle, kommt er bald. Wenn ich den Atem für drei Minuten anhalte, wird er nicht wütend sein. Wenn ich es schaffe, eine Minute lang über nichts nachzudenken, wird alles gutgehen ...* Noch nie liefen die Uhrzeiger so langsam wie in jener Nacht, die so still war, als ob sämtliche Geräusche aus der Welt verschwunden wären, außer dem langsamen Ticken der Uhr.

Als aus dem Nichtdenken, Nichtatmen und Nichtblinzeln nichts geworden war, begann ich mir eine Erklärung zurechtzulegen: »Ich habe mich ganz schnell umgezogen und bin euch nach zwei Minuten hinterhergelaufen, aber ihr wart schon weg. Bitte, entschuldige. Ich wusste nicht mal, zu welcher Polizeistation man dich gefahren hat. Bitte, entschuldige. Selbst wenn ich das gewusst hätte, hatte ich kein Geld fürs Taxi, du weißt doch. Aber wir werden eine Beschwerde ... bitte, entschuldige. Bei Schröder ... entschuldige ... bitte ...«

Nach genau zwei Stunden hörte ich Schritte im Treppenhaus. Sie stoppten auf unserem Stockwerk. Ich spürte den Grad seiner Wut daran, wie er gegen die Tür hämmerte, mit den Füßen dagegentrat und meinen Namen brüllte. Der erste Gedanke war, die Tür gar nicht erst aufzumachen und mich mit zugehaltenen Ohren irgendwo, vielleicht im Schrank oder unter dem Bett, zu verstecken, wo seine zornigen Rufe mich nicht erreichen würden, dann fiel mir ein, dass er den Schlüssel mitgenommen hatte, und ich beschloss, mich dem Unausweichlichen zu stellen.

Kaum hatte ich in sein verzerrtes Gesicht geblickt, flog ich auch schon nach hinten, mit den Worten: »Dreckige Schlampe!« Als ich zu mir kam, brauchte ich einige Augenblicke, um mich zu entsinnen, was überhaupt geschehen war. Ich lag ausgestreckt auf dem Boden, starrte an die Decke und spürte keine Angst mehr, bloß starken Schmerz am Hinterkopf. Ich stand vorsichtig auf, was mir erstaunlicherweise gelang, und kehrte ins Zimmer zurück, Schergil stand am offenen Fenster und blies schöne Rauchringe in die Nacht. Er schaute mich giftig an. Ich begann meine Sachen zu packen. Er schnippte die Kippe aus dem Fenster, atmete ein paarmal laut ein und aus, wie ein Stier, der sich mit rot angelaufenen Augen auf seinen letzten, entscheidenden Kampf vorbereitet, und geriet in Rage. Er zerschlug alles um sich herum, zerstörte, zerriss und zertrat all meine Sachen, Kleidung, Bücher, CDs.

Und da war sie wieder, die alles verschlingende Angst. Ich ließ die Sachen einfach fallen und rannte zur Tür. Er holte mich ein, nagelte mich mit seinen spitzen Hörnern an die Wand, sein nach Alkohol und Verzweiflung stinkender Atem umhüllte mich wie Zuckerwatte den Stiel. Er schloss die Tür ab, steckte den Schlüssel in die Hosentasche, umschloss mein Handgelenk so fest, dass ich die Knochen knirschen hörte, ließ mich die Winterstiefel ausziehen und in die Pantoffeln mit den großen Bommeln schlüpfen. Dann zerrte er mich ins Wohnzimmer, stellte einen Stuhl in die Mitte, drückte mich gewaltsam darauf und befahl mir, bis zum Morgen dort sitzen zu bleiben.

»Wenn du noch einmal versuchst, zu fliehen, bringe ich dich um«, sagte er bedrohlich ruhig, bevor er im Schlafzimmer verschwand, den Schlüssel unter das Kissen legte und sich aufs Bett warf. Diesmal glaubte ich ihm jedes Wort.

Dem lauten Schnarchen nach schlief er sofort ein, dennoch traute ich mich nicht, mich zu rühren. Sehr lange saß ich im hellen Licht unbeweglich wie eine Schaufensterpuppe, bis mein Rücken zu schmerzen begann. Im ganzen Zimmer waren bunte Fetzen, Scherben und Splitter verstreut, wie nach einer ausgelassenen Karnevalsparty. Neben meinen eingeschlafenen und kribbelnden Füßen lag ein Gedichtband mit einem herausgerissenen und zerknitterten Blatt obendrauf. »Vermisst du nicht unsere leichten Spuren im Schnee, unser verlassenes Haus am See?«, so endete das Gedicht, und sofort dachte ich an Ane und daran, wie oft sie die gleiche Angst gespürt hatte, wie ich in dieser Nacht, und wie sie es schaffte, zu überleben.

Deinetwegen stehe ich jetzt auf, dachte ich und blieb sitzen. Die Tränen bildeten dunkle Flecken auf meiner hellen Jeans. Ich war unbeschreiblich müde. Hinter dem einzigen Fenster, zu dem ich schauen konnte, ohne den Kopf drehen zu müssen, hing die Nacht, wie ein schwerer, staubiger Theatervorhang. Irgendwann stand ich auf und setzte mich sofort wieder, vor meinen Augen tanzten unzählige Pünktchen und schlugen Purzelbäume, die Beine waren wie aus Wachs, sie verbogen und verdrehten sich wie in einem surrealen Traum. Dann stand ich erneut auf, langsamer, und ging mit den unsicheren Schritten eines Kleinkindes ins Schlafzimmer. Ich hielt auf der Türschwelle inne, damit die Augen sich an die Dunkelheit gewöhnen konnten und ich nichts umstieß, aber meine Augen weigerten sich ungewöhnlich lange, seine schmutzigen Schuhe zu erkennen, die wie verrostete Schiffe auf dem Meeresgrund lagen, seinen Körper, der unbeschwert auf meiner Seite des Bettes lag, auf dem frischbezogenen Kissen, das jetzt bestimmt nach seinem unangenehmen Atem roch. Er röchelte plötzlich und drehte sich, unverständliches Zeug murmelnd, auf die Seite. Mein Herz stolperte und fiel ins Eiswasser. Als es sich wieder daran erinnerte, weiterzuschlagen, tastete ich vorsichtig nach dem Schlüssel und zog ihn unter dem Kissen hervor, auf dem sein verschwitzter Kopf ruhte, und fühlte für einen Augenblick den Triumph eines Bergsteigers, der auf einem Achttausender die Flagge aufstellt.

Sobald ich das kalte Metall in meiner Hand hielt, schlich ich aus dem Schlafzimmer, zog Stiefel und Jacke an und eilte zur Tür. Meine Hände zitterten so sehr, dass ich den Schlüssel nur mit größter Mühe ins Schlüsselloch stecken konnte, und als ich dachte, der Horror wäre vorbei, klingelte sein Handy, das auf der Nachtkommode direkt neben ihm lag. Während ich völlig gelähmt an der Tür stehen blieb, wurde sein Schnarchen erst unregelmäßig, dann hörte es ganz auf. Das Einzige, was ich denken konnte: »Jetzt werde ich ganz sicher sterben. Ja. Ich sterbe gleich«. Ich war zwar resigniert, aber wollte dennoch nicht in diesem feindlichen Chaos, mitten in den Scherben und Stofffetzen, neben dem Gedicht über den See sterben. Ich wollte weiterleben, für mich und Ane, also drehte ich den Schlüssel noch einmal um. Auf der Innenseite der Tür blieb mein verschwitzter Handabdruck.

Dann rannte ich, so schnell ich konnte, sprang über mehrere Stufen, fiel zweimal hin, im rechten Fußknöchel blitzte unerträglicher Schmerz auf, der mir noch mehr Ansporn gab, aufzustehen und weiterzurennen. Insgesamt zweiundneunzig Stufen, vorbei an Dutzenden verschlossener Türen, deren Schlüssel bestimmt nicht unter einem Kissen lagen. Irgendwann stand ich auf der Straße, die Bäume zitterten nicht mehr, es war eine windstille Nacht. Ich drehte mich um. Das ganze Gebäude lag im Dunkeln, nur aus unseren weit geöffneten Fenstern schien grelles Licht wie eine Warnung. Niemand folgte mir.

Kurz darauf fuhr ich mit dem ersten Bus zu dem einzigen Menschen, der mich vielleicht beherbergen würde. Lado sah schläfrig aus, als er mir im Morgengrauen die Tür öffnete. Er schaute mich verwundert an, dann ließ er mich wortlos hinein.

6.

Ich sitze am Fenster, schaue in den Tbilisser Regen. Meine Gedanken sind bei Mutter, als es an der Tür klopft. Es ist nicht Anes Klopfen, das weiß ich sofort. Bestimmt hat einer der Nachbarn das Licht in der Wohnung bemerkt und ist neugierig geworden. Ohne durch den Türspion zu schauen, mache ich auf. Lado steht auf der regennassen Straße. Ich fühle nichts. Die Aufregung vom Morgen, als ich ihm im Café begegnet bin, ist spurlos verschwunden. Die Geschichte ist längst vorbei. Zumindest für mich.

Ich zögere kurz, dann lasse ich ihn herein. *Er sieht so anders aus, er kleidet und benimmt sich anders*, denke ich, während ich ihn schweigend beobachte. Er denkt wahrscheinlich das Gleiche über mich.

»Ich habe dir so viel zu sagen, dass ich nicht weiß, womit ich anfangen soll«, sagt Lado und lässt den Kopf hängen, seine Stimme ist ganz die alte, »ich bereue so vieles im Leb...«

»Willst du einen Kaffee?«, ich unterbreche ihn und gehe Richtung Küche, ohne seine Antwort abzuwarten. Ich will seine Tränen nicht sehen.

»Ja, bitte, mit Milch und ohne Zucker«, höre ich seine gedämpfte Stimme im Rücken. *Das weiß ich noch*, denke ich. Als ich zwei Tassen auf den Küchentisch stelle, steht er da und betrachtet die Fotos an den Wänden.

»Ich wusste nicht, dass du in Tbilissi bist ...«

»Jetzt weißt du es. Ändert das etwas?«, meine Frage klingt unfreundlicher als beabsichtigt.

»Alles und nichts zugleich«, antwortet er, setzt sich, lehnt sich zurück und schließt die Augen, die ich vor langer Zeit sehr geliebt habe.

»Was machst du eigentlich hier? Bist du für immer zurückgekehrt?«

»Ich bin auf der Suche nach Ane«, es rutscht mir einfach so heraus. Er schaut mich verwundert an.

»Ist sie verschwunden?«

»Ja, aber ich will nicht darüber sprechen. Eigentlich will ich über gar nichts mit dir sprechen. Trink bitte deinen Kaffee und geh.«

Er stellt die Tasse sofort ab und geht ohne ein Wort zur Tür. Auf der Schwelle dreht er sich noch einmal um und schaut mich an, dann tritt er auf die Straße. Bis er an der Bäckerei abbiegt, beobachte ich, wie ein gebrochener Mensch vom strömenden Regen durchnässt wird. Ich spüre absolut nichts.

7.

Nach der überstürzten, nächtlichen Flucht blieb ich fast zwei Wochen bei Lado. Es war eine schöne, ruhige Zeit, bis Schergil eines Tages auftauchte – wütend, rasend, schimpfend und drohend. Ich war allein in der Wohnung und hatte schreckliche Angst, während er immer wieder gegen die Tür trat.

»Wenn du sie fickst, bringe ich euch beide um!«, brüllte er. Ich schloss mich im Badezimmer ein, bis endlich Stille eintrat.

»Es tut mir leid, aber du musst ausziehen. Ich helfe dir, eine Wohnung zu finden«, sagte Lado, als er am Abend zurückkam und ich mich endlich traute, das Badezimmer zu verlassen. Das tat er auch, und ich zog am letzten Dezembertag in eine kleine unmöblierte Einzimmerwohnung, während Lado, Schergil und die anderen die Millennium-Silvesternacht am Brandenburger Tor verbrachten und bis zum Morgen feierten.

Wenige Wochen später tauchte Schergil auch vor der neuen Wohnung auf, um mir zu drohen.

»In Berlin wird er dich nicht in Ruhe lassen«, sagte Lado, als ich ihn völlig aufgelöst anrief.

»Ich weiß. Aber wohin soll ich gehen?«

»Fahr nach Stuttgart. Ich habe viele Freunde dort, es sind nette, anständige Typen.«

Ich brauchte nur ein paar Stunden, um meine Sachen zu packen und die Wohnung in ihrem ursprünglichen Zustand einfach zurückzulassen. Am Bahnhof kaufte ich ein Ticket, saß kurz darauf in einem leeren Abteil und fuhr Richtung Süden. Ich betrachtete die in der Dunkelheit vorbeiziehenden Bäume und Strommasten. Auf dem Klapptisch vor mir lag die Kundenzeitschrift der Deutschen Bahn, mit einem Schriftzug in großen weißen Lettern: »Unterwegs zu sein, ist auch ein Weg«. Ich dachte an die vielen Fahrten in die Kleinstadt in der Nähe von Tbilissi, in der Vater lebte, an die weißlackierten, verrosteten Lettern in der Mitte des Mohnfelds, die einen willkommen hießen, und lächelte müde.

Wie eine Flaschenpost, die an Land gespült wurde, strandete ich in Stuttgart und mietete für zwei Monate ein WG-Zimmer am Bahnhof, wo es nach Alkohol und Pisse roch. Nach ein paar Tagen klingelte mein Handy. Als ich Schergils Nummer auf dem Display sah, entfernte ich die Telefonkarte und warf sie in den Müll. Eine symbolische Geste, denn es stellte keine besondere Schwierigkeit dar, meine neue Nummer herauszufinden: Die meisten Georgier würden sie wahrscheinlich bald unter dem Namen »Mädchen für Prüfungen« gespeichert haben. Er bombardierte mich mit Anrufen und Textnachrichten, er schrieb, es tue ihm leid, er habe erst jetzt, nach meiner Flucht, begriffen, was ich für ihn bedeute. Ich habe kein einziges Mal geantwortet. Eine Weile hielt er sich zurück, vermutlich dachte er, dass ich ihn vermissen und mich bei ihm melden würde. Als er merkte, dass mein Anruf ausblieb, rief er mich ein letztes Mal unter fremder Nummer an.

»Die Polizei hat mich wegen Kreditkartenbetrugs verhaftet. Ich weiß, dass du nicht mehr in Berlin bist, aber es wird bestimmt nicht lange dauern, bis sie dich ausfindig machen. Genieß die letzten freien Tage«, ratterte er herunter, dann legte er auf, ohne meine Reaktion abzuwarten. Das Handy verwandelte sich in einen schweren Stein und fiel zu Boden. Der Kratzer auf dem Display erinnerte mich noch lange an diesen Tag. Die folgenden Wochen, in denen ich mich wieder häufiger bei Mutter und Tamara meldete, sie anrief, ihre gesammelten Briefe endlich mit schönen Lügen beantwortete, verbrachte ich in einem Zustand ständiger Angst. Plötzlich bekam ich eine leise Ahnung davon, wie Urgroßmutter Efemia, Oma Tamara und Opa Giorgi, die noch Kinder waren, oder Oma Sofia, kaum jünger als Efemia, in den unmenschlichen Jahren der Stalinistischen Säuberung gelitten haben mussten: Jedes Mal, wenn am Abend ein Auto vor dem Haus hielt oder eilige Schritte durchs Treppenhaus hallten, stieg panische Angst auf und schnürte mir die Kehle zu. Bei jedem Polizeiauto dachte ich, sie kämen, um mich zu verhaften. Aber das taten sie nicht.

8.

Ane, was auch immer du tust, wo auch immer du bist, vergiss nicht, es gibt immer einen Moment der Hoffnung. Ich erinnere mich an einen regnerischen Tag in Berlin, ich wohnte noch bei Schergil, und mir ging es elendig, während er weder Geld noch Essen nach Hause brachte. Als er einmal die Wohnung verließ, nahm ich all meine Kraft zusammen und ging hinaus. Ich saß eine Zeitlang in einem kleinen Park und versuchte, das Sonnenlicht aufzunehmen, das sich mit Mühe durch die dicken Wolken kämpfte, kurz auf mein knochiges Gesicht fiel und wieder verschwand. Mit einem Mal wurde es dunkel, als ob die Zeit mehrere Stunden ausgelassen hätte. Dicke

Tropfen fielen vom Himmel, erst vereinzelt, wie eine Drohung, dann paarweise, und nach nicht mal zehn Sekunden schien mir der Himmel auf den Kopf zu fallen.

Ich machte mich auf den Heimweg, von meiner Kapuze tropfte es, der Regen war wie ein Vorhang, den man hätte beiseiteschieben müssen, um etwas zu sehen. Aus dem Augenwinkel bemerkte ich eine überdachte Dönerbude und stellte mich unter. Plötzlich überwältigte mich ein Duft, er rührte und umarmte mich wie ein geliebter, schmerzhaft vermisster Mensch. Es roch nach Fleisch und Gemüse, nach Brot und Soße, nach Gebratenem und Frischem; es roch nach Essen. Ich atmete tief ein, als ob ich dadurch meinen Hunger stillen könnte, und hörte: »Möchtest du was essen?« Ich öffnete die Augen und sah in ein freundliches Gesicht mit einem Dreitagebart. Saurer Speichel füllte meinen Mund.

»Ich hab kein Geld dabei«, antwortete ich. »Ich warte nur noch, bis der Regen aufhört.«

»Gut, aber möchtest du was essen?«, wiederholte er und lächelte mich an. Ich nickte. Kurz darauf reichte er mir einen in einer Tüte verpackten Döner. Ich bedankte mich, während er immer noch lächelnd zwei riesige Messer aneinander schärfte. Dann ging ich langsam nach Hause, durch den Monsun.

Der unter der nassen Jacke versteckte Döner wärmte mich und duftete wie die Hoffnung, wie die Nächstenliebe selbst.

9.

Meine Reise in den Untergang begann harmlos, wie es so oft der Fall ist. Es gelang mir, von der Universität Berlin nach Stuttgart zu wechseln und ein Zimmer in einem

Studentenwohnheim zu bekommen, sodass ich das schäbige WG-Zimmer aufgeben konnte. Auch im neuen Wohnheim schloss ich bald Freundschaft mit einigen Georgiern. Oberflächliche Freundschaften: Feiertage gemeinsam verbringen, in winzigen Zimmern hocken, Karten spielen, rauchen, kiffen und endlos quatschen, ohne auch nur das Geringste miteinander zu teilen. Dafür hatte ich Ane. Wir schrieben uns E-Mails – für die ich Stunden im Computerraum der Universität verbrachte, ich kannte jedes Internetcafé der Stadt – und riefen einander gelegentlich an. Alle paar Wochen fuhr ich kreuz und quer durch das ganze Land, zusammen mit den anderen »Prüfungsexperten«, wie man uns scherzhaft nannte.

Bei einer dieser Prüfungen in irgendeiner Stadt traf ich Lado wieder. Bei seinem Anblick spürte ich, wie sehr er mir gefehlt hatte.

»Du bist immer noch in Stuttgart, nicht wahr? Ich ziehe am Monatsende auch dorthin, offiziell wegen eines guten Jobangebots, inoffiziell wegen Lisa. Ihr Cousin Beso lebt dort. Bessere Aufsicht. Bessere Kontrolle«, er klang verbittert.

Lado wurde bald zu meinem besten, meinem einzigen Freund in Deutschland. Manchmal verließ er die Stadt und verbrachte einige Wochen in Georgien, dann hatten wir keinen Kontakt, weder telefonisch noch per E-Mail. Eines Nachts gingen wir beschwipst und gut gelaunt aus einem Billardklub Richtung Wohnheim. Er küsste mich zum ersten Mal. In derselben Nacht schliefen wir miteinander, der Sex war enttäuschend, aber am nächsten Morgen neben ihm aufzuwachen umso schöner.

Die Tatsache, dass er Lisa in den gemeinsamen neun Jahren nie betrogen hatte, machte unsere Beziehung zu etwas Besonderem für mich, während seine Freunde sich ständig darüber lustig machten, dass er als Einziger im Auto sitzen blieb, während sie in den Puff gingen.

Wir sprachen nie über die Zukunft, seine Familie oder die unvermeidbare Rückkehr nach Georgien. Wir schmiedeten keine Pläne, sondern lebten in den Tag hinein. Ich fühlte mich wie ein Todeskandidat, der weiß, was ihn erwartet, und dennoch oder vielleicht deshalb jede Minute seiner verbleibenden Zeit in vollen Zügen genießt.

Wir hielten die Beziehung geheim, versuchten es zumindest. Aber als ihn einmal jemand am frühen Morgen aus meinem Zimmer schleichen sah, brodelte die Gerüchteküche. Alle stürzten sich auf den neuesten Klatsch, jeder fühlte sich verpflichtet, Lado zur Vernunft zu bringen: Er sei doch ein verheirateter, anständiger Mann, während ich schon eine Scheidung und einige Beziehungen hinter mir habe. Seine besorgten Freunde, allen voran Lisas Cousin Beso, ließen uns keine Ruhe. An einem frühen Morgen, während wir noch schliefen, klingelte sein Handy. Lisa. Sie war außer sich. Lado schloss sich in der Toilette ein, drehte den Wasserhahn auf und sprach mit gedämpfter Stimme. Ich verließ sofort die Wohnung, ich wollte ohnehin nicht mit anhören, wie er mich und unsere Beziehung verleugnete.

Seitdem klingelte sein Handy ein Dutzend Mal am Tag: »Was tust du gerade? Bei wem bist du? Wohin gehst du danach?« Natürlich log er die meiste Zeit und versuchte, Lisa mit allen Mitteln zu beruhigen: »Du weißt doch, dass ich nichts tun würde, was dich verletzt. Ich liebe dich über alles. Nein, ich würde dich nie anlügen. Ja, ich vermisse dich und die Kleine sehr und denke immer, wirklich jede Minute an euch ...« Währenddessen saß ich mucksmäuschenstill neben ihm.

Etwa zwei Wochen nach dem ersten Anruf wartete ich in meinem Zimmer auf ihn. Als er eintrat, war er wie ausgewechselt. Ich sah seinen gleichgültigen, glasigen Blick, in dem so beängstigend wenig von ihm geblieben war, und wusste sofort, was los war. Kein Georgier, der die neunziger Jahre miterlebt und überlebt hat, hätte diesen Blick missdeuten können.

»Was hast du genommen?«, fragte ich ihn ohne Umschweife.

»Nichts«, sagte er und schaute zur Seite. Vom Schwarz-Weiß-Poster hinter ihm richteten Vincent Vega und Jules Winnfield grinsend ihre Waffen auf ihn.

»Du brauchst mich nicht anzulügen. Ich bin nicht deine Frau«, sagte ich gereizt. Ich erwähnte Lisa, seitdem wir zusammengekommen waren, zum ersten Mal. Er schwieg, dann antwortete er herausfordernd: »Heroin.« Ich suchte in seinen trotzigen Augen vergeblich nach ihm. Sogar seine Stimme klang fremd, träge, lustlos, monoton. Er war auch aus ihr verschwunden. Ich wollte sein Lachen hören. Vielleicht fand ich ihn darin. Aber er lachte nicht und schloss die Augen. Ich sah, dass ihn der Schlaf mitriss. Ich betrachtete ihn und wusste zum ersten Mal nicht, was er fühlte. Er war mir in dem Augenblick ferner, als wenn er fünftausend Kilometer weit weg neben und mit seiner Frau schlief. Obwohl ich bloß die Hand auszustrecken brauchte, um ihn zu berühren. Diese physische Nähe und unüberwindbare Distanz zugleich waren so unerträglich, dass ich, ohne zu überlegen, die folgenschwerste Entscheidung meines Lebens traf. Niemand hielt mich davon ab, nicht mal Ane stahl sich in meine Gedanken.

»Hast du noch etwas vom Zeug übrig?«, fragte ich und berührte vorsichtig seine warme, erschlaffte Hand. Mit Mühe hob er die schweren Augenlider und schaute mich mit leerem Blick an. Ich hätte ihn am liebsten gerüttelt und geohrfeigt, stattdessen wiederholte ich meine Frage. Er empörte sich, soweit das in seinem Zustand überhaupt möglich war.

»Klar hab ich noch was, aber ich lass dich kein Heroin probieren. Ich bin vielleicht ein Arschloch, aber so ein Arschloch bin ich auch wieder nicht«, sagte er streng und schloss wieder die Augen. Für einen Augenblick war er wieder da, der, der mich liebte, sich um mich sorgte, dem ich nicht egal war. Ich war so glücklich!

Ich brauchte bloß ein paar Minuten, um ihn umzustimmen. Resigniert seufzend zog er ein Heroinpäckchen aus seiner Jackentasche, holte einen Löffel aus der Küche und kochte das Zeug vor meinen Augen auf. Mein Zimmer war unaufgeräumt. Es standen noch immer ein paar Kartons, Taschen und mein Koffer unausgepackt herum, Bücher stapelten sich. Bis alles bereit war, schwiegen wir, dann setzte er sich vor mich auf den Boden, die mit brauner Flüssigkeit gefüllte Spritze hielt er im Mund, und schnürte mir mit meinem bunten Kopftuch, das er mir, ohne zu fragen, abnahm, den linken Arm zu. Ich beobachtete seine stille und routinierte Vorbereitung mit gemischten Gefühlen: Ich hatte schreckliche Angst und konnte es dennoch kaum abwarten, ich liebte ihn über alles, und im selben Augenblick hasste ich ihn zutiefst. Währenddessen quoll meine Vene hervor, er klopfte leicht darauf und fragte mich mit heiserer, noch immer fremder Stimme: »Soll ich?«

Ich saß auf einem Klappstuhl am weit geöffneten Fenster. Die Sommersonne schien kräftig herein. Seine bernsteinfarbenen, von Licht durchfluteten Augen schauten mich von unten fragend an, und plötzlich spürte ich nichts außer Liebe und endloser Ruhe. Ich nickte wortlos, er führte die Spritze vorsichtig in die Vene ein, prüfte, ob sie richtig gelandet war, und als er das Blut sah, das wie eine kleine Ölfontäne in die Höhe schoss, lockerte er den Verband und drückte kräftig auf den Kolben. Erst verwandelte ich mich in einen heißen Sandstrand, der alle paar Sekunden von angenehm kühlen Wellen überrollt wurde. Dann wurde ich selbst zur Sonne, die durch das Fenster schien. Ich wurde zum Weltall, zum Universum. Ich wurde zu Gott.

10.

Drei Tage nach meinem ersten Schuss bekam ich eine E-Mail von Ane, die mein ohnehin schwankendes Gleichgewicht endgültig aus den Fugen geraten ließ.

Elena, mein Leben,

vor fünf Tagen ist Oma Sofia gestorben, zwei Tage vor ihrem neunzigsten Geburtstag. Ihr Tod hat mich in ein tiefes Loch gestürzt. Mutter tröstet mich, sie sagt, Oma sei sehr krank gewesen, habe jetzt endlich ihren Frieden gefunden und sei nun bei ihrem Sohn. Sie begreift nicht, dass man im Leben sehr wenige Menschen hat, die vorbehaltlos zu einem stehen und einen bedingungslos lieben. Ich hatte nur dich und sie.

Wir haben sie gestern beerdigt. Anstatt zu Levan nach Hause oder zum Leichenschmaus zu gehen, bin ich nach der Beerdigung direkt in unsere alte Wohnung gegangen und habe stundenlang allein in Sofias Zimmer gesessen. Ich habe an ihrem Kissen und Nachthemd gerochen und in den Büchern geblättert, in die sie mit einem Bleistift stets irgendwelche Bemerkungen geschrieben hat; als ich sie las, hörte ich ihre ruhige Stimme. Sie ist immer noch so präsent. Sogar jetzt, während ich es schreibe, spüre ich ihre warme Hand, die mir über den Rücken streichelt.

Sie hat mir in den letzten Wochen, als sie schon bettlägerig war, sehr viel über ihr Leben erzählt, über deine Urgroßmutter Efemia und ihre gemeinsame Kindheit, auch über den Suizid ihres Sohnes, meines Großvaters. Das war das erste Mal, dass sie mit mir darüber gesprochen hat. Am Ende sagte sie, sie hätte diesen Schmerz verdient. Ich weiß nicht, was sie damit gemeint hat, aber sie versprach mir, dass ich irgendwann alles erfahren würde. Ich bin mir nicht sicher, ob ich es will.

Pass auf dich auf, mein Licht! Jetzt habe ich nur noch dich ...

Deine dich über alles liebende Ane.

Sie hatte nur noch mich, die gerade an einer entscheidenden Weggabelung falsch abgebogen war.

11.

In den zehn Tagen, seit ich in Tbilissi bin, sind meine Träume intensiver geworden. Die meisten so absurd, dass ich sie nicht begreife. Gestern Nacht tanzte ich splitternackt mit zum wolkenlosen blauen Himmel gestreckten Armen in einer Grube. An ihrem Rand hockten all meine Toten – Tamara, Mutter, Sofia, Efemia, Vater und Nana – und klatschten begeistert. Dann kroch eine Schlange an mir empor, sie hatte menschliche Augen. Lados. Ich wachte schreiend auf.

Lado zog am Tag nach meinem ersten Schuss bei mir ein, was einer Kriegserklärung an den gesamten Freundes- und Bekanntenkreis gleichkam. Er begann mir regelmäßig Heroin zu spritzen, vermutlich genauso fürsorglich, wie ihm seine Frau zum Frühstück Karotten und Äpfel entsaftet. Wir wurden schnell abhängig und hatten den Gerüchten nichts entgegenzusetzen. Natürlich wurde Lisa auch diesmal in Kenntnis gesetzt. Sie drohte mit Scheidung und dem Entzug ihrer Tochter, wenn er nicht sofort nach Georgien zurückkehrte. Lado willigte widerwillig ein und kaufte einen Gebrauchtwagen, um ihn in Georgien weiterzuverkaufen, somit die Reisekosten zu sparen und ein wenig Geld dazuzuverdienen.

Am Tag seiner Abreise beschloss ich spontan, ihn bis zur Fähre in Italien zu begleiten. Es war ein heißer, sonniger Tag, und wir kurbelten alle Fenster herunter, durch die der warme Wind hereinblies. Ich sah Lado von der Seite an, um sein Profil für immer in meinem Gedächtnis zu behalten. Er schaute mich zwischendurch an, beugte sich zu mir und küsste mich flüchtig. Als wir Ancona erreichten, war das Frachtschiff bereits startklar und fast alle Autos an Bord. Wir hielten auf dem Parkplatz, und er sagte mit heiserer Stimme: »Ich hab noch was übrig. Wollen wir?«

Das Einzige, was ich wollte, war, dass er bei mir blieb. Andernfalls würde mich der Schmerz überwältigen, dessen war ich mir sicher. Er gab mir fast die doppelte Dosis und ein Päckchen extra für unterwegs, dazu eine saubere Spritze. Er drückte mir zwei von den nagelneuen Hunderteuroscheinen in die Hand, damit ich eine Rückfahrkarte kaufen konnte, küsste mich mit seinen trockenen, nach Heroin schmeckenden Lippen, ließ mich aussteigen und fuhr davon.

Ich blieb allein im Hafen zurück, ohne jegliches Gefühl für Raum und Zeit. Mein Körper sendete mir ein SOS, ich stand kurz vor dem Schiffbruch. Ich setzte mich auf den heißen Asphalt und steckte mir zwei Finger in den Hals; ich wollte das ganze Zeug loswerden, ich hatte Angst zu sterben. Aber nicht einmal dazu war ich in der Lage. Ich raffte mich auf und irrte über den Parkplatz wie durch ein Labyrinth ohne Ausgang.

Ich bemerkte ein älteres, an mir vorbeischneckendes Paar, taumelte auf sie zu, um nach dem Weg zu fragen, vergaß aber alle Wörter in jeder Sprache. Als sie erschrocken zurückwichen, spürte ich ganz tief im Inneren etwas, was der Scham sehr ähnelte. Irgendwann fand ich mich in einem Bus wieder, ganz vorne, nahe dem Fahrer, und hielt mich mit aller Kraft an einer Haltestange fest, um dennoch wie ein Windbeutel hin und her zu fliegen. Nach einer gefühlten Ewigkeit stand ich in einer Warteschlange am Bahnhof in Ancona. Um mich herum wimmelte es von maskenhaften Gesichtern, die mich unfreundlich, bald feindselig anstarrten. Alle redeten italienisch, und diese so klangvolle Sprache gab mir das Gefühl, fremd und fehl am Platz zu sein.

Mein Zug fuhr erst in den späten Abendstunden, am Bahnhof war es laut und stickig, die Reisenden liefen mit ihren Koffern, Reisetaschen, Tüten und Rucksäcken gehetzt in alle Richtungen. Ich stand völlig verloren mitten in der großen Bahnhofshalle. Dann trat ich hinaus auf die Straße, die ungewöhnlich leer war. Mir wurde kalt, also setzte ich mich auf eine sonnenbeschienene Bank und beobachtete große, rote Feuerameisen, die neben meinen Füssen, zwischen Zigarettenkippen und Sonnenblumenkernen geschickt hin und her wanderten. Langsam ließ die Wirkung des Heroins nach, die Umwelt gewann ihre Schärfe zurück, und die zuvor betäubten Gefühle traten klar hervor: unerträglich.

Ich schleppte mich zum nächstbesten Restaurant. Es hatte noch geschlossen, aber der Wirt mit Kugelbauch, buschigem weißen Schnurrbart und vielen Lachfalten öffnete mir mit einem schwungvollen »Bella Ragazza«, obwohl ich stark bezweifle, auch nur ansatzweise »bella« gewesen zu sein. Ich bestellte eine Suppe, die ich nicht essen konnte, bezahlte die Rechnung, gab ein großzügiges Trinkgeld, alles, was ich noch hatte, und steckte den Suppenlöffel heimlich in die Tasche. In einem abgelegenen Hof, in dem bunte Wäsche in der Sonne trocknete, bereitete ich alles zum ersten Mal eigenhändig vor und setzte mir einen Schuss. Die Welt samt ihren endlosen Enttäuschungen und dem nach Fäulnis schmeckenden Kummer wich zurück, und ich schaute abgestumpft und erleichtert auf die winzigen, im leichten Wind schaukelnden weinroten Söckchen.

Ein paar Stunden später saß ich im Zug. Mein Abteil war leer, gut geheizt und ruhig, genau das, was ich brauchte. Nachdem der Schaffner meine Fahrkarte kontrolliert hatte, machte ich das Licht aus. Warme Wellen trugen mich fort, während der Zug durch die Dunkelheit raste. Ich betrachtete die Lichter einer kleinen Siedlung, die am Fenster vorbeizog, und dachte an unser Haus am See, an Mutters sanfte Stimme, an den alten georgischen polyphonen Gesang, der in der Nacht durch die langen Korridore der noblen Hotels hallte, an die Augenfältchen meines Vaters – Spatzenspuren im frischen Schnee –, an Oma Marines Weihnachtssüßigkeiten im Sommer, an Oma Sofias Gute-Nacht-Geschichten, die nicht immer gut endeten, uns aber das Leben lehrten, und ich dachte an Ane.

12.

Heute Morgen habe ich meinen Mut zusammengenommen und unsere Fotos angeschaut. Das tue ich sonst nie. Für gewöhnlich liegen sie in einem Schuhkarton unter dem Bett versteckt, der von Jahr zu Jahr weiter verstaubt, ohne dass ihn jemand anrührt. Er ist wie Pandoras Büchse, die man mit allerhöchster Vorsicht behandeln muss. Aber heute ist dein Geburtstag, und ich will dir zumindest auf dem Foto in die Augen schauen und gratulieren.

Das erste Foto wurde in Oma Sofias Ferienhaus aufgenommen. Wir liegen bäuchlings nebeneinander auf dem alten Metallbett, dessen Sprungfedern hier und da herausragen, weil wir ständig darauf herumhüpfen. Du stützt dich auf die Ellenbogen und blätterst konzentriert in einem Buch. Ich strecke die Zunge raus und mache dir heimlich Hasenohren.

Weißt du, welches Buch es war? Die Tür zur Natur. *Jetzt lachst du wieder, oder?*

Als du dieses Buch bekamst, konnten wir noch nicht lesen, also las Oma Sofia uns daraus vor. Ich lernte viel Interessantes, zum Beispiel, dass der Blitz am häufigsten in Bäume und Holzgegenstände einschlägt, allerdings überhörte ich, dass es in den Städten Blitzableiter gibt und dort niemand vom Blitz getroffen werden kann. Als ich eines Tages für einige Stunden bei einer Nachbarin, Tante Manana, bleiben musste, weil Tamara krank war, der Kindergarten zu und Mutter zur Arbeit musste, legte sie mich am Nachmittag in ihr großes Bett und schützte die offene Seite mit einer Holzplatte, damit ich nicht herausfiel. Ausgerechnet an diesem Tag regnete, blitzte und donnerte es heftig, und ohne auch nur auf die Idee zu kommen, dass Mananas komplette Wohnungseinrichtung aus Holz bestand, dachte ich, dass Tante Manana mit der Holzplatte den Blitz anlocken und mich töten wollte. Also nahm ich meine Decke und versuchte, das Holz so gut wie möglich darunter zu verstecken. Sie war viel zu kurz, die Holzkanten blieben nackt, und ich hatte furchtbare Angst, dass der schlaue Blitz sie entdecken und mich trotz aller Vorsichtsmaßnahmen treffen würde. Irgendwann schlief ich halb erfroren ein und wachte nach einiger Zeit unter der Decke wieder auf. Am selben Abend erzählte ich dir von dem Vorfall, aber du beruhigtest mich mit ernstem Gesichtsausdruck und der Tatsache, dass Blitze nur in Wüsten einschlagen. Ich atmete erleichtert auf. Ich war mir nicht ganz sicher, was eine Wüste sein sollte, aber ich glaubte zu wissen, dass Tbilissi keine war.

Auf dem nächsten Foto bist nur du zu sehen mit deinen kurzgeschorenen Haaren, erschrocken vom Blitzlicht schaust du mit weit aufgerissenen Augen in die Kamera. Ich sehe dich sehr lange an, dann lege ich das Bild zusammen mit den anderen Fotos wieder in die Kiste und lasse sie unter dem Bett verschwinden.

Herzlichen Glückwunsch, Ane!

Wir zwei gegen den Rest der Welt!

13.

Zurück in Stuttgart besorgte ich mir noch am Bahnhof Heroin; es war das erste Mal. Ich schämte mich, und es kostete einige Überwindung, aber in den folgenden Tagen, Wochen und Monaten wurde mir der Weg zum Bahnhof zur Routine. Nachdem Lado fort war, reduzierten sich meine sozialen Kontakte bald auf Dealer und andere Junkies. Ich rief nicht mal mehr Ane an, ganz zu schweigen von Mutter und Tamara. Die Nachricht, dass ich schwer drogenabhängig geworden war, verbreitete sich wie ein Lauffeuer und wurde von vielen meiner georgischen Bekannten mit Schadenfreude aufgenommen.

Sie behandelten mich wie eine Aussätzige, und ich verhielt mich auch so, mied jeglichen Kontakt und verbrachte die meiste Zeit im ungemachten Bett meines winzigen Zimmers, dessen Wände manchmal gefährlich nah auf mich zukamen. Alles war grau: das Wetter, die Sonne, die Luft und die Menschen, einschließlich ich selbst. Nur meine Träume waren bunt, in denen Lado immer wieder zu mir zurückkehrte.

Tatsächlich meldete er sich mehrere Monate lang nicht, auch ich rief ihn nicht an, um ihn nicht unter Druck zu setzen. Als ich eines Tages einen kleinen Zettel in meinem Briefkasten fand, auf dem in vertrauter Schrift »Ich bin zurück!« stand, ging die verlorengeglaubte Sonne auf, und der Schwarz-Weiß-Film wurde wieder bunt. Er kam gleich am Abend vorbei. Als ich die Tür öffnete, verzerrte sich sein Lächeln, anscheinend hatte er nicht erwartet, mich in diesem Zustand anzutreffen. Einen Moment fürchtete ich, er würde sich umdrehen und gehen, aber er nahm mich in die Arme, und ich tauchte in seinen so sehr vermissten Geruch ein. Als wir uns endlich voneinander lösten, erzählte er, dass er Lisa mit viel Mühe davon hatte überzeugen können, dass unser Verhältnis von irgendwelchen missgünstigen Spinnern erfunden und aufgebauscht worden war. Außerdem wusste auch Lisa, dass sich die Prüfungszeit näherte, und damit die beste Möglichkeit, gutes Geld für die Eigentumswohnung zu verdienen – letztendlich hatte sie nachgegeben und ihn für zwei Monate nach Deutschland zurückkehren lassen. Allerdings nur unter strenger Aufsicht seiner Freunde, die im Unterschied zu seiner Frau über unsere Beziehung Bescheid wussten und mit allen Kräften versuchten, ihn von mir fernzuhalten. Ich war zerstreut und registrierte nicht mal die Hälfte von dem, was er sagte. Er war wieder bei mir, hier und jetzt, deshalb spielte alles andere, dieses Davor und Danach, keine Rolle.

In den folgenden Wochen sahen wir uns meist nachts, wenn die besorgten Freunde schliefen, aber sobald wir zu den Prüfungen in andere Städte fuhren, was zum Glück oft der Fall war, liefen wir händchenhaltend durch die Straßen, küssten uns, wann und wo wir wollten. Es war wie Freigang. Dennoch klingelte sein Handy Tag und Nacht, mal war es seine Frau, mal Beso oder ein Freund, bei denen er Rechenschaft ablegen musste. Immer wieder die gleichen Lügengeschichten: Er sei gerade bei einem Autohändler, beim Arzt, in der Bank ... Unterdessen nahmen wir Drogen, liebten uns immer seltener, während der Sex immer schlechter wurde, und redeten immer noch nicht darüber, wie unsere Geschichte weitergehen sollte. Eines Nachts weinte er und sagte, er habe in seinem Leben noch nie jemanden so sehr geliebt wie mich, aber er könne ohne seine Tochter nicht leben.

Im Sommer fuhren Lado und einige seiner Freunde zurück nach Georgien. Sie hatten sich alle Gebrauchtwagen besorgt und sie so vollgestopft, dass man nicht einmal die Rückenlehnen verstellen konnte. Lado fragte, ob ich ihn wieder bis nach Italien begleiten wollte. Mir lief ein Schauder über den Rücken, aber ich sagte ja. Es gab kein Davor und kein Danach. Als ich das Hupen hörte, schnappte ich mir meinen Pass und die Jacke und rannte hinunter.

Er hängte seine Freunde auf der Autobahn gekonnt ab, nur einmal holten sie uns ein, und sofort musste ich mich ducken, während er hastig irgendwelche Sachen über mich warf. Sobald wir uns sicher fühlten, hielten wir immer wieder an, fixten Heroin und schworen uns ewige Liebe. In Italien angekommen, fragte er mich, ob ich bis nach Georgien mitfahren wollte, er würde mir dort ein Flugticket besorgen. Natürlich stimmte ich zu. Wir fuhren nach Venedig, und nicht nach Ancona, wo seine Freunde waren, und so lagen zwei gemeinsame Tage auf dem Fährschiff vor uns, ohne die Angst, entdeckt zu werden; wir waren glücklich. Bevor wir einschifften, hielten wir vor einem Einkaufszentrum – er habe noch Einkäufe zu erledigen – und betraten das kühle Gebäude, das mir im Vergleich zur sengenden Hitze draußen wie ein Paradies erschien. Während Lado systematisch die Regale abging und offenbar nach etwas Bestimmtem suchte, schlenderte ich gelangweilt herum. Plötzlich sah ich zwischen den mit bunten Klamotten überfrachteten Ständern mein Spiegelbild: eine magere Fremde mit schwarz umrandeten, eingefallenen Augen und gequältem Blick. Dann bemerkte ich Lado, der hinter mir stand und mich mit einem zufriedenen, satten Gesichtsausdruck betrachtete. Als unsere Blicke sich im Spiegel trafen, beugte er sich zu mir und flüsterte mit einem Anflug von Stolz in der Stimme: »Du bist mein Junkie!«

Bis zu diesem Zeitpunkt hatte ich unsere Liebe nie in Zweifel gezogen, aber scheinbar erfreute er sich an meinem Zugrundegehen. Bevor ich ihm etwas entgegnen konnte, fügte er sachlich hinzu: »Lisa hat mich gebeten, neues Bettzeug zu kaufen. Hilfst du mir, sie auszusuchen?«

Er zeigte mir Kopfkissen mit Schwänen und Herzchen, weiß und rot. Ich drehte ihm den Rücken zu und verließ wortlos das Einkaufszentrum. Während ich auf dem Parkplatz auf ihn wartete, rauchte ich mehrere Zigaretten, eine von ihnen drückte ich an meinem Oberschenkel aus. Dann kam er breit grinsend und mit mehreren Tüten auf mich zu, zeigte die Geschenke für Lisa und das Kind und fragte mich nach meiner ehrlichen Meinung. Ich sagte, sie seien toll.

Auf dem Schiff mieteten wir eine kleine Kajüte. Sobald sich die Tür hinter uns schloss, nahm er ein Blatt Papier, setzte sich an den kleinen Klapptisch neben dem Bullauge, in dem ein Stück hellblauer Himmel zu sehen war, und begann vor meinen Augen die zusätzlichen Ausgaben zu notieren, die ich verursachte. Zwischendurch seufzte er und schüttelte den Kopf: Wie sollte er die Kosten vor Lisa rechtfertigen, die seine Finanzen genauso überwachte wie alles andere in seinem Leben. Ich saß auf dem Bett und wartete schweigend, bis er fertig war. Dann spritzten wir das übrige Heroin, und ich fiel in einen tiefen, besinnungslosen Schlaf, sodass ich von der restlichen Schifffahrt, der ersten in meinem Leben, nichts mitbekam.

Am nächsten Tag gingen wir in der griechischen Hafenstadt Patras von Bord und fuhren weiter Richtung Türkei. Ich litt bereits unter starken Entzugserscheinungen und weinte fast ununterbrochen. Lado schaute grimmig vor sich hin und versuchte, mich zu beruhigen: Es sei noch nicht vorbei, er habe die endgültige Entscheidung noch nicht getroffen, er liebe mich über alles, und es werde gut ausgehen. Ich glaubte ihm kein Wort. Unterwegs begann es wie aus Eimern zu schütten, die Sicht war so erschwert, dass wir nur langsam vorankamen. Als wir langsam an einer Absperrung vorbeifuhren, sah ich das schwache Rot der vom Regen fortgespülten Blutlachen und ein wie ein Akkordeon zusammengeschobenes Auto. Für einen Augenblick wünschte ich mir, in jenem Auto gesessen zu haben, zusammen mit dem, der vorhatte, mich bald zu verlassen.

Irgendwann riefen ihn wegen seines mysteriösen Verschwindens misstrauisch gewordene Freunde aus dem »Big-Brother-Team« an und teilten ihm verärgert mit, dass sie an der griechisch-türkischen Grenze auf ihn warteten und sich nicht vom Fleck rührten, bis er dort ankäme. Er setzte mich direkt vor der Grenze ab und versprach, sie unter einem Vorwand allein weiterfahren zu lassen und auf der türkischen Seite auf mich zu warten.

Es war eine karge Landschaft, kein einziger Baum, kein einziger Fußgänger war zu sehen, nur Autos und Lastwagen, Strommasten, Zäune und Schilder. Nach etwa einer Stunde begab ich mich zum Schalter, wo eine gelangweilte, Griechisch sprechende Zollbeamtin saß. Sie gab mir irgendwie zu verstehen, dass es verboten war, die Brücke zu Fuß zu überqueren. Dabei schaute sie mich genervt an, und ich wusste, dass sie, selbst wenn ich vor diesem Schlagbaum sterben würde, keine Ausnahme machte. Ganz offensichtlich bescherte ihr meine Verzweiflung große Zufriedenheit. Für einen Augenblick verlor ich jede Hoffnung, jemals auf die andere Seite der Grenze zu gelangen, wo meine einzige Verbindung zur Außenwelt auf mich wartete.

Ich winkte einem einfahrenden Lastwagen zu, der Fahrer war ein Türke mittleren Alters mit einer beeindruckenden Hakennase. Nachdem ich ihm mit Hilfe von einfachen Handzeichen die Situation erklärt hatte, ließ er mich einsteigen. Ich kletterte mit Mühe die hohen Stufen hinauf, und sobald ich die Tür zugeschlagen hatte, verspürte ich starkes Unbehagen. Die Fahrerkabine war vom hinteren Teil des LKWs mit einem ausgeblichenen Vorhang abgetrennt, der nicht ganz zugezogen war, hinten war ein ungemachtes Bett zu sehen. Es roch muffig. Am Handschuhfach klebten aus Zeitschriften ausgeschnittene Fotos von nackten Frauen mit enorm großen Brüsten. Ich schaute unbedacht auf meine flache Brust und freute mich zum ersten Mal über sie. Ein Spielzeughündchen starrte mich an und nickte mit dem Kopf, sobald sich der Wagen in Bewegung setzte. Während wir über die Brücke fuhren, spürte ich den Blick des Fahrers, ich schaute ihn kurz an und lächelte möglichst cool. Als er zurücklächelte, bemerkte ich seine gütigen bernsteinfarbenen Augen, sie erinnerten mich an den, der hoffentlich hinter der Grenze auf mich wartete.

Bei der Grenzkontrolle gab er an, ich sei sein »Arkadasch«, sein Kumpel, und als ob ich es tatsächlich sein könnte, ließ man uns nach einigen Minuten die Grenze passieren. Ich bedankte mich bei ihm auf Türkisch, und erst nachdem er weggefahren war, fiel mir ein, dass »Merhaba« nicht *danke*, sondern *hallo* heißt. Die Wartehalle auf der anderen Seite der Grenze war voller Menschen, und ich war unendlich erleichtert, als ich Lado entdeckte, der entgegen meinen Befürchtungen nicht ohne mich weitergefahren war.

14.

Wir kamen gegen Mittag in Tbilissi an, wo ich in den zweieinhalb Jahren seit meiner Abreise nach Deutschland kein einziges Mal gewesen war. Er setzte mich eilig an einer Straßenecke ab, und wir vereinbarten, dass er mich in ein paar Stunden abholen, zum Flughafen fahren und mir das Flugticket kaufen würde. Bis dahin war ich auf mich gestellt. Dann fuhr der einzige Mensch, bei dem ich in diesem Moment sein wollte, mit quietschenden Reifen davon, ohne sich auch nur einmal umzuschauen.

In Tbilissi war es höllisch heiß und staubig. Es war gefährlich, durch die Straßen zu gehen, ich hätte in meinem Zustand leichte Beute für die Polizei werden und wegen der rigorosen Drogenpolitik für mehrere Jahre ins Gefängnis wandern können, also flüchtete ich in die nächste, von außen verdunkelte Bar, setzte mich in eine Ecke und nahm trotz Dunkelheit und Hitze weder die Sonnenbrille ab, noch zog ich meine Jacke aus. Ich wollte nicht, dass jemand meine geschwollenen Augen und die Einstichlöcher in meinen Armen bemerkt.

Die Bar befand sich nicht weit von meinem Zuhause entfernt. Von der Straße aus hätte ich sogar das rote Ziegeldach sehen können. Schon der Gedanke daran, dass ich dort duschen, mich umziehen, ins Bett legen und ungestört schlafen könnte, während im Nebenzimmer die vorsichtigen Schritte meiner Mutter zu hören wären, verschaffte mir eine enorme Erleichterung, aber es war ausgeschlossen, in diesem Zustand dort aufzutauchen. Die Zeit verging quälend langsam, und je länger ich dort saß, desto schlechter ging es mir. Als ich auf den absoluten Tiefpunkt zusteuerte, bat ich den jungen Barkeeper darum, das Telefon zu benutzen. Kurz zögerte ich, dann rief ich Levan an. Ane ging ans Telefon.

»Ane, ich bin's«, sagte ich, worauf ein so langes Schweigen folgte, dass ich dachte, die Verbindung wäre unterbrochen.

»Geht's dir gut?«, fragte sie irgendwann. Völlig aufgelöst fing ich an zu weinen. Der Barkeeper mit Ohrstecker und aufgestellten Haaren reichte mir eine Serviette, stellte ein Glas Wasser auf die Theke und kehrte mir den Rücken zu, um die Gläser zu spülen.

»Nein«, antwortete ich, und das unterdrückte Schluchzen schnürte mir den Hals zu.

»Was ist passiert? Wo bist du?« Ihre besorgte, warme Stimme legte sich wie Salbe auf meine Wunden, ich schloss die Augen und gab mich ihrem Klang hin. Plötzlich hörte ich im Hintergrund Levans gereizte Stimme: »Mit wem redest du?«

»Elena«, sagte sie ruhig, und ich verstand nicht, ob sie ihrem Mann antwortete oder mit mir redete.

»Hast du schon zu Hause angerufen? Deine Mutter ist seit Sonntag krank«, dann fügte sie flüsternd hinzu: »Bitte sag, was los ist.«

»Nichts. Eine stinknormale Depression nach einer stinknormalen Trennung«, antwortete ich möglichst überzeugend, »mach dir keine Sorgen, und verzeih mir, dass ich so lange verschwunden war. Ich melde mich in ein paar Tagen wieder.«

Dann wählte ich eine weitere Nummer. Es klingelte lange, bis ich Mutters schwache Stimme in der Leitung hörte. Ohne auch nur ein Wort zu sagen, legte ich auf. Ich konnte ihr das nicht antun. Ich bedankte mich beim Barkeeper und setzte mich wieder an meinen Platz. Er servierte mir kurz darauf einen Kaffee aufs Haus, berührte mich federleicht an der Schulter und sagte leise: »Ich glaube, ein starker Kaffee hilft jetzt am besten.«

Lado tauchte erst sehr spät am Abend auf und meinte, er sei unter einem Vorwand für zwei Stunden rausgekommen; er tat so vieles in seinem Leben unter einem Vorwand. Er hatte sich rasiert und umgezogen, sein sorgfältig gebügeltes Hemd saß wie angegossen, er roch frisch, nach Shampoo, Rasierwasser und Essen. Ich traute mich nicht, ihn zu umarmen. Auf dem Weg zum Flughafen war er gut gelaunt, lachte viel und scherzte, dass ich wie ein Bond-Girl auf geheimer Mission nicht erwischt werden dürfe, weder von der Polizei noch von irgendwelchen Bekannten. Seine launig vorgebrachte Befürchtung war nicht aus der Luft gegriffen, also zog ich mir die Kapuze tief ins Gesicht und behielt meine Sonnenbrille auf – wie ein zugedröhnter Filmstar auf der Flucht vor Paparazzi. Am Flughafen kaufte er mir ein One-Way-Ticket, umarmte mich flüchtig, versprach, mich in den nächsten Tagen anzurufen, und verschwand.

Bis zum Abflug blieben mir noch mehrere Stunden auf dem überfüllten Flughafen. Polizisten und Sicherheitsbeamte standen an jeder Ecke, und ich versuchte, mich möglichst unauffällig zu verhalten, unsichtbar zu werden wie ein Geist. Das Check-in begann um drei Uhr morgens. Kurz zuvor stürmte eine große Gruppe in die Halle und bildete vor meinem Schalter eine lange Schlange. Den Gesprächsfetzen entnahm ich, dass es die georgische Sportdelegation auf ihrem Weg zur Olympiade war. Alle waren heiter und gut gelaunt, während ich es nur mit größter Mühe schaffte, den sich ewig hinziehenden Check-in zu bewältigen. Als ich im Flugzeug endlich meinen Platz gefunden hatte und den schweißgebadeten Körper in den engen Sitz fallen ließ, atmete ich auf. Meine Entzugserscheinungen wurden immer heftiger, aber es gelang mir, den Flug durchzustehen, den Flug nach Hause, das mir kein Zuhause war.

Zurück in Stuttgart wartete ich vergeblich auf ein Lebenszeichen von Lado. Er rief weder an, um sich zu erkundigen, ob ich gut angekommen war, noch, wie es mir ging oder ob ich überhaupt noch am Leben war. Der Gedanke, dass er mich ohne ein Wort wie Abfall entsorgte, war kaum zu ertragen.

Um meinen ständig steigenden Drogenkonsum zu finanzieren, übernahm ich regelmäßig Prüfungen gegen Geld, obwohl mir immer öfter peinliche Missgeschicke passierten: Mal schlief ich ein und verpasste den gesamten Hörteil, mal vergaß ich »meinen« Namen und musste ihn aus dem gefälschten Pass vorlesen. Und doch kam ich wie durch ein Wunder mit allem durch. Während der Prüfungszeit war ich häufig die ganze Woche unterwegs. Montags kam ich in irgendeiner Stadt an, schrieb die Prüfung, bekam das Geld, gab den Pass zurück, setzte mich in den Zug und fuhr weiter. Am Dienstag in einer anderen Stadt: die Prüfung, das Geld, der Pass, der Zug und wieder weiter: von Halle nach München, von Hamburg nach Konstanz ... Manchmal machte ich montags, in den frühen Morgenstunden, in einem Fotoautomaten am Bahnhof Passfotos, ging damit auf die Toilette und fälschte alle Pässe auf einmal. Da auf mein Konto ständig größere Summen eingezahlt wurden, gewährte mir die Bank einen Dispokredit von fünfzehntausend Euro. Trotzdem reichte das Geld nicht, denn meine Dosis erhöhte sich kontinuierlich.

Die folgenden Monate glichen einander wie die Regentropfen an der Scheibe, die Ane und ich als Kinder um die Wette laufen ließen – sie waren trüb. Ich fror ständig, auch bei Sonne, es gab keine Jahres- oder Tageszeiten mehr, es gab überhaupt keine Zeit, bloß den kurzen Augenblick bis zum nächsten Schuss. Alles um mich herum war freud-, geschmack- und farblos. In einem bösen Traum gefangen, taumelte ich alle paar Tage zwischen der Wohnung, die ich sonst kaum verließ, und dem Fixpunkt hin und her, der voll mit meinesgleichen war, Menschen, die sich selbst und alle Hoffnungen aufgegeben hatten. Dantes *Inferno*.

Eines Nachts rief ich Ane aus einer Telefonzelle an, in ein paar Wochen würde sie nach Berlin kommen und mich zurück ins Leben holen. Zumindest dachte sie es, bis ich sie auf dem Weg zurück zum Flughafen mit ihrem grauen Koffer in einer Ecke stehen ließ und verschwand.

15.

Seitdem ich in Tbilissi bin, schalte ich zum ersten Mal den Fernseher ein und sehe die schrecklichen Bilder eines Erdbebens in Pakistan. Sofort denke ich an das Erdbeben 1988 in Armenien, das fünfundzwanzigtausend Menschen das Leben kostete und fast eine Million obdachlos machte. Ich hatte an diesem Tag eine Prüfung in technischen Übungen in der Musikschule. Ich hasste diese Übungen, weil sie mir nicht gut gelangen (meine Spanne war nicht groß genug) und den Mythos zerstörten, ich wäre in allem, was ich tat, gut, wenn nicht die Beste. Also betete ich zwei Stunden lang inbrünstig, dass etwas geschehen möge, damit die Prüfung ausfällt. Als der Raum sich plötzlich bewegte, die Wände Risse bekamen, sich erst der Gips, dann die Holzbalken von der Decke lösten und auf den Boden krachten, dachte ich, ich hätte zu lebhaft fantasiert. Nach kurzer Erstarrung brach Panik aus. Eine dicke Staubschicht erschwerte die Sicht, wir kreischten und rannten ziellos umher; die bis auf den Tod erschrockene Lehrerin versuchte, uns zu beruhigen und sicher nach draußen zu bringen. Am Haupteingang gab es ein solches Gedrängel, dass einige Kinder aus den Fenstern kletterten. Irgendwann standen wir alle im Hof vor dem halb zerstörten Gebäude, und die bleichen Lehrer stellten nach mehrmaligem Abzählen sicher, dass niemand fehlte und alle unversehrt waren. Plötzlich ertönte ein weiterer ohrenbetäubender Lärm, als ob jemand das Tor mit einem LKW angefahren hätte. Alle verstummten und glotzten Richtung Tor, das quietschend aufging. Dann sah ich über die verstaubten Köpfe hinweg Oma Tamara, die sich an diesem Tag unwohl fühlte und im Bett geblieben war. Als das Erdbeben begann, fiel ihr im Dämmerschlaf ein, dass ich in der Musikschule war, in einem maroden Gebäude, und sie sprang panisch aus dem Bett und rannte zur Schule. Und so stand sie da: mit völlig durcheinandergeratenen Haaren und einem irren Blick, mit zwei verschiedenen Stiefeln an den Füßen, einer bordeaux, der andere grün, und mit einem schief zugeknöpften Mantel, unter dem das Nachthemd und ihre für ihr Alter erstaunlich straffen und mädchenhaften Brüste zu sehen waren, an die ich mich in schlaflosen Nächten oft kuschelte. Sie ließ ihren Blick über die Versammelten wandern, dann rief sie verzweifelt in die Menge hinein:

»Seid ihr alle heil? Wo ist Elena?«

Während ihre schrille Stimme in der völligen Stille verhallte, wünschte ich mir ein noch stärkeres Erdbeben, bei dem sich der Boden auftun und mich verschlucken würde. Aber diesmal blieb mein Wunsch zum Glück unerfüllt. Am nächsten Tag trugen unsere Eltern sowie tausend andere Kleidung, Medikamente, Decken und andere Haushaltssachen zusammen. Wir beide spendeten unsere Spielzeuge, du legtest noch deine Bilder dazu, und ich dachte mir: Wo sollte man diese wunderschönen Bilder bloß aufhängen, in einem zertrümmerten Haus ohne Wände?

16.

Die Zeit verging. Gleichförmig, unmerklich. Ich verschwand von der Bildfläche, ging nicht ans Telefon. Tamara und Mutter versuchten wahrscheinlich verzweifelt, mich zu erreichen, während Ane mir keine einzige E-Mail mehr schrieb. Der dünne Faden, der mich mit dem Leben verband, war gerissen. Eines Tages hörte ich jemanden von draußen meinen Namen rufen. Lado stand auf der Straße und lächelte mich an. Als hätten wir uns erst gestern voneinander verabschiedet. Ich ging mit schweren Schritten die Treppe hinunter. Ich rannte nicht, wie früher. Ich fühlte mich leer. Er umarmte mich sehr lange, während ich wie leblos dastand. Dann gingen wir in eine Bar. Keine Ahnung, ob sie voll oder leer, gut oder schlecht beleuchtet war, keine Ahnung, was wir bestellt, getrunken, gegessen oder besprochen haben – obwohl wir bis zum Morgengrauen redeten. Ich erinnere mich bloß an seine letzten Worte: »Ich habe es nicht mehr ausgehalten, hab dich, uns, zu sehr vermisst. Ich will für immer mit dir zusammen sein.«

Am frühen Morgen, als uns der genervte Barkeeper rauswarf und die knarzenden Rollläden herunterkurbelte, während wir genauso blass wie der Himmel über uns auf der Straße standen und vor Kälte bibberten, fühlte ich etwas wie Glück. Wir gingen zu ihm ins Wohnheim, und ich machte einen kalten Entzug.

Mein Zimmer hatte ich bald aufgegeben, und während Lisa praktisch aus seinem Leben verschwand – sie gab den Hörer gleich an seine Tochter weiter, wenn er sie anrief –, wurden wir unzertrennlich. Er kämmte und schnitt mir die Haare, suchte Klamotten für mich aus, drehte Joints und Zigaretten, machte Kaffee, Essen und den Abwasch. Selbst wenn ich mal ohne ihn duschte, wartete er neben der Badezimmertür, um mich abzutrocknen. Er wachte jedes Mal auf, wenn ich nachts auf die Toilette musste, und fragte mich erschrocken, wohin ich ging. Sobald es mir körperlich besser ging, begann unser Nomadenleben. Wir nahmen die Prüfungen wieder auf und reisten umher, meistens ohne Fahrkarte: Wir waren geübt darin, dem Schaffner aus dem Weg zu gehen.

Der nächste Prüfungstermin sollte uns nach Bonn führen, die Pässe waren bereits gefälscht, das Geld im Voraus bezahlt. Ich faltete den Reiseplan auseinander. Der Zug endete in Luxemburg. »Lass uns bis zur Endstation fahren!«, sagte ich und wusste, dass er zustimmen würde. Mit dem Prüfungsgeld buchten wir ein nobles Hotel, aßen drei Tage in den besten Restaurants und fuhren mit dem Taxi. Am vierten Tag hatten wir nicht mal mehr genug, um die letzte Nacht zu zahlen, und tauschten das Hotel gegen eine Parkbank. Eine leichte Brise wehte bunte Blütenblätter durch die schwüle Luft wie Glühwürmchen. Am nächsten Morgen teilten wir uns für unsere letzten drei Euro eine kleine Portion Pommes und stiegen ohne Tickets in den Zug zurück nach Stuttgart, die Prüfung in Bonn würden wir zum Ausweichtermin nachholen. Wir wechselten Sitzplätze und Abteils und hielten uns im Bordrestaurant oder auf der Toilette auf, um den Schaffnern auszuweichen.

Zurück in Stuttgart verließen wir den Bahnhof Richtung Park und legten uns auf das knallgrüne Gras, kifften und hörten Reggae-Musik, die der Wind von irgendwoher zu uns trug. Ein Vater ließ mit seinem Kind einen Drachen steigen, und es kreischte vor Vergnügen, als der rote Drache endlich Wind gefangen hatte und aufstieg. Ich dachte an meinen Vater, der mich höchstens zu den Großeltern oder ins Fotoatelier geschleppt hatte, wo wir lächelnd und einander innig umarmend vortäuschten, eine glückliche Familie zu sein. Dann sah ich, wie das Tau aus der Hand des Kindes glitt, der Drachen wegflog und sich in einem Baumwipfel verfing. Das Kind heulte los, der Vater hob es hoch und versuchte, es zu beruhigen.

Plötzlich klingelte Lados Handy, er ging ran und seinem von der Sonne geröteten Gesicht entwich die Farbe. Ich wusste sofort, worum es ging.

»Wie viel?«, fragte ich ihn, obwohl ich die Antwort gar nicht hören wollte.

»Sechshundert Euro«, antwortete er nach kurzer Pause. »Es war Gigi. Seine Mutter liegt in der Notaufnahme in Georgien, sie muss dringend operiert werden, und er braucht die ganze Summe bis morgen früh.«

Wir hatten inzwischen nicht nur bei Gigi jede Menge Schulden angehäuft, und obwohl wir beide wussten, wie aussichtslos es war, rief Lado Beso an, um ihn um Geld zu bitten, und danach gleich alle Bekannten, die ihm einfielen. Nach etwa einer Stunde war er mit der Kontaktliste durch – vergeblich. Ich fühlte eine solche Erschöpfung, dass ich in einen alptraumhaften Schlaf fiel. Irgendwann rüttelte Lado mich wach. Er hatte einen Plan: In einem Restaurant würde er kurz vor Feierabend der Bedienung auflauern, ihr beim Abkassieren des Außenbereichs den hoffentlich mit Tageseinnahmen vollen Geldbeutel entreißen und fliehen.

»Das ist eine Scheißidee«, sagte ich.

»Hast du eine andere?«, fragte er.

Wir wählten ein großes Restaurant in der Nähe unseres Wohnheims, das wir einige Zeit aus sicherer Entfernung beobachteten. Draußen waren lediglich ein paar Tische belegt. Allmählich wurde es spät, und das Wetter schlug um, es begann in Strömen zu regnen. Lados Strickjacke, die wir in Luxemburg gekauft hatten, war klitschnass, und ich fragte mich noch, wie schwer sie wohl auf seinen Schultern lasten musste. Wir standen hinter der Kirche, deren Kuppel bedrohlich in den Himmel ragte, aus dem es unentwegt schüttete. Ich hörte mein Herz lauter klopfen als die schweren Regentropfen, die auf die Autodächer prasselten. Wir besprachen die letzten Details: Er würde den passenden Moment abwarten, über die Straße laufen, der Bedienung den Geldbeutel entreißen, zu mir rennen, ihn mir übergeben und in eine andere Richtung fliehen, während ich zum Wohnheim zurückkehren sollte, wo wir uns eine halbe Stunde später treffen würden. Als Lado die Straße überquerte, dachte ich an den Drachen im Baumwipfel und hörte das Weinen des Kindes. Ich schloss die Augen und begann zu zählen. Bei sieben hörte ich einen Aufschrei, dann ein Klirren und aufgebrachte Männerstimmen. Ich lief gegen die Absprache zum Restaurant und sah, wie zwei kräftige Männer Lado auf den nassen Boden gedrückt hielten, mit dem Gesicht im Schlamm. Als er mich bemerkte, rief er mir auf Georgisch zu, dass ich mich raushalten und sofort nach Hause gehen solle. Ich rührte mich nicht von der Stelle und beobachtete, wie ein Polizeiwagen auftauchte, zwei Polizisten ausstiegen und ihn kurz darauf in Handschellen abführten.

Verzweifelt rannte ich dem Wagen hinterher. Als ich ihn aus den Augen verlor, wusste ich, in welche Polizeidienststelle sie ihn bringen würden. Ich brauchte eine Viertelstunde, um sie zu Fuß zu erreichen. Außer Atem, völlig durchnässt und mit Schlamm bespritzt, tauchte ich dort auf, um mich nach ihm zu erkundigen, aber man wies mich ab. Als das Telefon klingelte und der Polizist kurz abgelenkt war, huschte ich an ihm vorbei in einen langen Gang und schaute durch das erstbeste Spiegelglasfenster auf der linken Seite. Ich sah Lado allein auf einer langen Holzbank sitzen, den Kopf in den Händen vergraben, zu seinen Füßen hatten sich kleine Pfützen gebildet. Sein Anblick brach mir das Herz.

Langsam ging ich durch den Regen nach Hause. Ich hätte alles gegeben, um Anes Stimme zu hören, aber ich schämte mich, sie anzurufen. Im Wohnheim schlich ich durch die leere Gemeinschaftsküche und durch den Flur bis zu unserem Zimmer. Ich schloss auf und blickte auf ein Durcheinander aus Kartons, Klamotten und dem ungemachten Bett. Ich hätte die Tür am liebsten gleich wieder zufallen lassen, das Zimmer schien mich vorwurfsvoll anzustarren. Mein Blick streifte Lados Jeans, die über der Stuhllehne hing, die Kaffeetasse mit dem aufgedruckten Foto von uns, das Bild seiner Tochter auf dem Nachttisch. Ich biss die Zähne zusammen, um nicht zu brüllen, zog die nassen Klamotten aus und stand zwei Minuten später unter der Dusche. Obwohl das heiße Wasser meine Haut fast verbrühte, war mir kalt. Irgendwelche Wörter und Satzfetzen, die keinen Sinn ergaben, wurden in meinem Kopf hin und her geschleudert und brachten meinen Schädel zum Platzen. Ich wickelte mich in ein Badetuch und rollte mich mitten im Zimmer auf den Boden zusammen und schlief langsam ein. Ich hatte weder die Kraft noch die Lust, ins Bett zu gehen, das wahrscheinlich immer noch nach Lado roch, der mit hängendem Kopf auf einer Holzbank in einem Aquarium hockte, während seine vom Regen schwer gewordene Strickjacke kleine Pfützen bildete.

17.

»Ich bin's, Elena«, sage ich, als Anes Vater Amiran den Hörer abnimmt.

»Ach, Elena, wie schön, dass du anrufst«, ich höre die leichte Enttäuschung in seiner Stimme.

»Ich bin seit letzten Montag in Tbilissi und wollte fragen, wie es euch geht«, versuche ich es heiter.

»Wie soll es uns schon gehen?«, antwortet er mit leiser Stimme und räuspert sich, um den Kloß im Hals loszuwerden, »seit Anes Verschwinden sind wir halbe Menschen. Wie konnte sie uns bloß so etwas antun ...« Seine Stimme bricht, und er beginnt zu weinen.

»Amiran, ich habe vor zwei Wochen einen Brief von ihr erhalten, sie schrieb, dass sie wieder in Georgien ist, deswegen bin ich hier ...«

Ein langes Schweigen breitet sich in der Leitung aus.

»Sie hat dich immer mehr als alle anderen geliebt, vielleicht sogar mehr als Sofia«, sagt er irgendwann leise und seufzt. »Wenn sie sich bei dir meldet, sag ihr bitte, dass wir auf sie warten.«

Er legt auf, ohne sich zu verabschieden. Ein nervtötender Ton dringt aus dem Telefonhörer, den ich noch lange in der Hand halte.

18.

Kurz nach Lados Verhaftung kam ein Brief von der Hausverwaltung. Sie kündigte ihm fristlos das Zimmer mit der Aufforderung, es sofort zu räumen, da die Miete trotz zahlreicher Mahnungen seit Monaten ausstand. Ich stellte mich ans offene Fenster und rauchte. Schließlich kramte ich nach einem Stift und Papier und begann zu schreiben. Ich schrieb meiner Mutter, ich schrieb Tamara und versuchte, mein langes Schweigen zu füllen, sie um Verzeihung zu bitten, sie meiner Liebe zu versichern – und bat sie um Geld, von dem ich wusste, dass sie es mir sofort geben würden. Dann zerriss ich den Brief. Zuletzt nahm ich all meinen Mut zusammen, machte mich auf den Weg in den Computerraum der Universität und schrieb Ane eine E-Mail, in der ich mich für den Vorfall am Zoo entschuldigte und ihr versicherte, dass ich nun seit einigen Monaten drogenfrei war und es auch bleiben würde. Ich flehte sie an, sich wieder zu melden. Lados Verhaftung erwähnte ich nicht.

Irgendwann stand ich wieder auf der Straße, war wie betäubt, während meine Gedanken aus der Reihe tanzten. Wie automatisch schlug ich den Weg zum Bahnhof ein. Um das Denken abzustellen, zählte ich Autos und Strommasten, Ampeln und Graffitis, Menschen und Bäume, ich zählte meinen Herzschlag. Und wiederholte laut Anes Namen, als betete ich zu einer Schutzheiligen.

Am Bahnhof fand ich den, den ich suchte, besorgte mir das, was ich wollte, setzte mir im nahgelegenen Park einen Schuss, schloss die Augen und dachte an nichts mehr. Ich genoss einfach die Stille im Kopf. Auch die scharfe, spitze Angst ließ von mir ab. Ich saß da, bis es dunkel wurde.

Zurück im Wohnheim flüchtete ich mich gleich in den Schlaf und sah Ane im Traum, die aus dem Fenster eines fremden Hauses blickte. Sie schaute mich schweigend an, während ich panisch an einem großen Schlüsselbund nach dem richtigen Schlüssel suchte, um ins Haus zu gelangen.

Es war bereits stockdunkel, als mich ein Rufen aus dem Schlaf riss. Ich blickte aus dem Fenster und sah Beso. Trotz meiner Angst schlüpfte ich in die Schuhe, zog eine Jacke über meinen Pyjama und verließ das Zimmer. Vor dem Hauseingang standen ein paar Jungs, vor allem Freunde von Lado, die ihn erwartet hatten. Ich erklärte gleich, was geschehen war, erzählte ihnen von seiner Verhaftung, und sie umkreisten mich wie ein Rudel hungriger Wölfe. Ich schaute ihnen in die Augen und sah nichts als Dunkelheit. In dem Moment spürte ich das ganze Ausmaß meiner tiefen Verzweiflung, meiner Angst, die ich versucht hatte zu betäuben. Mit letzter Willenskraft schob ich mich durch die umstehenden Gestalten und versuchte, zurück ins Wohnheim zu gelangen. Dann hörte ich ein zorniges »Warte!« und begriff, dass es noch nicht zu Ende war. Das Ende ist nie kurz und schmerzlos. Beso begann zu brüllen. Eine Hure sei ich, die Lado mit einem aus ihrem Menstruationsblut gebrauten Trank verzaubert habe. Ein Junkie, dem alles egal sei, außer dem nächsten Schuss. Ich sei Abfall, er würde mich fertigmachen, und es wäre besser, für alle Ewigkeiten zu verschwinden. Jemand spuckte auf den Boden und setzte den Punkt ans Ende dieser Vorstellung.

Noch im Morgengrauen packte ich das Nötigste zusammen, räumte die wenigen Sachen, so gut es ging, zurück in die halb ausgepackten Kartons, schob alles in eine Ecke und verließ die Wohnung. Wie in Trance ging ich immer weiter durch die von Menschen, Stimmen, Geräuschen, Blut, Gefühlen entleerten Straßen – und fühlte mich wie der letzte Mensch auf Erden.

Die nächsten zwei Tage schlief ich am Bahnhof, bis ich ein kleines WG-Zimmer fand, in dem ich unterkam, die erste Miete blieb ich schuldig.

Kurz darauf bekam ich Anes Antwort:

Elena, mein Leben,

es waren nicht die Enttäuschung oder der Ärger, die mich davon abhielten, dir zu schreiben, sondern die Angst, dass du nicht antworten würdest. Vielleicht nie mehr. Ich wollte keine Gewissheit haben, denn die Hoffnung, dass du noch am Leben warst, gab mir die nötige Kraft, jeden einzelnen Tag zu überstehen. Du kannst dir bestimmt ausmalen, wie glücklich und erleichtert ich war, als ich deine E-Mail bekam ... Ich habe sie erst heute gelesen, ich war davor einige Wochen in unserem Ferienhaus in Samegrelo. Tbilissi war mit seinem Lärm, den vielen Menschen, den Autos und der schlechten Luft einfach nicht mehr zu ertragen. Auch nicht Levan. Ich weiß nicht, ob er mich überhaupt noch liebt oder es je getan hat. Wenn er zu Hause ist, was immer seltener der Fall ist, reden wir kaum miteinander, wie zwei Fremde, die bloß aus Not unter einem Dach leben. Ich denke immer öfter daran, wie mein Leben verlaufen wäre, wenn ich mit dir zusammen nach Deutschland gegangen wäre; vielleicht würden wir jetzt glücklicher sein ...

Pass auf dich auf, mein Herz!

Deine dich über alles liebende Ane

19.

Die Verhandlung fand im vierten Stock des Gerichtsgebäudes statt. Eines der Fenster stand weit offen und ließ eine frische Brise herein. Ich setzte mich in die erste Reihe. Die hinteren füllten sich nach und nach mit Freunden, Bekannten und Schaulustigen. Ich sah Beso, der mir einen eisigen Blick zuwarf, und vernahm ein Flüstern: *Wie konnte sie es wagen herzukommen – die Schlampe, die Schuldige, das Ungeheuer*.

Zwei Sicherheitsbeamte und Lados Anwalt traten ein. Zugleich wurde Lado hereingeführt. Er suchte den Saal mit nervösem Blick ab und lächelte erleichtert, als er mich entdeckte. Ich lächelte zurück, obwohl mir hundeelend war. Plötzlich sah ich, dass er zum offenen Fenster schaute. Meine Füße begannen zu kribbeln, meine Handflächen zu schwitzen, und in meinen Ohren setzte ein hoher Piepton ein. Ich nahm kaum ein Wort wahr, von dem, was während der Gerichtsverhandlung gesprochen wurde. Als ob ich kein Deutsch verstünde. Ich dachte daran, was ich tun sollte, falls Lado ins Gefängnis müsste. Und was, wenn er zum Fenster rannte? Die Wachmänner aufhalten? Oder ihn? Mit ihm hinunterspringen? Ich fragte mich, ob man auf uns schießen und ob wir an diesem Tag sterben würden. Nichts davon geschah. Er wurde auf Bewährung freigelassen.

20.

Mein vierter Winter in Deutschland begann viel zu früh, es regnete, schneite und fröstelte. Lado hatte begonnen auf dem Bau zu arbeiten, und wir konnten eine kleine Hinterhofwohnung beziehen. Es war dunkel, wenn Lado zur Arbeit fuhr, und es war dunkel, wenn er zurückkehrte. Eines Nachts, als ich schon fast eingeschlafen war, fiel mir ein, dass meine Periode überfällig war. Ich krabbelte leise aus unserem Luftmatratzenlager, ging in die Küche und begann, die beleuchteten Fenster im Vorderhaus zu zählen; dann die überfälligen Tage. Ich öffnete das Fenster und atmete ein, ganz tief, bis es schmerzte. Die Kälte, vielleicht auch die Angst, fuhr mit ihrer feuchten Zunge über meine Haut. Ich ließ das Fenster offen, lief zurück zum Bett und flüchtete unter die Decke. Lado drehte mir im Schlaf den warmen Rücken zu, und ich presste meine Wange an ihn. Als die nicht enden wollende Nacht aufgab und dem Morgengrauen wich, stand ich auf, kochte Kaffee, zündete eine Zigarette an und trat ans offene Fenster. Im Vorderhaus war ein einziges Fenster erleuchtet. Ich fühlte endlose Dankbarkeit für den unbekannten Nachbarn. Wir frühstückten wie immer, bevor er zur Baustelle fuhr, um in einem fremden Land für fremde

Menschen ein Zuhause zu bauen, das er selbst nicht hatte. Ich ging in die nächste Apotheke und kaufte einen Schwangerschaftstest. Dann rannte ich die drei Stockwerke zu unserer Wohnung hoch. Ich starrte lange auf das Testergebnis. Nach dem ersten Schock rief ich Ane an.

»Ane, ich bin schwanger und weiß nicht, was ich tun soll«, sagte ich, sobald ich ihre Stimme hörte, und musste plötzlich daran denken, dass sie nie Kinder bekommen würde.

»Elena, da gibt es nichts zu überlegen«, antwortete sie nach kurzem Schweigen, »das Kind wird das fehlende Licht in dein Leben bringen.«

»Ich weiß nicht, ob ich Mutter sein kann. Ich habe Angst zu versagen«, ich fing an zu weinen.

»Wenn jede Frau, die diese Angst gehabt hat, keine Kinder bekommen hätte, wäre die Menschheit längst ausgestorben«, ich hörte ihr Lachen, das mir so gefehlt hatte, und lachte und weinte zugleich.

»Du wirst eine großartige Mutter sein, mein Herz, und ich hoffentlich eine gute Tante«, war das Letzte, was ich hörte, bevor das Guthaben aufgebraucht war.

Nach langem Überlegen beschloss ich abzutreiben. Lado war einverstanden. Jeden Tag nahm ich mir vor, einen Termin zu vereinbaren, und verschob es auf den nächsten. Den ganzen Monat lang. Als meiner Berechnung nach die letzte Woche anrückte, in der der Schwangerschaftsabbruch noch vorgenommen werden konnte, gingen wir gemeinsam zu einer Frauenärztin. Sie befragte mich ausführlich, wobei ich all das, wofür ich mich am meisten schämte, verschwieg. Lado hörte uns zwar aufmerksam zu, verlor aber kein einziges Wort, wahrscheinlich dachte er, dass Schwangerschaften Frauensache sind. Dann teilte mir die Ärztin mit, dass die zulässige Abtreibungsfrist bereits verstrichen war.

21.

Es ist früher Morgen, und ich bin in einem Taxi unterwegs zum Schildkrötensee, als ob ich mich an die Erinnerungen klammern möchte, an Orte, an denen wir gemeinsam Zeit verbracht haben. Ich bitte den Fahrer, der pausenlos flucht, einen Umweg zu machen, und lasse ihn an unserer Schule vorbeifahren. Ich steige an der Ecke kurz aus und betrachte das große weiße Gebäude mit gemischten Gefühlen. *In zwei Stunden scheint die Sonne auf die Fenster im ersten Stock, und man kann sich ein wenig aufwärmen*, denke ich und frage den Fahrer beim Einsteigen, ob die Schulen jetzt geheizt werden. Er schaut mich verwundert an und antwortet: »Natürlich«, bevor er wieder einen Autofahrer beschimpft, der »seinen Führerschein anscheinend im Lotto gewonnen hat«.

Am Ufer des Schildkrötensees sind kaum Menschen zu sehen, einer führt seinen Hund aus, eine Frau schiebt einen Kinderwagen über den unbefestigten Weg. Es ist zu kalt, um sich auf den Boden zu legen und in den Himmel zu schauen. Und es gibt keine Wolken, die sich in Drachen verwandeln oder zu Hirschen werden. Ohne Ane ist es kalt und leer.

22.

Lado und ich beschlossen, nach Georgien zu fahren, um es unseren Familien persönlich zu sagen, also kauften wir einen billigen Gebrauchtwagen und machten uns auf den Weg. Es dauerte mehrere Tage, bis wir die in Schnee und Schweigen gehüllte Kleinstadt in Gurien erreichten, in der seine Familie lebte. Wir hielten vor einem Tor, und Lado stieg aus. Ich blieb im Auto sitzen und hörte, wie ein Hund wütend bellte, als er das knarzende Gittertor öffnete und in den Hof trat. Wenig später stieg auch ich aus dem Auto aus, näherte mich dem Tor und lauschte. Die Gitterstäbe waren eiskalt. Plötzlich ertönte ein furchtbares Geschrei, man hörte, wie Geschirr zerbrach, jemand schluchzte, lautes Scheppern und Krachen. Kurz darauf spuckte die Dunkelheit Lado wieder aus. So blass wie der Schnee unter seinen Füßen.

»Los, fahren wir«, sagte er.

Als wir uns ins Auto setzten, bemerkte ich, dass seine rechte Hand blutete. Er startete den Wagen, schaute in den Rückspiegel und hielt ruckartig wieder an. Er stieg aus und stellte sich neben den Wagen. Ein schmächtiger Mann mit grauem Haar näherte sich uns. Die beiden hatten die gleichen Augen, die in der Dunkelheit trüb und farblos erschienen, wie ein Fluss nach langen Regenfällen. Sie umarmten einander und standen einige Zeit schweigend da. Auch ich stieg aus und sah im Scheinwerferlicht, dass seine blutende Hand auf dem gestreiften Hemd seines Vaters winzige Spuren hinterlassen hatte.

Nach etwa fünf Stunden erreichten wir Tbilissi. Es war bereits spät in der Nacht, als wir uns Tamaras und Mutters Wohnung näherten. Die leere Straße war nur schwach von Straßenlaternen beleuchtet. Plötzlich bemerkte ich ein Auto, das in etwa zweihundert Metern Entfernung parkte und uns ein Lichtsignal gab. Ich sagte Lado, dass wir anhalten sollten, vielleicht brauchten sie Hilfe. Aus dem Auto stieg eine kleine, korpulente Frau und lief mit schnellen Schritten in unsere Richtung. Ich kurbelte das Fenster herunter. Als sie den Wagen erreichte, packte sie mich plötzlich durch das offene Fenster an den Haaren. Ich verstand nicht, warum diese unbekannte Frau mich aus heiterem Himmel attackierte. Lado rief: »Tante Luda, was machst du? Lass sie los!« Die Frau ließ meine Haare zwar los, riss aber die Tür auf und begann mit voller Kraft, auf meinen Bauch einzuschlagen, dabei kreischte sie wie eine Furie: »Du Nutte! Du Hure! Du Schlampe! Raus aus dem Wagen!« Dann zog sie mich wieder an den Haaren und versuchte, mich aus dem Wagen zu zerren. Lado, anstatt auszusteigen und einzugreifen, schrie pausenlos: »Tante Luda, lass sie los!«

Irgendwann startete er den Motor und fuhr erst langsam, dann schneller. Tante Luda begann trotz ihres Übergewichts erstaunlich energisch neben dem Wagen herzurennen. Als sie mich endlich losließ, hielt sie ein beträchtliches Büschel Haare in ihrer Hand.

Die Nacht verbrachten wir im Auto, obwohl wir nicht weit von zu Hause entfernt waren. Ich hatte schreckliche Angst, wegen der Schläge eine Fehlgeburt zu erleiden. Erst im Morgengrauen fuhren wir langsam zur Wohnung. Zum Glück war niemand zu sehen, außer ein paar Straßenfegern und einem Betrunkenen, der trotz der Kälte unbekümmerter unter einem Baum schlief als ich in den letzten Wochen in meinem warmen, federweichen Bett. Noch nie hatte ich mit solchem Herzklopfen vor meinem Zuhause gestanden. Ich presste das Ohr an die Tür und lauschte den vertrauten leisen Schritten meiner Mutter. Sie schaltete den Fernseher ein, in den Morgennachrichten hatte man wie immer nichts Gutes zu verkünden. Dann klingelte ich, der Fernseher verstummte, und Mutters Schritte näherten sich.

»Wer ist da?«, fragte sie angespannt, bevor sie einen Freudenschrei ausstieß – offenbar hatte sie durch den

Spion geschaut – und die Tür aufriss. Sie trug einen dicken dunkelblauen Morgenmantel und einen selbstgestrickten Schal, ihre trotz der vielen Arbeit mädchenhaften Hände waren auf der Brust gefaltet, als ob sie Angst hätte, dass ich mich bei der geringsten Berührung in Luft auflöste. Auch Oma Tamara war wach. Ihre alten Hände waren nicht so zögerlich, sie zogen mich hinein, streichelten mein Gesicht, Schultern und Rücken, sie waren so glücklich, dass ich wieder da war.

Kaum in der Küche leerte Mutter den gesamten Kühlschrank und machte mir Vorwürfe, dass ich sie nicht informiert hatte, damit sie mir einen Kuchen hätte backen können. Ich beobachtete ihr aufgeregtes Hin und Her, ihre leuchtenden Augen, die mich alle paar Sekunden anschauten, als ob sie sichergehen wollten, dass tatsächlich ich es war, die da am Tisch saß. Ich hätte alles gegeben, um diesen friedlichen Moment nicht zu stören und meinen Kummer, der mir wie ein schwerer Stein im Magen lag und mich daran hinderte, auch nur einen Bissen runterzubringen, nicht mit ihr teilen zu müssen.

»Ich muss mit euch reden«, sagte ich irgendwann. Ich hörte meine eigene Stimme, sie klang so ernst und bedrohlich, dass sich die Luft verdichtete, als wären die erschrockenen Moleküle näher zusammengerückt. Mutters Hand, die mir das warme Brot reichen wollte, erstarrte, und sie legte es auf den Tisch und setzte sich. Oma schaute mich aufmerksam an. Dann erzählte ich alles; nein, nur das Nötigste. In Mutters Augen erloschen die Lichter, sie verwandelten sich in tiefe schwarze Löcher, ich selbst hatte sie in ihr schneeweißes Gesicht gegraben. Als ich geendet hatte, fragte mich Oma ganz ruhig, ob Lado mich liebte und wir zusammen sein wollten. »Wo liegt dann das Problem?« Ich antwortete, dass er noch verheiratet war und seine Familie mich regelrecht hasste. Der Schnee auf Mutters Gesicht vereiste. Nach kurzem Schweigen sagte Tamara: »Wenn ihr euch liebt, wird alles gut. Auch seine Familie wird dich akzeptieren, wenn sie dich erst mal kennenlernt. Und wenn nicht, habt ihr ja immer noch uns.« Ich liebte sie in diesem Augenblick so sehr! Dann rannte ich aus der Wohnung und holte Lado, der noch immer im Auto wartete. Ich öffnete die Fahrertür, zog ihn hinter mir her direkt in die Küche. Er stand verlegen da, grüßte kurz, bat mich, ihm mein Zimmer zu zeigen, kletterte auf das Entresol, legte sich in mein Bett und schlief sofort ein.

Wir blieben zwei Monate in Georgien, in denen uns Lados Angehörige geradezu terrorisierten. Vor allem Tante Luda, die in Tbilissi wohnte, sah sich im Recht dazu. Sie tauchte immer wieder bei uns auf, schrie, tobte und schimpfte, sie drohte, unseren Wagen zu demolieren, weshalb wir uns gezwungen sahen, einige Straßen entfernt zu parken. Einmal mussten wir sogar die Polizei rufen, da sie einfach nicht weggehen wollte, pausenlos auf die Tür einschlug und kleine Steine gegen die Fenster warf. Ich konnte durch den Schlitz der zugezogenen Gardinen beobachten, welchen Spaß die Passanten und Nachbarn an der Sache hatten.

Und dann kam Ane. Trotz Levans Einwände besuchte sie uns täglich. Mit ihr an meiner Seite spürte ich, wie die Angst verging. Dass sie da war, war der wichtigste Trost in jener unbeschreiblich anstrengenden Zeit. Wir fuhren zum Schildkrötensee in Tbilissi, spazierten am Ufer entlang, hielten uns an den Händen und beobachteten, wie sich die vorbeiziehenden Wolken in Fabelwesen verwandelten. Das Band, das uns zusammenhielt, war unzerstörbar.

23.

Schließlich kehrten Lado und ich nach Stuttgart in unsere Hinterhofwohnung zurück. Wir versuchten, das Leben in geregelte Bahnen zu lenken. Lado jobbte wieder auf dem Bau, und ich ging zurück an die Uni und fuhr zwischendurch von Hannover bis Nürnberg, um unser Geld mit den Prüfungen aufzubessern. Wir zahlten unsere Schulden ab und versuchten, Beso und die alten Freunde zu meiden. So ging die Zeit dahin.

Eines Nachts – mein Bauch war inzwischen deutlich zu sehen – hatte ich einen Traum: Urgroßmutter Efemia, die ich nur von Fotos kannte, stand auf einem überfüllten Markt hinter einem Stand. Mutter, die etwa im Vorschulalter war, klammerte sich an ihre schneeweiße Schürze und schaute ängstlich in die Menschenmenge. Es war sehr laut. Plötzlich vernahm ich Efemias Stimme: »Neue Augen! Frische Augen, um alles besser sehen zu können!« Erst jetzt bemerkte ich, dass sie menschliche Augen anbot: blaue, braune, grüne Augen, die in einer silbernen Schale lagen und mich allesamt anstarrten. Ich wachte schweißgebadet auf, fror und wälzte mich unruhig hin und her, meine Knochen schmerzten. Gegen Morgen bemerkte ich, dass unserer Luftmatratze wieder einmal die Luft entwichen war, und stieß Lado an: »Wach auf, wir liegen schon wieder auf dem Boden.« Er knurrte und drehte sich auf die andere Seite. Irgendwann spürte ich feuchte Wärme zwischen den Beinen, hob die Decke vorsichtig an und blieb wie erstarrt liegen. In jenem Morgengrauen sang ich meiner Tochter Sofia zum ersten und letzten Mal Oma Sofias Wiegenlied. Dann redete ich lange mit ihr und versprach immer wieder, dass alles gut werden würde. Bis der Krankenwagen kam.

Ich habe sie angelogen, im Krankenhaus ließ ich sie in einer sterilen, silbernen Schale zurück.

Ein paar Tage später schrieb mir Ane.

Elena, mein Leben,

wie ein Gebet wiederhole ich jeden Morgen und jede Nacht das Gleiche: Dein Schmerz ist mein Schmerz. Dein Verlust ist mein Verlust. Dein Weg ist mein Weg. Du bist nicht allein. Das warst du nie. Gib mir deine Alpträume, mein Licht, ich werde sie auftrennen, die Fäden herauslösen, sie waschen und färben, dann webe ich neue Träume für dich, friedliche, bunte, heilende, und wache an deinem Bett, bis die gütige, warme Sonne aufgeht und die Finsternis aus allen Ecken der Seele vertreibt. Dann werden wir wieder zu sorglosen Kindern, die keine Angst haben zu fallen und mit offenen Armen der aufgehenden Sonne entgegenlaufen.

Bleib bis dahin stark.

Deine dich über alles liebende Ane.

24.

Zwischen Lado und mir war ein Riss entstanden, und er wurde täglich größer. Manchmal redete er nicht mehr mit mir. Gab nur die notwendigsten Antworten auf meine Fragen. Er gab seine Arbeit auf der Baustelle auf und nahm Gelegenheitsjobs an. Dann verließ er die Wohnung in den frühen Morgenstunden, ohne zu frühstücken, kehrte am späten Abend zurück, aß etwas oder auch nicht und schloss sich im Schlafzimmer ein, wo es weder Fernseher noch Radio gab. Inzwischen hatten wir unser Luftmatratzenlager gegen zwei Betten eingetauscht. Er lag stundenlang in der Dunkelheit und rauchte.

Seit meiner Fehlgeburt bat Mutter darum, uns zu besuchen, was ich abgelehnt hatte, um ihr die Anstrengungen, die Unbequemlichkeiten unserer kleinen Wohnung und die Kosten zu ersparen. Jetzt brauchte ich sie.

Als Lado am Vortag ihrer Ankunft nach Hause kam, sah ich fern. Er setzte sich neben mich auf das kleine Sofa, anstatt sich wie üblich ins Schlafzimmer zurückzuziehen. Erleichtert rutschte ich zu ihm und legte den Kopf auf seine Schulter. Er schob mich grob zur Seite. Ich schaute ihn aufmerksam an: Er blickte noch finsterer vor sich hin als sonst. Seine Augen waren dunkel, das bernsteinfarbene Leuchten war verschwunden. Ich traute mich nicht, etwas zu sagen, und verkroch mich in die andere Couchecke. Im Fernsehen lief eine Talentshow. Gelächter war zu hören, das auf eine besonders verletzende und niederschmetternde Bewertung folgte. Nach etwa zwanzig Minuten hielt ich sein Schweigen nicht mehr aus und fragte, auch auf die Gefahr einer Eskalation hin: »Ist etwas passiert?" Er ließ mich ohne Antwort. »Bitte, sprich mit mir. Wir konnten doch früher über alles reden.«

»Früher ...«, wiederholte er ironisch und schaute mich mit hasserfüllten Augen an, »früher war ich glücklich!«

Der wutdurchtränkte Satz war kaum verklungen, als Lado aufsprang, den gläsernen Couchtisch über den Kopf hob und mit voller Wucht auf den Boden schmetterte. Es geschah wie in Zeitlupe, die Glassplitter saugten die fröhlich bunten Farben des Fernsehers ein, tanzten und wirbelten in der Luft wie der glitzernde Schnee in einer Schneekugel. Dann wurde alles unglaublich schnell, und die Welt explodierte mit einem ohrenbetäubenden Krach in Regenbogenfarben.

»Ich hasse dich!«, hörte ich ihn brüllen, dann rannte er aus dem Zimmer voller Scherben und knallte die Wohnungstür zu. Das Publikum im Fernsehen lachte und klatschte, während ein erröteter und schweißgebadeter Junge sich unbeholfen verbeugte. Ich schaute entsetzt an mir hinunter, in der schrecklichen Erwartung, Blut und Schnittwunden zu finden, und säuberte das Kleid ganz vorsichtig von den Splittern.

Bis zum Morgengrauen blieb ich zwischen den Glassplittern auf der Couch sitzen, machte weder das Licht an, noch schlief ich ein. Sobald es hell wurde, räumte ich wie fremdgesteuert auf. Als ich die Wohnungstur öffnete, sah ich Lado auf der Treppe sitzen. Er lehnte an der Wand und schlief. Ich spürte weder Ärger, Freude noch Erleichterung. Ich fühlte nichts.

Inzwischen war Mutter in Stuttgart angekommen. Ich war erleichtert, sie zu sehen, und doch fühlte ich mich unwohl. Sie war zu Gast in unserem kaputten Leben. Am dritten Tag ihres Besuchs kam Lado betrunken nach Hause und schloss sich, ohne uns zu begrüßen, im Badezimmer ein. Bald hörten wir einen Krach, als ob jemand ausgerutscht wäre, dann wurde es still. Wir klopften und riefen, rüttelten an der Türklinke, flehten ihn an, uns zu antworten. Der Gedanke, dass er wenige Zentimeter von uns entfernt verletzt dalag, war unerträglich. Ich wählte den Notruf. Mutter war augenscheinlich kurz davor zu kollabieren. Gerade wollte ich die Adresse durchgeben, da öffnete sich die Tür, und Lado stand da, mit kaltem Gesichtsausdruck. Es wurde still im Zimmer, in der ganzen Wohnung, in meinem Kopf. Dann hörte ich, wie jemand von irgendwoher Fragen stellte, ich schaute auf das Telefon in meiner Hand, konnte kein Wort herausbringen und legte einfach auf. Mit einem Mal begann Lado zu schreien, er brüllte, er war außer sich.

»Du Schlampe, wenn du mich lieben würdest, hättest du die Tür eingeschlagen! Deine Mutter und du, ihr seid Spitzel, dreckige Huren! Euch fällt nichts Besseres ein, als die Polizei zu rufen, um mich auszuliefern und loszuwerden! Ich gehe, ich hau ab. Für immer!« Er knallte die Tür hinter sich und verschwand. Natürlich nur bis zum nächsten Abend. Nach drei Wochen, in denen Mutter Zeugin unserer sterbenden Liebe wurde, flog sie nach Georgien zurück, und ich fühlte mich wie ein Insekt mit ausgerissenen Flügeln und Beinen.

Bei seinem nächsten Wutanfall, der nicht lange auf sich warten ließ, begann ich schweigend damit, meine Sachen in eine Sporttasche zu packen.

»Willst du mich verlassen?«, zischte Lado, das Gesicht rot vor Zorn.

Und ich dachte an Schergil. Der mir dieselbe Frage gestellt hatte, bevor er die Wohnungstür abschloss und mich zwang, die ganze Nacht auf einem Stuhl zu verbringen. Als ich ungerührt weiterpackte, ging er in die Küche und kam mit einem Brotmesser zurück. Ich starrte auf das Messer, vor Angst und auch, weil ich seinem Blick nicht begegnen wollte. Er fing an zu fuchteln, setzte die Klinge an seinen Bauch. Ich weiß nicht mehr, wie lange ich schrie. Vielleicht machte ich auch nur den Mund auf und zu, wie Anes Clownfische. Irgendwann realisierte ich, dass die ganze Aktion eher theatralischer Natur und an seinem Bauch nur eine winzige Wunde zu sehen war, die ein wenig blutete, wahrscheinlich ähnlich der Wunde am Handgelenk meines Vaters viele Jahre zuvor. Ich rastete aus. Ich brüllte, schlug ihm das Messer aus der Hand, sah ihm in die Augen.

»Du willst mich also wirklich verlassen?«, fragte er.

Als ich ihm mein Ja entgegenschmetterte, drehte er

sich um und rannte zurück in die Küche. Ich hörte noch, wie er auf das Fensterbrett stieg, und dann nichts mehr. Ich spürte meinen Körper nicht, stand wie angewurzelt da. Irgendwann löste ich mich aus meiner Starre und betrat die Küche. Sie war leer. Im Obstkorb lagen rot schimmernde Äpfel und unreife, noch grüne Bananen. Die beiden Kaffeetassen vom Morgen standen im Spülbecken wie eine letzte Verbindung zu unserem gemeinsamen Leben, das mit einem Mal vorbei war. Als ich mich traute, aus dem Fenster zu sehen, hing er quicklebendig am Fensterbrett. Sobald er mich bemerkte, ließ er eine Hand los.

»Wenn du nicht willst, dass ich vor deinen Augen sterbe, versprich mir, dass du mich niemals verlässt«, schrie er. Keine Ahnung, was ich ihm antwortete, während ich mühsam versuchte, ihn hineinzuziehen. Zwei Minuten später umarmte er mich, bat um Verzeihung und schwor mir ewige Liebe.

In der Nacht holte ich die Sporttasche wieder hervor, packte leise weiter, verließ die Wohnung Richtung Bahnhof und nahm den nächstbesten Zug. Er endete in einer süddeutschen Kleinstadt an der französischen Grenze. Ich liebte Lado immer noch, als ich ihn verließ, aber ich konnte nicht zulassen, dass zwei Leben zerstört wurden. Dass er bald darauf nach Georgien zurückkehrte und sich mit Lisa versöhnte, erfuhr ich viel später. Er hat sich nie mehr bei mir gemeldet, auch nicht, als ein halbes Jahr später meine Mutter starb, an einem Herzinfarkt. Mit achtundvierzig Jahren.

25.

Wenn ein geliebter Mensch stirbt, fühlt sich es so an, als ob das Herz ein Apfel wäre, vom dem ein Stück abgebissen wurde. Irgendwann bleibt nur noch ein Apfelgriebs übrig, und du wunderst dich darüber, wie du es überhaupt schaffst weiterzuleben. Nach Mutters Tod hatte ich lange Zeit keine Träume mehr, wahrscheinlich weil ich starke Schlaftabletten brauchte, um Ruhe zu finden. Der erste Traum, der zu mir zurückkehrte, spielte sich in einem Bus ab. Mutter war klein. Sie drückte sich meine Puppe »Ich« an die Brust, während sie auf Efemias Schoß saß, die mit strengem Gesichtsausdruck aus dem Fenster schaute. Am Weg entlang standen Menschen. Alle trugen Schwarz, wie auf einer Trauerfeier, und hielten schwarze Regenschirme aufgespannt, obwohl es nicht regnete. Dann hielt der Bus, und die beiden stiegen aus. Plötzlich erschien eine endlose menschenleere Wüste. Am Horizont war nur ein Punkt zu sehen, der sich den beiden langsam näherte. Es war Oma Sofia, die die Sonne trug und weinte. Sobald ihre Tränen auf dem heißen Sand landeten, verwandelten sie sich in kleine rote Vögel und flogen auf zum Himmel, der ohne Sonne war.

Welchen Traum hast du geträumt, Ane, als Sofia starb? Was war das erste Bild, das du danach gemalt hast? Denkst du oft an das, was sie nicht mit dir geteilt hat?

26.

Ein Jahr nach Mutters Tod starb auch Tamara, die wegen der rasch fortgeschrittenen Demenz niemanden mehr erkannte. Dennoch besuchte Ane sie fast täglich. Um mit dem Verlust meiner Mutter fertigzuwerden, um ohne Tamara weiterleben zu können, stürzte ich mich in mein Studium. In nur einem Jahr hatte ich all meine Defizite ausgeglichen und stand zwei Jahre später vor dem Abschluss. Ich arbeitete hart, meine unzähligen Sprachprüfungen haben mir nicht geschadet, und ich machte mir die deutsche Sprache und Literatur zu eigen. Bald nach der Uni konnte ich als Übersetzerin Fuß fassen und fing an zu schreiben. Ich suchte nach neuen Wurzeln, ohne die alten auszureißen. Ane war nun meine Familie, und ich besuchte sie, sooft es ging. Dann fuhren wir ins Ferienhaus ihrer Großeltern in Samegrelo. Ohne Levan. Es waren ruhige, friedliche Jahre. Bis Ane verschwand. Einfach so. Ohne jemandem ein Wort zu sagen. Ohne etwas zu erklären.

Wenn ich durch die Straßen von Tbilissi ging, schaute ich mich ständig um, in der Hoffnung, sie würde plötzlich dastehen. Ich suchte ihre Spur in den von den Balustraden herabhängenden bunten Teppichen, die mit ihren verzweigten Ornamenten eine geheime Landkarte zu zeichnen schienen; in den Graffitis an den Mauerwänden, die eine verschlüsselte Nachricht für mich bereithielten; ich suchte sie in verschiedenen Sprachen, Dialekten, Wörtern und Gesten, in den Gesichtern der anderen. Ich konnte sie nirgendwo finden, und die von ihr hinterlassene Leere ließ sich mit nichts füllen.

Bis an einem eiskalten Berliner Wintermorgen der Briefträger an meine Tür klopfte und mir Anes Brief brachte, in dem sie mir schrieb, dass sie wieder in Georgien war.

TEIL III

Ich bin seit über drei Wochen in Tbilissi und finde Anes Spur nicht. Noch immer hat sie sich nicht gemeldet. Gestern Nacht sah ich im Traum unser kleines Haus am See. Es war viel größer und voll mit fremden Männern, die mich feindselig anstarrten, als ich das Haus betrat. Ane war nirgends zu sehen. Ich fragte jeden nach ihr, aber alle musterten mich mit kaltem Blick und drehten mir wortlos den Rücken zu. Irgendwann bemerkte ich Oma Sofia, die am Fenster saß und meinen grünen Schal strickte. Ich war erleichtert, umarmte sie von hinten und flüsterte ihr ins Ohr: »Weißt du vielleicht, wo Ane ist?« Ohne den Kopf zu heben, antwortete sie ruhig: »Nein, aber warte hier, sie kommt bestimmt bald.« Plötzlich nahmen die ungebetenen Gäste kleine Glöckchen aus den Manteltaschen und begannen wie auf ein Zeichen hin zu läuten. Immer lauter, immer schriller.

Ich fuhr aus dem Schlaf und begriff, dass jemand an der Tür klingelte. Ich lief mit klopfendem Herzen, barfuß und in Mutters Nachthemd zur Haustür und schaute durch den Spion. Wieder eine Enttäuschung: zwei Frauen mit Jesus-Heftchen in den Händen und erleuchteten Gesichtern. Gereizt fuhr ich sie durch die geschlossene Tür an: »Ich hab kein Interesse an irgendeinem Gott! Haut ab!« Sie sahen sich an, die eine schob eine Broschüre unter die Tür, und endlich gingen sie fort. Widerwillig hob ich die Broschüre auf, um sie in den Mülleimer zu werfen, und erstarrte, als ich die Überschrift las: »Der richtige Weg«. Der Traum. Unser Haus am See.

Ich setze Kaffee auf, rauche eine Zigarette. Nach dem Frühstück verlasse ich die Wohnung und steige in den Bus nach Samegrelo. Ich will zum Ferienhaus. Das Dorf ist wie ausgestorben. Trotz der Kälte spüre ich Hitze in mir aufsteigen, als ob es Hochsommer und ich noch ein Kind wäre, in einem kurzen Kleid, mit Schürfwunden an den Knien. Ich stapfe langsam durch den unberührten Schnee, während ich in Gedanken den vertrauten Weg in Windeseile hinunterrenne, zu unserem Haus am See, zu Ane. Der Schnee knirscht unter den Füßen, sonst ist kein Geräusch zu hören. Das Haus von Anes Großeltern steht am Rande des Dorfs. Man kann das Dach unter dem Schnee kaum erkennen. Die schneebeladenen Äste der Bäume frieren im Garten, an einem von ihnen hängt unsere Schaukel, verrostet und einsam. Das Tor ist verschlossen, also gehe ich um das Haus herum und zwänge mich mit Mühe durch das Loch im Maschendrahtzaun. Dann höre ich das Reißen von Stoff und muss lachen: Das wievielte Kleidungsstück opfere ich diesem verdammten Loch?

Am Ende des langen zugeschneiten Hofs steht unser Haus am See, das so viel kleiner ist als in meinen Erinnerungen. Ich nehme den Schal ab, er würgt mich regelrecht. Die letzten Schritte gehe ich keuchend, öffne die Tür und schaue hinein. Es ist leer. »Der richtige Weg«, der wieder mal ins Nichts führt ...

Was habe ich eigentlich erwartet? Dass sie im winzigen vereisten Haus hockt und auf mich wartet, ohne zu wissen, wann ich komme und ob überhaupt? Ich setze mich draußen vor der Tür auf die Erde und lehne mich an. Ich habe keine Kraft mehr. Der ununterbrochen rieselnde Schnee deckt mich langsam zu. Zum ersten Mal bin ich im Winter hier, fällt mir ein, aber zum zweiten

Mal im Schnee. Der sowjetische V-Day am 9. Mai fiel in jenem Jahr auf einen Freitag, und Sofia nahm uns beide für drei Tage mit ins Dorf. Unerklärlicherweise begann es plötzlich so heftig zu schneien, dass wir am nächsten Morgen die Haustür nicht mehr aufschließen konnten. Also hockten wir den ganzen Tag drinnen, bis die Dorfbewohner mit Hilfe von Traktoren die Wege gesäubert und uns befreit hatten. Oma machte den Ofen an und ließ uns in einem großen Topf Popcorn zubereiten. Ane saß im Schneidersitz vor mir und lachte und klatschte jedes Mal begeistert, wenn es laut knatterte. Dann lachte auch Sofia, hob mit einem Lappen vorsichtig den heißen Deckel und schaute hinein.

Ich friere und spüre meine Gliedmaßen kaum noch. Nicht mal die Erinnerung an einen perfekten Tag kann einen richtig wärmen, also stehe ich irgendwann auf und gehe noch mal hinein. Erst jetzt bemerke ich zwei nummerierte Briefe, die auf der Innenseite der Tür kleben. Ich höre mein Herz klopfen, löse den ersten ab, öffne ihn und ziehe ein Papier mit Anes Handschrift hervor. Es sind nur ein paar Zeilen. Ich überfliege die Wörter, die einen Moment zusammenhanglos in der eisigen Luft hängen bleiben, wie Nachtfalter, die in ein Spinnennetz geraten sind:

Mein Herz,

ich werde dir nicht schreiben, wie sehr du mir fehlst und wie die Sehnsucht nach uns mich täglich quält. Ich bitte dich einfach, Sofias Brief zu lesen, um zu verstehen, warum ich verschwunden bin, warum ich meine Zeit brauche und mit welcher Last ich seitdem leben muss. Den Brief habe ich nach dem Tod unserer Nachbarin Nina bekommen, die ihn für mich aufbewahren sollte, bis ich ein Kind bekomme, was nie geschehen wird. In dieser schweren Zeit ohne dich habe ich begriffen, mit wie vielen sichtbaren und unsichtbaren Fäden die Schicksale zweier Menschen miteinander verbunden sein können. Bitte vergiss auch du nicht, dass jeder seine Abgründe hat und dass die Liebe letztendlich stärker ist als Hass.

PS: Wir beide gegen den Rest der Welt!

Ich öffne den zweiten Umschlag, in dem viele vergilbte Blätter zum Vorschein kommen.

An meine geliebte Ane!

Vor zwei Wochen habe ich die Diagnose bekommen: Krebs im vierten Stadium. Das Erste, was ich dachte, nachdem der Arzt diese verhängnisvollen Worte ausgesprochen hatte, war, dass mein Leben viel zu lange gedauert hat. Dann dachte ich, jetzt ist die Zeit gekommen, dir meine Geschichte aufzuschreiben, die du erst in ein paar Jahren lesen wirst, erst dann, wenn du selbst Kinder hast, wenn du deine eigenen Fehler, die hoffentlich nicht so schwerwiegend sein werden wie meine, gemacht und begriffen hast, dass das Leben nicht immer so süß, duftend und saftig ist wie eine Apfelsine, sondern auch bitter schmecken kann wie eine unreife Kaki.

Unsere Familie war nie wohlhabend. Obwohl wir weder harte Arbeit noch Mühen scheuten, fehlte es an allen Ecken und Enden. Dennoch hatte ich eine glückliche Kindheit und Jugend, vor allem dank Efemia und ihrer Familie. Sie war einige Jahre älter und kümmerte sich wie eine große Schwester um mich. Immer wenn ich dich und Elena anschaue, lebt vor meinem geistigen Auge unsere gemeinsame Kindheit in Samegrelo auf, Anfang des Jahrhunderts, eine längst untergegangene Welt: wie ich an einem frühen Morgen im Hof stehe. Mein Magen knurrt vor Hunger. Dann reicht mir Mutter ein gerade aus dem Tandur gezogenes Tonis-Puri, das nie mehr so schmecken wird wie in dem Moment. Vom Brot steigt Dampf auf wie von der Lokomotive in Efemias Märchenbuch. Ich verbrenne mir Finger und Zunge, und die Wärme taut mich innerlich auf. Mein Atem wird zu Dampf und vermischt sich mit dem der Brot-Lokomotive. Endlich legt sich eine angenehme Schwere in den knurrenden Magen, auf die ich seit dem Abend zuvor gewartet habe, genauso wie auf Efemias Aufwachen, sie darf nämlich immer länger schlafen als ich.

In meiner nächsten Erinnerung sitze ich auf dem Sofa in ihrem Haus, rieche das leichte Parfüm ihrer Mutter – echt Französisch, wie man sagt – und den derben Tabakgeruch aus der Pfeife ihres Vaters; meine Eltern riechen ganz anders, nach Heu, Dünger und Schweiß. Ich höre, wie ihr Vater die Zeitung umblättert und sich zwischendurch räuspert, das Papier knistert angenehm. Wir spielen mit den von ihrer Mutter genähten Puppen, die Efemia mir manchmal schenkt, aber nicht, weil sie ihrer überdrüssig geworden ist. Sie hat sogar das Sprachbuch ›Deda Ena‹ zu Hause, mit den vielen schönen Bildern und den regenwurmähnlichen Zeichen, die Buchstaben heißen. Efemia kann schon lesen, sie wird später aufs Gymnasium gehen, das tun nur sehr wenige Mädchen, von meinen Freunden ist sie die Einzige. Ich hasse das Gymnasium, diesen schrecklichen, geheimnisvollen Ort, wohin ich nicht gehen darf, weil dort bestimmt nur kluge und hübsche Mädchen lernen dürfen. Das hat nichts damit zu tun, sagte Mutter eines Nachts, als ich wieder zu weinen anfing. Das ist eine Frage des Vermögens und der Abstammung, fügte sie verbittert hinzu, und in meinem kargen Wörterbuch erschienen zwei neue geheim-

nisvolle und nichts Gutes verheißende Wörter: Vermögen und Abstammung.

Als Efemia tatsächlich aufs Gymnasium ging, unterschieden sich meine Sommer kaum von den anderen Jahreszeiten, während Efemia nun Ferien hatte, die sie oft bei ihren Verwandten in der Hauptstadt verbrachte, viele Stunden Fahrt von unserem Dorf entfernt. Es war bestimmt anstrengend, die ganzen Fächer zu lernen: Pädagogik und Geografie, Fremdsprachen und Literatur, Naturwissenschaften und Kirchengesang, Tanz und Handarbeit. Ja, es war sicher schwerer, als Heu einzusammeln, im eiskalten Wasser den Abwasch zu machen, Räume zu fegen, sich um die Hühner zu kümmern (›Freu dich, dass wir diese Hühner haben‹, sagte Vater einmal, als ich eine Grimasse schnitt).

Efemia trug große, extravagante Hüte und schöne, elegante Kleider, die sie mir manchmal schenkte, und nicht nur dann, wenn sie ihr nicht mehr passten. Das einzige Kleid, das ich nie von ihr bekam, war die Uniform, die sie im Gymnasium trug: ein dunkelblaues Kleid mit einer schwarzen Schürze, schneeweißen Manschetten und einem Kragen.

Ich liebte und bewunderte alles an ihr, ihren scharfen Verstand, ihren sanftmütigen Charakter, ihre Loyalität. Um ehrlich zu sein, weiß ich bis heute nicht, weswegen sie mich so sehr liebte.

Kurz nach dem Ende des Ersten Weltkriegs lernte sie in Tbilissi Luka kennen, einen Offizier der Weißen Armee. Sie war sechzehn, er fünfzehn Jahre älter als sie, ein gebildeter und gutaussehender Mann mit einer bewegten Vergangenheit. Er hatte tadellose Manieren und gepflegte Hände, die mir sofort auffielen, als wir uns zum ersten Mal begegneten. Manchmal trug er schicke

Anzüge, eine Krawatte und einen Hut, war glattrasiert, und aus seiner Hosentasche hing die Kette seiner goldenen Uhr. Manchmal ließ er sich einen Bart wachsen, kämmte die Schnurrbartspitzen sorgfältig nach oben, setzte sich seinen Phaphakhi auf, zog den Tschocha an und ließ seine schöne Hand auf dem alten Dolch ruhen, der an seinem silberverzierten Gürtel hing.

Der Tag ihrer Hochzeit war ein regnerischer Tag. Efemias blasse, durchsichtige Haut kontrastierte beeindruckend mit ihrem schwarzen leicht gewellten Haar und den dunklen Augen. Als ich Jahre später den ersten Charlie-Chaplin-Film sah, dachte ich sofort, dass sie der Schauspielerin Edna Purviance ähnelte, mit ihrer stummen, melancholischen, fast tragischen Schönheit. Anscheinend war ihr ungewöhnliches Aussehen nicht nur mir aufgefallen, denn ein bekannter Filmregisseur aus Tbilissi war so angetan von ihr, dass er ihr lange nachstellte und verschiedene Filmrollen anbot, aber Luka sträubte sich vehement dagegen, dass seine Frau von der ganzen Welt angestarrt werden könnte, also wurde Efemias Schönheit anstatt auf der Leinwand lediglich auf einigen Fotos festgehalten.

Luka und Efemia lebten in der Stadt Sugdidi, nicht weit entfernt von unserem Dorf. Sie bekamen vier Kinder, das letzte, Tamara, sehr spät. Und vielleicht weißt du bereits, dass der Erstgeborene kurz nach der Geburt an einer Gehirnentzündung starb. Als die Ärzte den Eltern mitteilten, dass das Baby nicht überleben würde, bestellte man einen Fotografen nach Hause, um zumindest ein Foto von ihm zu haben. Auf dem Foto liegt ein kleiner, kränklicher Junge im Schoß der bleichen und sehr erschöpft wirkenden Efemia, die behutsam seine winzige Faust hält. Sie trägt ein schlichtes schwarzes Kleid, die

Haare sind hochgekämmt. Das Kind in seinem schneeweißen Kleid schaut friedlich und etwas verwundert in die Kamera. Man sieht ihm kaum an, dass er in einigen Tagen sterben wird. Dafür kann man es in den bodenlos schwarzen Augen seiner Mutter lesen.

Mir fällt es sehr schwer, diesen Brief zu schreiben. Es ist nicht leicht, die Vergangenheit wieder aufleben zu lassen, die man jahrelang zu vergessen und zu verdrängen versucht hat. Die Frage, wie es wohl gewesen wäre, wenn man andere Entscheidungen getroffen hätte, lässt einem keine Ruhe. Jetzt wirst du es noch nicht verstehen können, aber glaub mir, es gibt eine Vergangenheit, die dir nicht mehr gehört, die mit dir nichts mehr zu tun hat, die du dir – als unbeteiligter Beobachter, als Zuschauer – wie einen alten Schwarz-Weiß-Film in einem kleinen, stickigen Kinosaal aus der hintersten Sitzreihe anschaust, während du dich über deine Rolle darin wunderst. Du begreifst nicht, wie du so handeln, wie du das alles zulassen konntest. Das bist gar nicht du, das kann einfach nicht sein. Aber das Schlimmste ist, dass nicht du diejenige warst, die die Konsequenzen zu tragen hatte: Es waren vor allem die anderen, die für deine Untaten mit voller Härte bestraft wurden.

Um auf das Wichtigste zu kommen, muss ich dir noch einiges über die Hintergründe erzählen, vielleicht hilft es dir, mich besser zu verstehen, auch wenn du mir nicht verzeihen kannst.

Im Ersten Weltkrieg wurde Luka in die Kaiserlich Russische Armee einberufen, für seine Kriegsverdienste wurde er mit dem Goldenen Kreuz des Heiligen Georg und dem Offiziersrang ausgezeichnet. 1918 trat er der Sozialdemokratischen Partei und der Georgischen Armee bei. Nach der Heirat beteiligte er sich an revolutio-

nären Handlungen, indem er Proklamationen an Bekannte und Arbeiter verteilte. Bis 1921 kämpfte er gegen die 11. Armee der Roten Arbeiter- und Bauernarmee, die Kämpfe fanden an verschiedenen Orten statt, bis sie im Februar die Hauptstadt erreichten. Nach dem letzten erbitterten Gefecht wurde Tbilissi von den Sowjets eingenommen. Luka war auf einem der Schiffe, mit dem die erste demokratisch gewählte Regierung zusammen mit einigen Anhängern das Land verließ. Das Schiff sollte aus Batumi Richtung Frankreich fahren. Luka stieg im letzten Moment wieder aus und blieb trotz des enorm großen Risikos in Georgien. ›Als wir bereits am Bord waren, hieß es plötzlich, dass wir vielleicht nie mehr zurückkehren würden, und ich konnte nicht riskieren, meine Heimat und dich für immer zu verlassen‹, sagte er später zu Efemia.

Luka versteckte sich für einige Zeit, während seine Familie zunehmend drangsaliert wurde. Ich weiß nicht, wie Efemia in ihrem zarten Alter das alles durchstehen konnte: allein mit zwei Kindern, die wirtschaftliche Misere im ganzen Land, die Ungewissheit über Lukas Schicksal, die nicht enden wollenden Durchsuchungen. 1924 nahm Luka am großen Aufstand teil und tauchte nach dessen blutiger Niederschlagung wieder unter. So ging es eine Weile, bis die Sowjetregierung ihn begnadigte, dank der unermüdlichen Vermittlung eines regierungsnahen Verwandten, der sich sehr für ihn einsetzte und praktisch mit seinem Leben für ihn bürgte.

Kurz darauf ging Luka zum Studium, zusammen mit Efemia und den beiden Kleinen, nach Dnipro, in die Ukraine. Das war eine unbeschreiblich schwere Zeit für mich, ich fühlte mich noch einsamer als damals, als sie aufs Gymnasium gegangen war und ich mutterseelenallein mit ihren alten Puppen spielen musste. Nun hasste ich auch Dnipro, genauso wie Luka, der in meinen Augen bisher nichts als Probleme gebracht hatte. In Efemias leuchtenden Augen, mit denen sie ihren am Bahnsteig stehenden Mann anhimmelte, sah es bestimmt ganz anders aus. Ich wusste, dass sie ihm, ohne nachzudenken, bis ins Grab gefolgt wäre, nicht nur in dieses verdammte Dnipro. Beim Abschiednehmen (sie roch wie ihre Mutter nach französischem Parfüm) weinte ich lange; ich weinte sogar am Tag meiner Hochzeit, auf der Efemia völlig unerwartet auftauchte und mir viele Geschenke und einen riesigen Fliederstrauß mitbrachte. Ein kleiner Fliederzweig liegt seit über einem halben Jahrhundert in der alten Bibel, die ich nur dann aufschlage, wenn ich mich an die Liebe erinnern will. Den Glauben an Gott habe ich, wie viele andere, in den dreißiger Jahren verloren.

Ob ich meinen Mann, deinen Großvater Zurab, liebte? Die Liebe, die sich eher wie eine Gewohnheit anfühlte, kam mit der Zeit und war in keiner Weise mit der tiefen, bedingungslosen Liebe zu Efemia zu vergleichen. Der einzige Trost in jener trostlosen Zeit, die ohne sie sehr langsam verging, war die Geburt meines Sohnes. Nachdem Luka die Universität (erwartungsgemäß mit Auszeichnung) in Dnipro absolviert hatte, kehrten sie nach Sugdidi zurück, und er arbeitete viele Jahre lang als führender Ingenieur in unserer Region. In dieser Zeit kauften sie eine große Wohnung im Zentrum von Tbilissi und zogen um. Nachdem wir beide, Efemia und ich, beharrlich darauf bestanden hatten, zogen Zurab und ich in eine kleine Wohnung direkt gegenüber ihrem Haus. Das nötige Geld lieh uns Luka auf unbestimmte Zeit. Ja, er war sehr großzügig, und ja, er konnte sich das leisten. Das waren meine glücklichsten Jahre, denn Efemia und ich waren wieder zusammen, wie in der Kindheit, so nah, dass ich das Gefühl hatte, ihr Leben zu leben. Ich wünschte mir, gemeinsam mit ihr alt zu werden, obwohl ich mir Efemias pechschwarze Haare nie grau vorstellen konnte.

Dann kamen die Jahre der Stalinistischen, Großen Säuberung, in der Menschen mitten in der Nacht abgeholt wurden und nie mehr zurückkehrten. Eine unbedeutende Bemerkung, ein harmloser Witz reichten aus, um ganze Familien auszulöschen, als ob es sie nie gegeben hätte. Sie verschwanden sogar von den privaten Fotos, die Gesichter der in Ungnade Gefallenen wurden einfach ausradiert, übermalt, gründlich weggekratzt, damit man nicht zufällig mit der falschen Gesinnung in Verbindung gebracht wurde, was tatsächlich eine große Gefahr darstellte: Jede Wand in jedem Haus hatte Ohren, das Denunzieren war zum Volkssport geworden. Vor allem die Angst davor, im Falle der Untätigkeit selbst belangt zu werden, zwang die Menschen dazu, ihre Bekannten, Freunde und Nachbarn, oft die engsten Familienmitglieder zu verraten und zu denunzieren. Gerichtsprozesse fanden meistens nicht statt, und man wagte kaum, sich nach dem Schicksal der Angehörigen zu erkundigen, um nicht selbst in diese Maschinerie des Todes zu geraten, die die Menschen wie ein Fleischwolf in sich hineinzog. Jemand, der diese Jahre nicht miterlebt hat, kann die damals vorherrschende, mit Entsetzen und Angst erfüllte Atmosphäre nicht nachvollziehen. Es macht einen großen Unterschied, nur darüber zu lesen oder tatsächlich mit angehaltenem Atem und bis zum Hals klopfenden Herzen mitten in der Nacht dem Motorengeräusch und den schnellen Schritten auf der Straße zu lauschen, wäh-

rend man inbrünstig betet, sie mögen bei deinem Nachbarn anhalten, mit dem du seit Jahrzehnten alles teilst, und nicht bei dir. Mein Augenstern, glaub mir, es gibt nur wenige Helden. Alle anderen sind einfache Menschen, und es waren schlimme Zeiten, in denen ein Menschenleben nichts bedeutete.

Im Jahr 1938, während der schlimmsten Welle der Großen Säuberung, geschah in der Fabrik, in der Luka arbeitete, ein Unglück, bei dem einige Arbeiter ums Leben kamen. Man bezichtigte ihn der Sabotage, als den zuständigen Ingenieur mit zweifelhafter Vergangenheit, die man trotz der Begnadigung natürlich nicht vergessen hatte. Er wurde von einem Freund rechtzeitig vor der drohenden Verhaftung gewarnt, schaffte es, im letzten Moment zu fliehen, und versteckte sich für fast anderthalb Jahre bei den Verwandten in Moskau, und zwar bei einer Cousine von Lenins Frau, Nadeschda Krupskaja, wie wir im Nachhinein erfahren haben. Das ist die einzige lustige Pointe dieser langen, schrecklichen Geschichte. Efemia, die sich nun ganz allein um ihre drei Kinder kümmern musste, beklagte sich nie, nicht mal bei mir. Bis die Kinder aufwachten, stand sie morgens unbeweglich am Fenster und starrte in die Ferne. Ihre schlanke Figur war wie eingraviert auf dem Hintergrund der schweren purpurnen Gardinen. Sie war in ihrer Welt versunken, still, traurig, sehr weit von mir entfernt. Der Anblick ihrer von ständiger Schlaflosigkeit schwarzumrandeten Augen brach mir das Herz. Aber dann rutschte ein geheimnisvolles Lächeln über ihre Lippen, das sogar das der Mona Lisa verblassen ließ, und ich wusste, dass sie wie eine Pappel dem stärksten Sturm standhalten würde.

Es war das zweite Silvester, an dem Luka nicht da war. Die schlimmste Terrorwelle war endlich vorbei, wobei es sehr wenige Familien gab, die nicht davon betroffen waren. Keiner ahnte zu dem Zeitpunkt, dass die Sowjetunion in einigen Monaten in den Zweiten Weltkrieg eintreten würde, der in Europa bereits seit über einem Jahr tobte, und welch unermessliches Leid das verursachen würde.

Wir alle, dein zweijähriger Opa, mein Mann Zurab und ich, waren bei Efemia. Es fehlten nur Luka und Giorgi, der zu dieser Zeit in der Kadettenschule lernte. Tamara war noch ganz klein und schmückte den Tschitschilaki, den Weihnachtsbaum. Keto, Efemias sechzehnjährige Tochter, eine fast unheimliche Kopie ihrer Mutter, mit blasser Haut, melancholischen Gesichtszügen und pechschwarzen Augen, schälte Kartoffeln in einer großen Schüssel. Efemia und ich deckten den Tisch. Kurz vor Mitternacht klopfte jemand ganz vorsichtig an die Fensterscheibe. Keto griff instinktiv nach Tamaras Hand, die mit einem begeisterten Aufschrei sofort zur Tür rennen wollte, weil sie dort den Weihnachtsmann vermutete, wie früher, als ihr Papa noch da war. Sie hatte sich ja das ganze Jahr gut benommen, der Mutter im Haushalt geholfen und nie grundlos geweint oder gequengelt.

Mein Herz klopfte lauter als der ungebetene Gast. Efemias Augen streiften die Kinder, dann blieben sie fragend an mir hängen. Nach kurzem Zögern ging sie zum Fenster und zog die purpurnen Gardinen ein Stück zur Seite. In der Dunkelheit hing Lukas bleiches Gesicht, wie eine griechische Theatermaske. Nun konnte nichts mehr auf der Welt Tamara aufhalten, sie riss sich los, lief zur Tür und begann aus voller Kehle zu kreischen: »Papa, Papa!«

»Schschh! Schschh!«, wie in einer aufgescheuchten Schlangengrube zischten wir einstimmig, um das aufgeregte Kind zum Schweigen zu bringen.

Ich weiß nicht mehr, was danach geschah. Ich habe nur Bildfetzen im Kopf, wie Luka mit Tamara auf dem Arm mitten im Zimmer steht, während er von Efemia und Keto umarmt wird. Ich glaube, sie standen sehr lange unbeweglich da, einzig Tamara zappelte die ganze Zeit, sie küsste mal Vater, mal Mutter und Schwester und schickte sogar mir Handküsse. Wenn ich malen könnte, würde ich als erstes oder vielleicht einziges Bild diese Szene malen, die letzte glückliche Szene aus Efemias Leben. Dann säuberte sie Lukas in Mitleidenschaft gezogenen Mantel und seine verdreckten Winterschuhe. Keto saß auf dem Sofa neben ihrem Vater, lehnte den Kopf an seine Schulter und schaute immer wieder zu ihm auf.

Irgendwann sagte ich, dass wir ihnen ein wenig gemeinsame Zeit geben wollten, und ging mit Zurab nach Hause, um Silvester ohne Efemia zu feiern. Beim Abschiednehmen bedankte sich Luka bei mir dafür, dass ich für seine Frau wie ein Fels in der Brandung war, was eigentlich genau umgekehrt war, und dass meine bedingungslose Treue, die er sehr schätzte, in dieser schlimmen Zeit stets ein großer Trost für ihn gewesen ist.

In jener Nacht konnte ich keine Minute schlafen. In meinem Kopf schwirrten die Gedanken umher wie kreischende Menschen bei einer Massenpanik.

Es muss gegen vier Uhr gewesen sein, als ein Auto in unsere verdunkelte und trotz Silvester mit Schweigen erfüllte Straße einbog und vor Efemias Haus hielt. Ich lief barfuß zum Fenster und spähte durch den schmalen Spalt zwischen den Gardinen. Mein Herz raste so schnell, dass es manchmal für ein paar sehr lange Sekunden einfach stehen blieb. Aus dem berühmt-berüchtigten Tschaika stiegen drei schwarzgekleidete Männer. Ihre langen Mäntel und Stiefel glänzten im Scheinwerferlicht. Ob-

wohl ich sie nur von weitem sah, wusste ich, dass sie tote Augen hatten und wenig redeten, nur kurze, trockene, keinen Widerstand duldende Befehle bellten.

Sie liefen ins Haus, ich stellte mir vor, wie die Holztreppe unter ihren schweren, schnellen Schritten knarzte. Das fordernde Klopfen, das so anders war als Lukas Klopfen Stunden zuvor, dröhnte durch die ganze Straße und ließ bestimmt viele Herzen aussetzen und viele Gardinen vom ängstlichen Atmen erzittern. Dann drückte ich mir die Ohren fest zu, weil ich Tamaras verzweifeltes Weinen nicht hören wollte, und schloss die Augen, um nicht mit anzusehen, wie Luka abgeführt wurde. Aber es half nicht, ich sah Efemias Blick – den Blick eines in die Falle geratenen Tieres – und hörte trotz der zugehaltenen Ohren ihre flehende, leise Stimme: »Geben Sie uns doch um Himmels willen zumindest ein paar Minuten zum Abschied.«

Irgendwann öffnete ich die Augen und nahm die Hände herunter. Alles sah so friedlich aus. Und doch hallte das Geräusch des abfahrenden Wagens sehr lange in meinem Kopf nach, während die gesamte Straße mit ihren unzähligen stolpernden Herzen, gespitzten Ohren und aufgerissenen Augen erleichtert aufatmete. Dann zog ich den Mantel und die Stiefel an, nahm all meinen Mut zusammen und ging rüber. Tamara war vom Weinen gänzlich erschöpft, sie hatte Schluckauf und kauerte auf dem Schoß ihrer zur Salzsäule erstarrten großen Schwester. Efemia saß kerzengerade am gedeckten Tisch und schaute auf ihre Hände, denen Lukas Geruch und Wärme bestimmt noch anhafteten und die ihn nie mehr berühren sollten. Keine rührte sich, als ich durch die angelehnte Tür trat. Wovor sollten sie sich noch fürchten? Das Schlimmste war bereits geschehen. So dachten wir damals.

Nach einigen Wochen erzählte mir Efemia zum einzigen Mal, was in jener Nacht vorgefallen war. Tamara schlief bereits, als sie ein Auto vorfahren hörte. ›Ich wusste sofort, dass sie unseretwegen kamen‹, sagte sie und drehte mir den Rücken zu. Das tat sie immer, wenn ich ihre Trauer nicht sehen sollte. Keto lief im Nachthemd zur Tür und lehnte sich mit dem Rücken dagegen, als ob sie das an die Tür klopfende Schicksal mit ihrem zarten Körper aufhalten könnte. Luka richtete den Hemdkragen und klopfte sich die Hose aus, irgendwie unbeholfen, wie ein Kleinkind, das noch keine Routine darin hatte. Als das fordernde Brüllen und Klopfen lauter wurde, wachte auch Tamara auf und fing sofort an zu weinen.

›Es hat keinen Sinn, Liebes‹, sagte Luka zu Keto, die sich immer noch gegen die Tür stemmte, ›mach lieber auf.‹

Wie ein Echo wiederholte jemand auf der anderen Seite der Tür mit schroffer, kalter Stimme: ›Aufmachen! Sofort!‹

Dann wurde die Tür geöffnet und Luka abgeführt – ohne irgendeine Erklärung, ohne Abschied nehmen zu können, er durfte nicht mal ein paar Sachen mitnehmen, warme Kleidung oder etwas zum Essen. ›Er ließ sogar seinen Schal liegen, obwohl er so leicht Halsschmerzen bekommt‹, sagte Efemia, und damit war die Erzählung auch schon zu Ende.

Habe ich dir eigentlich gesagt, dass ich sie als Erwachsene bloß ein einziges Mal habe weinen sehen? Aber das war nicht in jener Nacht.

›Zehn Jahre ohne das Recht auf Schriftverkehr‹ lautete das offizielle Urteil. Dass es in Wirklichkeit ein Todesurteil bedeutete, wurde erst nach dem Zusammenbruch

der Sowjetunion bekannt. Efemia durfte es nicht miterleben, also wartete sie bis zum Lebensende auf ihn, auch nachdem statt zehn Jahren bereits mehrere Jahrzehnte vergangen waren. Wir wissen bis heute nicht, was genau mit ihm geschehen oder wo er begraben ist. Luka war einige Monate nach der Verhaftung ganz sicher noch am Leben, denn eines regnerischen Abends brachte ein fremder, älterer Mann, der nach anderthalb Jahren Haft unerwartet aus dem Gefängnis entlassen wurde, einen Brief von Luka, den er unter Lebensgefahr aus dem Gefängnis geschmuggelt hatte. Auf dem Papierfetzen standen lediglich ein paar Zeilen. ›Du darfst nie daran zweifeln, dass ich unschuldig bin und unsere Heimat niemals verraten würde! Ich liebe und umarme euch‹, waren seine letzten Worte.

Trotz der schweren Umstände ging das Leben weiter, so wie es das immer tut. Am 22. Juni 1941, ein halbes Jahr nach Lukas Verhaftung, trat die Sowjetunion in den Zweiten Weltkrieg ein, wodurch ein anderes, schreckliches Kapitel der Geschichte unseres Landes aufgeschlagen wurde. Giorgi war zu dieser Zeit bereits in der Sowjetischen Armee. Als der Sohn eines Volksverräters wurde er unverzüglich an die vorderste Frontlinie geschickt. Fast zeitgleich forderte man Efemia auf, die Wohnung zu räumen. Sie war kurz davor, mit den Kindern auf der Straße zu stehen. Sie sah keinen anderen Ausweg, als sich an Lukas ehemaligen Mitschüler und Freund aus Kindheitstagen zu wenden und ihn um Hilfe zu bitten. Wie es das Schicksal will, war er niemand Geringerer als Ilarion Talachadze, einer der schrecklichsten Henker Georgiens, der 1922 den Aufstand in Gurien blutig niedergeschlagen hatte, 1924 in den Zugwagons eingepferchte Menschen von draußen beschießen ließ und ein Blutbad anrichtete. 1936 bis 1946 war er der Hauptstaatsanwalt der Georgischen Sozialistischen Republik, das sagt wohl alles über ihn aus.

Ich weiß, was du jetzt denken magst, aber Efemia war nie naiv, sie war bloß verzweifelt, also klammerte sie sich an den letzten Strohhalm und suchte ihn zu Hause auf. Ironischerweise wohnte er in derselben Straße wie wir, nur einige Häuser entfernt. Bei der Rückkehr sagte sie, dass er ihr versprochen habe, sich darum zu kümmern. Bei diesen Worten stand sie mit dem Rücken zu mir am Fenster.

In jener Nacht schlief ich seit langem zum ersten Mal tief und fest, weil es deinem an einer Ohrenentzündung leidenden und unaufhörlich schreienden Opa endlich besser ging. Gegen drei Uhr weckte mich Zurab und sagte, jemand klopfe an unsere Tür. Im flackernden Kerzenlicht schienen all seine Gesichtszüge zu schlottern, sogar sein Bart, der aussah wie ein ergrauter Igel, zitterte.

Ich lauschte und wusste sofort, dass es nicht die mit den toten Augen waren. Sie klopften ganz anders. Ich warf mir einen Schal über und machte die Tür auf. Auf der Schwelle stand Keto und starrte an mir vorbei in die Leere.

›Was ist passiert?‹, fragte ich, aber sie gab mir keine Antwort. Ich schaute rüber zu Efemias dunkler Wohnung. Lähmende Angst breitete sich in mir aus. ›Geht es Efemia gut?‹, meine Stimme versagte, während ich sie ins Wohnzimmer schob und auf den Stuhl setzte. Sie ließ sich führen wie ein Hampelmann.

›Mutter wurde verhaftet‹, sagte sie nach einer gefühlten Ewigkeit. Ich spürte, wie meine Knie nachgaben und ich auf dem Boden landete. Mein armer Mann wusste nicht, um wen er sich als Erstes kümmern sollte, um mich, um die teilnahmslose Keto oder vielleicht um die *kleine Tamara, die allein und unbekümmert in der leeren Wohnung schlief, weil sie noch nicht wusste, dass ihr ohnehin nicht leichtes Leben nun endgültig aus den Fugen geraten war.*

Am nächsten Tag wurde Efemias riesige Wohnung samt Hausrat konfisziert. Ich stand am Fenster und beobachtete, wie sie all ihr Hab und Gut aus der Wohnung schafften: Efemias grüne Wolldecke, ihre eleganten Kleider und Hüte, Lukas Bücher und Anzüge. Die Fotos und ein paar Sachen hatte ich zuvor mitgenommen, als ich Tamara abholte; ich wollte sie für ihre Rückkehr bewahren, falls sie überhaupt zurückkehren sollte.

Die ersten Wochen verbrachten die beiden Kinder bei uns. Unsere Wohnung war so klein, dass Zurab auf dem Boden schlafen musste und Keto auf dem Sofa, während ich unser Ehebett mit den beiden Kleinen teilte. Dann wurde Keto von Lukas Verwandten aufs Land geholt, wo sie besser versorgt sein würde als in unserem überfüllten Mäuseloch. Ich ließ Keto schweren Herzens gehen. Zum Glück durfte zumindest Tamara bei mir bleiben, vermutlich weil sie eher als Last und zusätzlicher Esser betrachtet wurde, während Keto eine Arbeitskraft war, die man auf dem Land immer gebrauchen konnte.

Ich besuchte sie, sooft es ging, obschon ich wusste, dass ich dort nicht willkommen war. Keto magerte schnell ab und sah immer unglücklicher aus, aber da sie ihrer Mutter nicht nur äußerlich ähnelte, beklagte sie sich nie: kein Wort über die Schufterei, die sie nicht gewohnt war, kein Wort über die Einsamkeit, über die Angst um ihre Eltern und Geschwister, kein Wort darüber, dass das Leben sie so hart strafte.

In der Zwischenzeit gelang es mir mit viel Mühe, in Erfahrung zu bringen, dass Efemia im Frauengefängnis in Tbilissi inhaftiert und als Ehefrau eines Volksverräters zu vier Jahren verurteilt worden war. Ich setzte alle Hebel in Bewegung, klopfte an unzählige Türen und ließ nichts unversucht, um ein Besuchsrecht zu bekommen, was zu damaliger Zeit beinahe unmöglich war.

Eines Tages erreichte uns die Nachricht, dass Keto schwerkrank geworden war. Ich ließ die Kinder bei Zurab und fuhr unverzüglich ins Dorf. Sie lag in einem verdunkelten, stickigen Zimmer. Es roch nach Krankheit und Siechtum. Als ich hineinging, lächelte sie mich genauso an wie die am Fenster stehende Efemia in Erwartung Lukas. Ich setzte mich zu ihr auf die Bettkante, nahm ihre heiße Hand und sagte, dass jetzt alles gut werden würde. Keine von uns glaubte daran, aber ich spürte, dass sie dankbar für meine Lüge war.

Der auf mein Drängen bestellte Arzt bestätigte meine schlimmste Befürchtung, also schickte ich Giorgi einen Eilbrief an die Front, ohne zu wissen, ob er ihn erreichen würde oder ob Georgi überhaupt noch am Leben war, und blieb trotz der unübersehbaren Unzufriedenheit von Lukas Verwandtschaft für mehrere Tage im Dorf. Keto war völlig entkräftet, redete kaum und nahm nichts als Wasser zu sich. Fast die ganze Zeit lag sie im Dämmerschlaf; nur wenn ich die nassen Tücher auf ihrer Stirn wechselte, öffnete sie die Augen und dankte mir leise. Dann ging ich zum Weinen auf den Hof hinaus, ganz hinten zum Zaun, wo mich keiner sehen konnte.

Lukas Verwandte bestanden darauf, einen Priester zu holen, der Keto die Beichte abnehmen und ihr die letzte Kommunion erteilen sollte: Gottesfürchtigkeit, die über der Nächstenliebe steht; Rituale, die wichtiger sind als der Glaube. Während der Priester der sterbenden Keto irgendwelche Hoffnungen auf das bessere und gerechtere Jenseits gab, die wahrscheinlich nicht erfüllt wurden, wartete ich im Hof und dachte verbittert darüber nach, welcher verfluchte Gott Keto, dieses zarte und einfühlsame Wesen, in so jungem Alter sterben ließ.

Am Tag ihres Todes wachte Keto im Morgengrauen auf, ein schlimmer Hustenanfall nahm ihr die Luft, sodass sie vor meinen Augen blau anlief. Ich half ihr, sich aufzusetzen, lehnte sie an meine Brust und streichelte ihren verschwitzten Rücken. Irgendwann beruhigte sich ihr Atem, und das Röcheln wurde leiser. Dann begann ich das Märchen vom Stier Tsikara zu erzählen, das Efemia ihr vor dem Schlafengehen oft vorgelesen hatte.

›Also flüchtete der kleine Junge auf dem Rücken des Stiers Tsikara vor der bösen Stiefmutter, die ihm den Tod wünschte ... Er hatte drei Gegenstände bei sich: einen Spiegel, einen Kamm und einen Wetzstein‹.

Keto röchelte und schloss die Augen.

›Als die Verfolger sich das erste Mal näherten, goss der Junge auf Anraten des Stiers das Wasser hinter seinen Rücken, und augenblicklich entstand ein riesiges Meer mit haushohen Wellen. Als die Verfolger sie das zweite Mal einholten, warf der Junge den Kamm, und ein dichter Wald schoss aus dem Boden empor‹.

Keto lächelte mit geschlossenen Augen.

›Als die Verfolger das dritte Mal am Horizont erschienen, warf der Junge den Wetzstein, und ein steiler Fels entsprang dem Boden. Beim Überqueren des Felsens kam die böse Stiefmutter ums Leben, und Tsikara und der Junge fanden sich auf einer wunderschönen Wiese wieder, aber ihr Abenteuer war damit längst nicht beendet ...‹

Keto atmete ungewöhnlich langsam aus und nicht mehr ein. Ich erzählte das Märchen einfach zu Ende, während ihre glühend heiße Hand in meiner erkaltete.

Auf Ketos Beerdigung, auf der nur wenige Menschen waren, tauchte Giorgi auf. Er hatte meinen Eilbrief bekommen und um Beurlaubung gebeten, die ihm erwartungsgemäß verwehrt wurde. Also desertierte er, um Keto ein letztes Mal zu sehen. Aber als er nach mehreren Tagen Zugfahrt und Fußmarsch das Dorf erreichte, durfte er lediglich eine Handvoll Erde auf den billigen Holzsarg seiner Schwester werfen, bevor er verhaftet und zurück an die Front geschickt wurde, nun mit dem schandhaften Stigma eines Deserteurs behaftet. ›Was soll man auch sonst von der Missgeburt eines Landverräters erwarten‹, sagte eine parteitreue Bekannte später einmal zu mir. Als ich sie anspuckte, wartete ich lange darauf, dass der Tschaika eines Nachts auch vor meiner Tür anhalten würde. Aber das ist leider nie geschehen.

Anderthalb Jahre nach Efemias Verhaftung und ein halbes Jahr nach Ketos Tod klopfte der Briefträger an unsere Tür. Ein offizieller Brief bedeutete meist nichts Gutes, und meine Hände zitterten beim Öffnen des Briefes genauso wie Zurabs Gesichtszüge in der Nacht von Efemias Verhaftung. Auf dem Papier tanzten die Buchstaben, Wörter und Zeilen, sie vermischten sich miteinander, wirbelten herum und wollten einfach keinen Sinn ergeben. Dann sah ich aus dem Augenwinkel, dass die am Esstisch stehende Tamara mich wie hypnotisiert anstarrte.

›Es ist alles gut, mein Spatz‹, entfuhr es mir, und plötzlich glaubte ich selbst daran. Die tanzenden Zeilen bestätigten, dass mir ein Besuch des Häftlings Nummer so und so gestattet wurde.

Einige Tage später bereiteten wir uns auf den Besuch vor. Ich legte die schwarze Trauerkleidung ab und wählte das bunte Kleid aus, das Efemia mir vor einigen Jahren, als die Welt noch in Ordnung war, zum Geburtstag ge-

näht hatte. Ich putzte auch Tamara heraus und warnte sie streng davor, den Tod ihrer Schwester zu erwähnen.

›Sonst wird Mama sehr traurig sein, nicht wahr?‹, fragte sie und berührte vorsichtig den Gürtel meines bunten Kleids. Um mein Gesicht vor ihr zu verbergen, setzte ich sie mit dem Rücken zu mir auf den Schoß, öffnete ihr Haar und begann es zu flechten.

›Ja, meine Liebe. Und wir wollen doch nicht, dass sie weint‹, antwortete ich und hielt mit größter Mühe meine Tränen zurück.

›Wir erzählen es ihr, wenn sie wieder daheim ist. Daheim zu weinen ist besser‹, sagte Tamara leise, dann drehte sie sich um, schaute mir prüfend in die Augen und fragte: ›Sie kommt doch zurück, oder?‹

Mehrere Stunden mussten wir in der unerträglichen Hitze vor dem Tor warten, bis es endlich aufging und wir zusammen mit den anderen Besuchern hineingeführt wurden. Ich sah, wie einschüchternd das riesige Gebäude auf das Kind wirkte, der Gestank, die unfreundlichen uniformierten Menschen und die vielen Gitterstäbe. Wir wurden gründlich durchsucht. Den Korb mit dem Essen durften wir nicht mitnehmen, ›er wird ihr später übergeben‹, lautete die Erklärung.

Der Besucherraum war grau und karg, es gab zwei Stühle, einen Tisch und zwei sich gegenüberliegende Türen. In dem winzigen vergitterten Fenster, das ungewöhnlich hoch, fast unter der Decke eingelassen war, zeigte sich ein Stück hellblauer Himmel, was den Raum noch bedrückender erscheinen ließ. Zweifellos hätte Tamara, die auf meinem Schoß saß, geweint, aber sie wusste, dass sie das nicht durfte.

Endlich öffnete sich eine Tür, und Efemia kam herein. Ich erhob mich und setzte das Kind ab, das sich sofort hinter mir versteckte. Einige Sekunden lang standen wir uns schweigend gegenüber. Sie war abgemagert, ihr Haar war mit grauen Strähnen durchzogen, und an ihren müden Augen hatten sich feine Fältchen gebildet. Mit auf der Brust gefalteten Händen sah sie aus wie eine alternde, traurige Muttergottes, die noch nicht wusste, aber vielleicht ahnte, dass ihr Kind gestorben war.

Dann kniete sie sich hin und streckte ihre Arme in Tamaras Richtung, die sich noch fester an mein buntes Kleid klammerte. Sie stand reglos hinter meinem Rücken und warf verstohlene Blicke zu der mageren, ärmlich gekleideten unbekannten Frau, die angeblich ihre Mutter sein sollte, ihre stets elegant gekleidete, gut duftende, schöne Mutter. Auch ich kniete mich hin und flüsterte: ›Geh zu ihr, mein Spatz. Hab keine Angst.‹

Sie ging mit unsicheren Schritten auf Efemia zu, die sie zu sich zog und ihr Gesicht in Tamaras Haaren vergrub. Ich drehte mich zum Fenster. Wenn man sich auf Zehenspitzen stellte, konnte man die Baumwipfel in der Ferne sehen.

›Wieso ist Keto nicht mitgekommen?‹, fragte Efemia plötzlich, und ich war Gott, den ich vor zwei Jahren verloren hatte, unendlich dankbar, dass ich in diesem Augenblick mit dem Rücken zu ihr stand. Als ich die Stimme einigermaßen kontrollieren konnte, drehte ich mich wieder um und antwortete möglichst gelassen: ›Sie ist leider seit ein paar Tagen krank.‹

Tamara, die mich erschrocken anschaute, bekam vor Aufregung einen Schluckauf.

›Was fehlt ihr?‹, fragte Efemia und suchte meinen Blick.

›Nichts Ernstes, bloß eine Ohrenentzündung‹, gab ich zurück.

›Hat sie mir zumindest einen Brief geschrieben?‹, hakte sie nach, und ihr Gesicht verfinsterte sich mit jedem Wort. Auf diese Frage war ich nicht vorbereitet.

›Daran haben wir irgendwie nicht gedacht‹, war das Erste und somit das Beste, was mir in den Sinn kam.

›Das kann doch nicht sein‹, erwiderte Efemia leise, ›oder ist sie etwa so krank, dass sie nicht mal ein paar Zeilen an ihre Mutter richten konnte?‹

Tamara fing an zu weinen. Die Besuchszeit war endlich zu Ende.

Eine gute Freundin von Luka und Efemia, die im Stadtarchiv arbeitete, fertigte eine gefälschte Bescheinigung darüber an, dass die beiden sich drei Jahre vor Lukas Verhaftung hatten scheiden lassen. Wenn der Betrug aufgeflogen wäre, hätte das diese Frau wahrscheinlich das Leben gekostet, aber sie ging dieses Risiko ein. Sie war eine der wenigen Helden, die wie Glühwürmchen in der Finsternis leuchten, und ihr war es zu verdanken, dass Efemia nach fast zwei Jahren aus dem Gefängnis entlassen wurde.

Am Tag ihrer Entlassung war es bitterkalt. Es schneite seit einer Woche ununterbrochen, als ob die Natur mit aller Kraft versuchte, die menschlichen Grausamkeiten, die in den letzten Jahren zum Vorschein gekommen waren, zu überdecken, um nicht mit anzusehen, was die Menschen einander angetan hatten.

Efemia lief sehr langsam über den verschneiten Hof. Aus dem Himmel rieselten überdimensionale Schneeflocken, die auf Tamaras roter Mütze schöne Muster bildeten. Ich hielt ihre kindliche, trotz der beißenden Kälte warme Hand und erinnerte mich an Ketos glühende Hand, die in meiner langsam erkaltete. Mein Herz hatte sich noch nie so schwer angefühlt wie in dem Augen-

blick, als das eiserne, schwere Tor quietschend aufging und Efemia vor uns trat. Sie suchte mein Gesicht nach etwas ab, und mir graute vor dem, was sie dort hätte finden können. Tamara umschlang ihre Taille, presste sich an ihre Brust, die sich flach und schnell hob und senkte. Das einzige Treffen mit ihr hatte Tamaras Erinnerungen aufleben lassen, jetzt erkannte sie diese fremde Frau wieder, die ihre Mutter war. Efemia streichelte erst ihre rote Mütze mit den Schneeflockenmustern, dann nahm sie sie ihr ab, kniete sich vor sie und küsste ihr Haar. Sie liebkosten sich lange, genauso lange, wie es Mutter und Tochter tun, die zwei Jahre lang voneinander getrennt waren.

Dann gingen wir nach Hause. Efemia und ich liefen im Gleichschritt, als seien wir eins. Tamara lief mal schneller, mal langsamer, quasselte ohne Punkt und Komma, ohne Atempausen, ohne auch nur ein einziges Mal Keto zu erwähnen. Unterwegs hörte es auf zu schneien, und der Frost breitete sich aus, er umfing Bäume, Häuser und Erde, meine Arterien und Venen, mein Herz, meine Knochen und mein Blut. Als wir uns der Wohnung näherten, sagte ich Tamara, dass sie vorgehen und im Hof auf uns warten sollte. Ohne Widerrede, ohne Mutter auch nur einmal anzusehen, rannte sie wie um ihr Leben.

›Efemia, ich muss dir etwas sagen‹, die Wörter fielen aus meinem Mund wie Hagelkörner. Sie schüttelte den Kopf und bedeckte die Ohren mit ihren schneeweißen Händen. Was danach geschehen ist, habe ich vergessen, ich habe mich mein ganzes Leben lang, jeden Tag und jede Minute, darum bemüht, das Ende dieses Tages zu vergessen. Ich weiß nur, dass sie an diesem Tag viel geweint hat, und ich dachte, dass ihre Tränen Keto ganz sicher hätten heilen können.

Vierzig Tage lang schlief sie auf dem Boden, sie aß und trank sehr wenig und sagte kaum ein Wort. Dann zwang sie sich, wegen der Kinder ins Leben zurückzukehren, und begann, um ihre Wohnung zu kämpfen. Sie zog sogar vor Gericht, und es gelang ihr, zwei Zimmer zurückzubekommen. Die restliche Wohnung war an eine parteitreue Familie übergeben worden, mit der sie nun nachbarschaftlich zusammenleben mussten. Um sich und Tamara in der Nachkriegszeit zu versorgen, arbeitete sie als Schneiderin in einem Militärhospital. Sogar abends, nach dem langen und harten Arbeitstag, saß sie im Kerzenlicht und nähte, strickte und stickte, um etwas dazuzuverdienen. Du kannst dir selbst ausmalen, was es sie kostete, Tamara und Giorgi trotz aller Hindernisse eine gute Bildung zu ermöglichen.

Auf dem letzten Foto, das zwei Monate vor ihrem Tod gemacht wurde und das seitdem auf meiner Nachtkommode steht, ist ihr weißes Haar in der Mitte geteilt und hinten zusammengebunden. Ihre schönen Hände liegen zusammengefaltet im Schoß ihres schwarzen Kleids, und sie lächelt flüchtig wie die traurigste Mona Lisa der Welt.

Weißt du, was für ein Mensch sie war? Sie hätte mir sogar meinen Verrat in der Nacht von Lukas Verhaftung verziehen, wenn ich mich getraut hätte, ihr davon zu erzählen.

Könntest du das auch, mein Herz?

EPILOG

Heute ist der erste Frühlingstag. Die Fenster stehen weit offen, eine angenehme kühle Brise weht herein, und es riecht nach Blüten und Hoffnung. Ich sehe Kinder draußen spielen, dann höre ich sie einander aufgeregt rufen: *Ane, du bist dran! Fang mich! Elena, warte! Lauf doch nicht so schnell weg!* Hochsommerhitze. Ein kurzes Kleid. Schürfwunden an den Knien. Rennen. In Windeseile.

Ich habe dieses Buch für uns geschrieben. Es war nicht leicht, mich all den unerzählbaren Geschichten zu stellen, sich an die eigenen Unworte und Untaten zu erinnern, an Vaters längst vergessene Stimme und Mutters am Nachthemd haftenden Geruch, an so viele nicht zu Ende gelebte Leben. Und daran, was mich jeder Neuanfang gekostet hat. Bis der Briefträger an jenem kalten Samstagmorgen an meine Tür klopfte, dachte ich, dass man Vergessen lernen muss, um zu überleben, dass die Flucht der einzige Weg ist und es kein Zuhause gibt, nirgendwo. Und dennoch habe ich mein mit Mühe zusammengekratztes Ich auf den Kopf gestellt und wie eine schmutzige Manteltasche ausgeschüttelt. Deinetwegen. Ich bin jeden Tod noch einmal gestorben.

Nun bin ich endlich frei von allem, was mich am Schlaf, an der Liebe, manchmal sogar am Leben hinderte, verbringe die ruhigen, mit Sehnsucht nach dir vollen Tage in unserem Haus am See und warte auf dich.

DANKSAGUNG

Zuerst möchte ich mich ganz herzlich bei meiner Verlegerin und Lektorin Bärbel Brands bedanken, die eine unglaubliche, oft sehr mühsame Arbeit geleistet und mir geholfen hat, aus einem chaotischen Manuskript – einem Steinbruch – diesen Roman zu meißeln, der mir so viel bedeutet.

Außerdem möchte ich meinem Mann Zura danken, der mich während der Arbeit nach Kräften unterstützt und mir unermüdlich mit Rat und Tat (auch mit Essen und Kaffee!) zur Seite gestanden hat.

Natürlich gilt mein großer Dank meinen Freunden, die zur Entstehung von Anes Figur beigetragen haben: Giorgi Shengelia, Dani Tabukashvili, Nana Verkhviashvili und vielen anderen, die mich auf meinem Lebensweg über eine kurze oder lange Strecke begleitet haben.

Und nicht zuletzt danke ich meinem Sohn Nico, der mich zu einem besseren Menschen gemacht hat.

Foto: © Dani Tabukashvili

Iunona Guruli, 1978 geboren in Tbilissi, studierte Schauspiel und Journalistik. Lange Zeit pendelte sie zwischen Wohnungen, Städten, Ländern. Seit 1999 lebt sie in Deutschland. Nach dem Studium der Politik und Geschichte zog sie schließlich nach Berlin, wo sie heute als Autorin und Übersetzerin für Deutsch und Georgisch lebt. 2016 wurde sie für ihren Erzählungsband *Die Diagnose* – auf Deutsch 2018 unter dem Titel *Wenn es nur Licht gäbe, bevor es dunkel wird*, erschienen bei btb – mit dem SABA-Literaturpreis für das beste Debüt ausgezeichnet und für den Georgischen Literaturpreis LITERA nominiert. Zuletzt erschien auf Deutsch eine illustrierte Ausgabe ihrer Erzählung *Mohnfelder* (Corvinus Presse, 2020). *Brief ohne Absender* ist ihr erster Roman. Sie schreibt auf Deutsch und Georgisch.